芷蘭齋
書跋四集

—修订版—

Zhilanzhai
Shuba Siji

韋力 撰

国家图书馆出版社

图书在版编目（CIP）数据

芷兰斋书跋四集 / 韦力撰. —— 北京：国家图书馆出版社，2015.11（2018.9重印）

ISBN 978-7-5013-5651-5

Ⅰ.①芷… Ⅱ.①韦… Ⅲ.①题跋—作品集—中国—当代 Ⅳ.①I267

中国版本图书馆CIP数据核字（2015）第190478号

书　　名　**芷兰斋书跋四集**

编　　者　韦力　撰
责任编辑　王燕来　南江涛
特约审校　艾俊川
封面设计　奇文云海
内文设计　九雅工作室

出　　版　国家图书馆出版社（100034 北京市西城区文津街7号）
　　　　　（原书目文献出版社　北京图书馆出版社）
发　　行　010-66114536　66126153　66151313　66175620
　　　　　66121706（传真），66126156（门市部）
E-mail　　nlcpress@nlc.cn（邮购）
Website　 www.nlcpress.com→投稿中心
经　　销　新华书店
印　　装　北京联兴盛业印刷股份有限公司
版　　次　2015年11月第1版　2018年9月第2次印刷

开　　本　880×1230毫米　1/16
印　　张　16.5
字　　数　300千字
印　　数　1-1000册

书　　号　ISBN 978-7-5013-5651-5
定　　价　168.00元（精装）

目　录

1

丁祖荫题记、鲍份过录吴蔚光批《绝妙好词》七卷

《绝妙好词》七卷　（宋）周密辑

清康熙三十七年（1698）高士奇清吟堂重订本　鲍份

过录吴蔚光批校　丁祖荫题记　一函一册

钤印：冷淡生涯（朱方）、份字受盂（白方）

　　《绝妙好词》为宋末元初周密所辑，约成书于元初，曾见记载有元刻本，今已不存。清初毛晋汲古阁曾有精钞本，有朱祖谋跋语，今藏国家图书馆。钱谦益绛云楼曾有钞本，后归钱曾述古堂，绛云楼钞本即小幔亭刻本之底本。《中国古籍善本总目》著录该书刻本最早者为康熙二十四年（1685）小幔亭本，次为康熙三十七年（1698）高士奇清吟堂本，两本皆为九行二十字，黑口，左右双边。另有康熙小瓶庐刻本，未注明确切刊刻年代，亦为九行二十四字，黑口，左右双边，此本卷前有"宋本重刊"四字，难以为信。

　　小幔亭主人柯崇朴字敬一，号寓匏，浙江嘉善人，康熙十八年（1679）与弟柯维桢同举博学鸿词科，曾官内阁中书，著有《振雅堂集》九卷，所刻书已知者仅《振雅堂集》及《绝妙好词》两部。《绝妙好词》卷前有柯煜

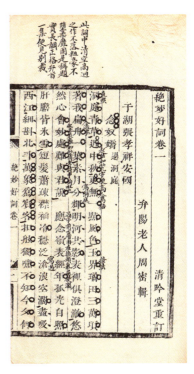

清康熙三十七年清吟堂重订本《绝妙好词》卷首

1

序，言访虞山钱遵王得见该书钞本事："得此一编，如逢拱璧，不谓失传已久，犹能藏弆至今。讽咏自深，剞劂有待。河北胶东之纸，传此名篇；然脂弄墨之余，成余素志。上偕诸父，俾我弟昆，共订鲁鱼，重新梨枣，从此光华不没，风景常新，非惟一日之赏心，允矣千秋之胜事"。柯煜字南陔，号石庵，雍正元年（1723）进士，乃柯崇朴之侄。

柯崇朴小幔亭书版嗣后为高士奇所得，高士奇将内文重订之后，剜改堂号重新刷印，成为后来之清吟堂重订本，是故两本实为同一书版刷出。高士奇（1645—1704）字澹人，号江村。官至礼部侍郎，甚得康熙宠信，谥文恪，因康熙曾赐匾曰"清吟"，故以此为堂号，此外尚有堂号"朗润堂"。清吟堂刻书远较小幔亭为多，有《左传纪事本末》《江村销夏记》《春秋地名考略》及《清吟堂集》等二十余种。高士奇于《绝妙好词》卷前柯煜序后另附一序，仅言"草窗所选，乃虞山钱氏秘藏钞本，柯子南陔得之，与其从父寅匏舍人及余考校缺误，缮刻以行。"落款为"康熙戊寅夏五江村高士奇序于清吟堂"，并未言书版之来历。

此中秘密三百年后为黄裳先生所窥破，据《来燕榭读书记》所载，黄裳先生先后收得是书之小幔亭刻本及清吟堂刻本，两下比勘，乃知为同一版片，高士奇得到书版后，抽去卷首大字序，削掉柯煜序言之康熙乙丑年款，另增己序，又将每卷卷首"小幔亭重订"一行挖改为"清吟堂重订"，于"弁阳老人"下增以"周密"二字。若非黄先生同时收得二书，兼仔细比勘，此中秘密恐怕还会一直隐藏下去。

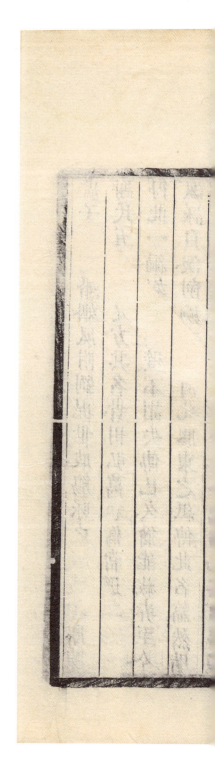

左：清康熙三十七年清吟堂重订本《绝妙好词》鲍份题识
右：清康熙三十七年清吟堂重订本《绝妙好词》丁祖荫跋语

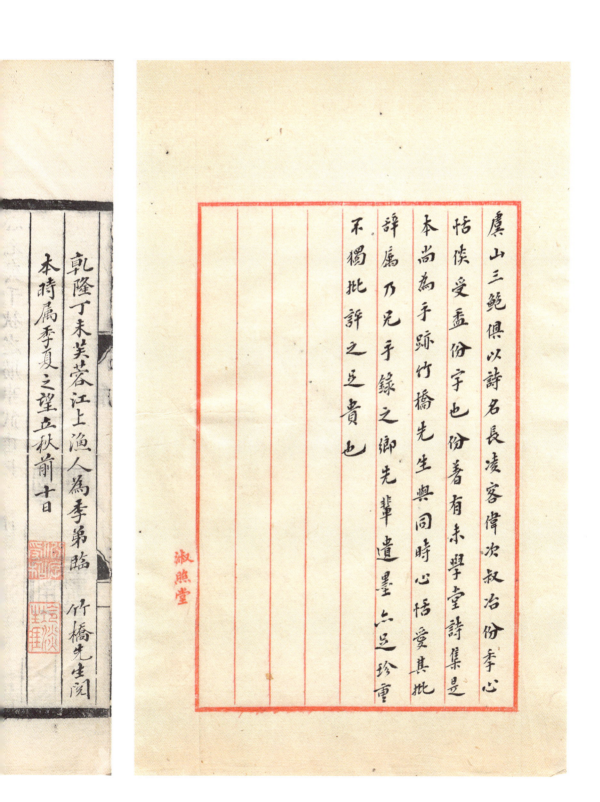

虞山三鮑俱以詩名長凌客偉次叔冶份季心

恬俟受孟份宇也份著有末學堂詩集是

本尚為手跡竹橋先生與同時心恬愛其批

辭屬乃兄于錄之鄉先輩遺墨尤足珍重

不獨批評之足貴也

淑照堂

乾隆丁未芙蓉江上漁人為季弟臨

竹橋先生閱

本時屬季夏之望立秋前十日

该书寒斋藏有数本，皆高士奇所刻清吟堂本。二十年来，小幔亭本仅于泰和嘉成拍场中出现过一次，因黄裳先生所撰之文，此本之罕见成为尽人皆知之事，想捡便宜近乎痴想，唯一可行者，只有与众人力争方可到手。拍场当日之情形，吾至今犹记，现场举牌者甚多，一直举到高出底价十余倍，仍然有人与吾相争，看对方举手投足之状，大有誓不罢休之意，即便吾拍到手，亦是惨胜，于是决定受此胯下之辱，以待来年。然而此场拍卖过后，"小幔亭"三字至今再未出现于各家图录中。

今日手持之本曾经丁祖荫庋藏，上有鲍份过录吴蔚光通批。吴蔚光（1743—1803）字悊甫，号竹桥，自号湖田外史，安徽休宁人，寄籍常熟。乾隆四十五年（1780）进士，曾分校四库馆，春秋佳日，杖履优游，喜以图书、琴鼎自随，又有拥书楼，藏书以万卷计，所著有《素修堂文集》等。《绝妙好词》以姜夔"醇雅清空"为宗，选词亦以此为最高境界，此本中吴蔚光所批者，既有激赞之词，亦有直斥之语，同时奉姜白石为圭臬，论及他人词句时，则动辄与白石相比，如评论刘仙伦"倚空绝壁，直下江千尺"句，其云："字字清老，宛出白石老仙之手"；评价利登"天南海北知何极"句，其云："摹白石而才力悬绝，工夫亦未到家"，可谓毫不留情；评价黄孝迈"欲共柳花低诉"句，其云："清空凄新，白石老仙之遗响"；评价周密之语则为："情韵绵邈，不能望白石而胜于梦窗"。

凡此各种，皆可见姜白石于吴蔚光心目中稳居泰斗之位，其心目中位居其次者当为张炎，有小字评其词曰："玉田之词，清空而不佻薄，质重而不板滞，有餐霞垂云遗世出尘之风格。"然而尽管赞叹如此，仍有一句眉批透其心迹。其评张炎"鹤响天高，水流花净"句云："鹤响八字便是人不能到，玉田此种几欲突过白石。"几欲突过，到底还是未曾突过，张炎虽好，到底不如姜夔。姜夔名下则小字注曰："白石、玉田俱词家之圣，然玉田犹易规其形，似至白石之老境，几如谢公屐齿之所不能到也，仙乎！"未知姜夔仙界若读得此等批语，会引吴蔚光为知己否？吾读其批语，甚惋惜未曾读过竹桥词集，不知是否亦满纸清空醇雅。

吴竹桥批语如此痛快淋漓，难怪鲍份之弟鲍倓如此喜爱，请兄长鲍份代为过录。此本卷前柯煜序后有鲍份手书题识两行："乾隆丁未芙蓉江上渔人为季弟临竹桥先生阅本，时属季夏之望，立秋前十日。"钤以白方"份字受盉"及朱方"冷淡生涯"，卷末又过录竹桥题识："甲辰冬十月湖田外史阅"。鲍份字叔冶，亦字受盉，由其题识可知其自号"江上渔人"，生卒年不见著录，经柯愈春《清人诗文集总目提要》考证，生于乾隆二十七年（1762），卒于嘉庆二十一年（1816），嘉詞家究難于長調，長則如大文章，其中波瀾意度，曲折變化，鍊意鍊局，鍊句鍊字，俱要精老，膩則近弱，豪則近粗俗，更無論白石老境，不可有二，故宜從玉田入手，次則碧山草窗，而東坡之傑特，半山之雄卓，亦宜留意，足以增長氣魄，繇今如律絶，必有筆致，便能成篇，然不知其妙尤在斷續抑揚，此固可以神會耳

清妍微妙，須于言外會之，與杏花疏影裏吹笛到天明，可以並絶千古

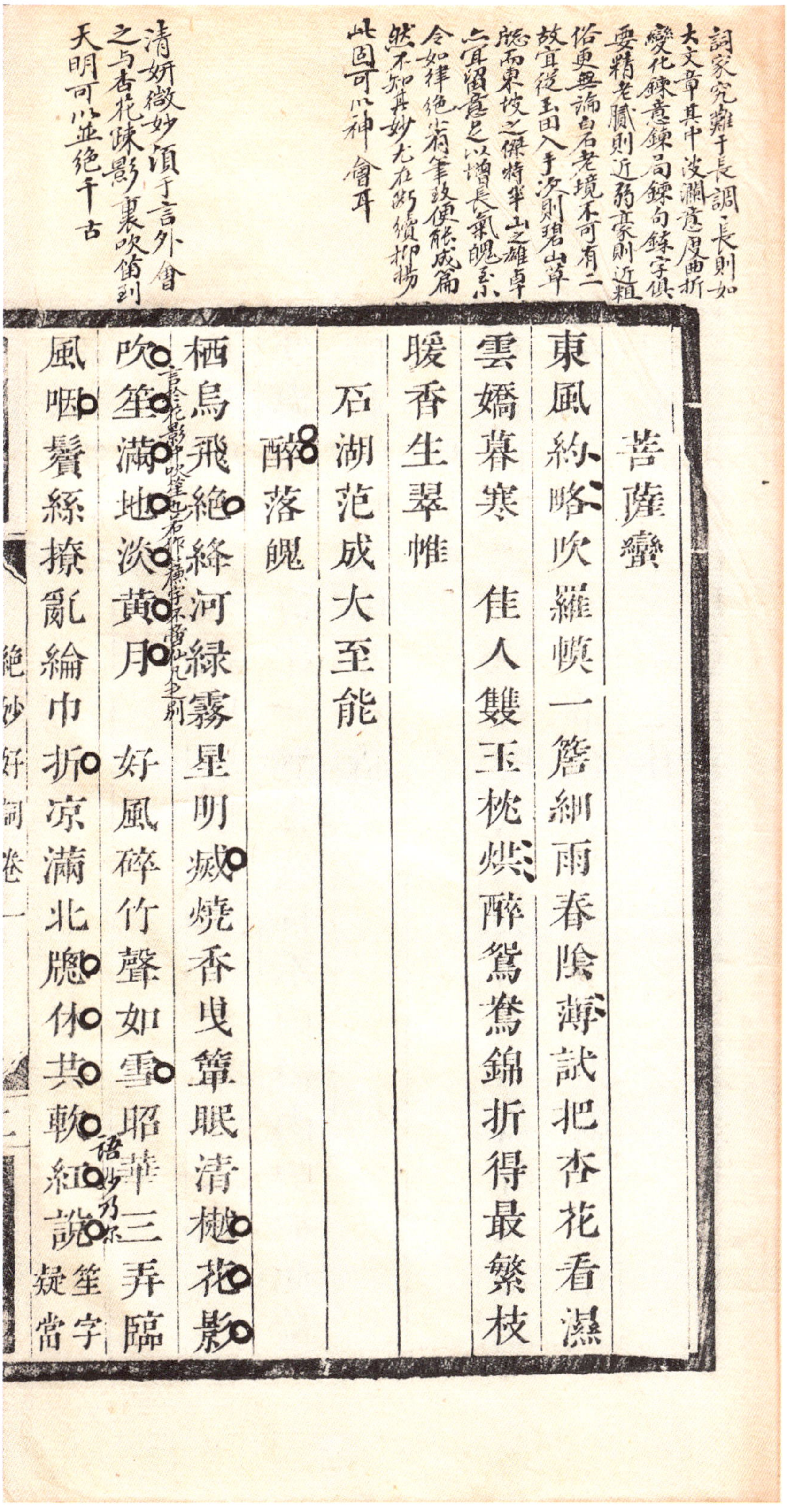

菩薩蠻

東風約略吹羅幙，一簷細雨春陰薄。試把杏花看，濕雲嬌暮寒。佳人雙玉枕，烘醉鴛鴦錦。折得最繁枝，暖香生翠帷。

石湖范成大至能

醉落魄

棲烏飛絶，絳河緑霧星明滅。燒香曳簟眠清樾，花影吹笙，滿地淡黄月。（言杏花影中吹笙，與右作橫字，不啻仙凡之別）好風碎竹聲如雪，昭華三弄臨風咽。鬢絲撩亂綸巾折，涼滿北窗，休共軟紅說。（語妙乃尔）

笙字疑當

絶妙好詞卷一　二

清康熙三十七年清吟堂重订本《绝妙好词》眉批

迷離恍忽習確有
此等奇景特妙
手能為傳出用在
換頭則尤妙耳
取殿一集與于湖過
洞庭作才力真不相
讓也

白聽得潮生八語擎空孤柱翠倚高閣憑虛中流著
碧迷烟霧惟見廣寒門外青無重數不知是水不
知是山是樹漫漫知是何處倩誰問凌波輕步護凝
竹乘鸞秦女想庭曲霓裳正舞莫須長笛吹愁去怕
與起魚龍三更噴作前山雨

甲辰冬十月湖田外史閱

嘉善柯煜玳書

錢塘高興英亭全校

高軒呂鴻

鮑份过录吴蔚光批语

庆十五年（1810）贡生，工篆隶楷书，客死开封，有《未学堂集》传世。《未学堂集》为鲍份客死开封后，由友人收拾遗稿交付其子鲍昌辰持归，又嘱其外甥邵渊耀编校成帙，于道光十七年（1837）付梓。《未学堂集》附有鲍份表弟陶贵鉴跋语，称"（鲍份）生平手所纂录凡数百卷，于《文苑英华》《太平御览》二书用力尤深。同里邵松阿、吴竹桥两先生并爱重之。"可知鲍氏兄弟与吴蔚光为同时人，且深得吴蔚光所重，吴蔚光批《绝妙好词》为乾隆四十八年（1784），鲍份过录为乾隆五十一年（1787），前后仅隔三年，或可推知鲍份过录之本即为吴蔚光手书之本，一念及此，贪心又起，未知吴蔚光手批之本是否尚在人间，来日或可相遇。《未学堂集》又有其外甥邵渊耀序言，称"叔舅鲍受盉先生既没之二十有一年"，此序作于道光十七年（1837），则可知鲍份卒年确为嘉庆二十一年（1816）。

此本一度归丁祖荫庋藏，卷前有其题记一页，其内容为："虞山三鲍俱以诗名，长凌客伟，次叔冶份，季心恬俶。受盉，份字也，份著有《未学堂诗集》，是本尚为手迹。竹桥先生与同时，心恬爱其批辞，属乃兄手录之。乡先辈遗墨，亦足珍重，不独批评之足贵也。"此段题记并未署名，然所用笺纸为淑照堂红格笺纸，淑照堂正是丁祖荫室名之一，另外两室名分别为缃素楼及密娱小筑。丁祖荫（1871－1930）原名祖德，字芝孙，号初我，别号初园，与鲍份同为常熟人，故称鲍份所录为"乡先辈遗墨"。初我早年藏书极重乡邦文献，无论古今，凡遇常熟人著作必欲收之，若藏于别家不能得者，则往借抄而录副，为此还专门制作抄书用纸，版心下方刻以"常熟丁氏淑照堂丛书"。与传统藏书家无异，丁祖荫藏书抄书之余，亦热衷于刻书，民国四年（1915）至民国八年（1919）年，陆续校刻秦兰征、周同谷、毛晋、龚立本等常熟人氏著作十余部，其中多有从未付梓之稿本，后合而称之《虞山丛刻》。

此清吟堂本《绝妙好词》归初我架上时，可想见其对先乡贤遗语遗墨之喜爱，特书一纸附于卷前，此亦其藏书之一大特点：绝少于古籍上钤印留墨，以守美人黥面之戒，若有识语，则另书一纸。非惟此本如是，王大隆先生所得初我旧藏，亦多如是。

陈运彰批《绝妙好词笺》
七卷《续钞》二卷

　　《绝妙好词笺》七卷《续钞》二卷　　（清）查为仁、厉鹗笺
　　道光八年（1828）徐楙杭州爱日轩刻本　陈运彰过录沈世良、周尔墉、况周颐批校　一函三册
　　钤印：谀闻斋（白方）、曾在顾竹泉处（朱方）、小绿天藏书（朱方）、孙毓修印（朱方）、孙毓修印（白方）、蒙安题记（白方）、癸未（朱方）、双白龛（朱方）、陈彰（白方）、蒙父（朱方）、纫芳簃收藏唐宋以来歌词类总集别集之记（朱方）、陈氏蒙安（朱方）、运彰（朱文连珠印）、纫芳簃校本（朱椭）、潮阳（朱圆）、清况（朱方）

　　该书为清道光八年（1828）杭州徐楙爱日轩刻本，目录后有"道光八年夏钱唐徐楙问蘧鸠工重锓。章纯斋、陆贞一书"字样。是书芷兰斋收有四部，其中三部有批校，此其一也。此本百余年间流转于数家邺架，一可见彼时爱书者之众，再可见彼时喜词者之夥。以卷中钤印观之，该书最早为顾锡麒所有，以其钤有"谀闻斋"白方以及"曾在顾竹泉处"朱方，此两印钤于卷首右下方笺注者姓名处，余者则见空隙而钤，此亦可证明数位藏家中，该书最早拥有者为顾锡麒。顾锡麒字竹泉，别署谀闻斋主人，生卒年不详，曾自述："余少有书癖，于宋椠尤酷好焉。家所庋藏不下数百种，颇称精备，虞山也是翁与我有同嗜。"谀闻斋藏书散后，部分归郁松年之宜稼堂，郁氏书目多有记载。曾有记载称，顾氏收书始于明代，传十余世

清道光八年爱日轩刻本《绝妙好词笺》书牌

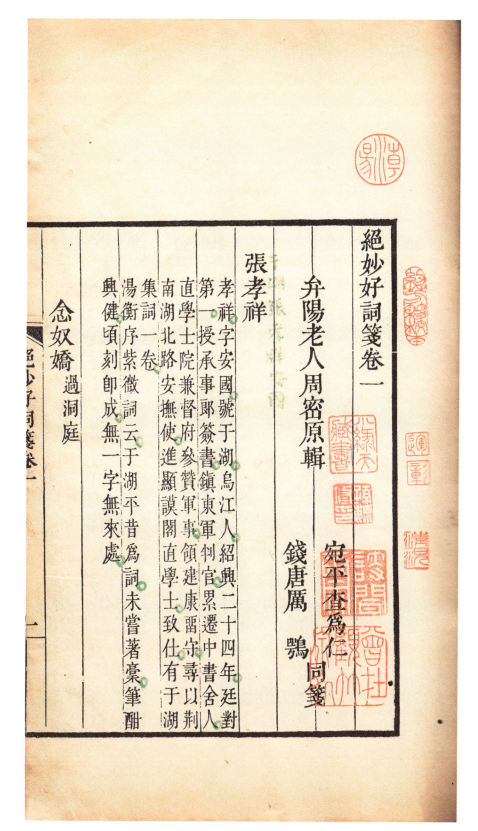

絶妙好詞箋卷一

弁陽老人周密原輯

錢唐厲鶚同箋
宛平查爲仁同箋

張孝祥

孝祥字安國號于湖烏江人紹興二十四年廷對
第一授承事郎簽書鎭東軍判官累遷中書舍人
直學士院兼督府參贊軍事領建康留守尋以荊
南湖北路安撫使進顯謨閣直學士致仕有于湖
集詞一卷
湯衡序紫微詞云于湖平昔爲詞未嘗著稾筆酣
興健頃刻卽成無一字無來處

念奴嬌 過洞庭

至清末家道衰败而散，余者老妇幼孙皆不知收藏之可贵，民国年间顾氏后裔迁往上海，张元济前往收购时，见其后人仅有老年孀妇及幼孙二人，拭几待客之物居然为宋刻残叶，同行者皆悼惜不已。顾氏曾有《溲闻斋书目》一册，经孙毓修小绿天收藏，今不知流落何方。

　　顾锡麒另有部分藏书归于梁溪孙毓修小绿天，此本即其中之一。孙毓修旧藏寒斋亦收有多部，其中有数册皆为书目稿本，更有一册为其夫人顾希昭于孙毓修去世当年代为编纂，开篇即称"先夫梁溪孙氏小绿天主人也"，另有孙毓修编年书目稿本，前序称顾希昭为"今之姚畹真也"，不仅夫妇志同，且能于身后代为经营，孙毓修身后事好过顾锡麒多矣。孙毓修钤于该书藏章有"小绿天藏书"朱方及"孙毓

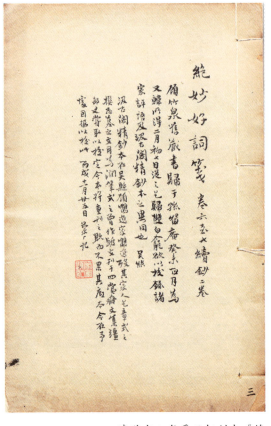

清道光八年爱日轩刻本《绝妙好词笺》提要页　　　　　　清道光八年爱日轩刻本《绝妙好词笺》陈运彰题识

修印"朱、白各一方。民国三十二年（1943）年，此本为况维琦所得。是书一函三册，第三册封面有墨笔题记两段，首段为："顾竹泉旧藏书，归于孙留庵，癸未正月为又韩所得。二月初七日从之乞归双白龛，欲以校录诸家评语及汲古阁精钞本之异同也。"该段题识下署款为"吴丝"，初甚不明吴丝为何人，后因"双白龛"始想到应当为陈运彰，曾著有《双白龛词话》，此前固知其别名及堂号甚多，别字如君谟、孝成、证常、蓬斋、陈二、婴香、仄夷等等，堂号则有纫芳簃、须曼那阁、华西阁等，然其署名吴丝，却是首次见到，他处亦不见记载。

此段题识中"又韩"乃况周颐长子况维琦，其字又韩，长居沪上，渊源家学，工词兼画，与张大千、陈运彰、吴湖帆、陈巨来等过从。时隔三年，陈运彰复于该段题识后又以墨笔题："汲古阁精钞本在吴县顾鹤逸家。鹤逸殁，其家人乞章式之撰志墓之文，用为润笔。式之曾作跋文刊于《四当斋文集》，彊村丈尝取以校定今本，将重刊之，既而不果，其底本今在予处。因据以校此。丙戌十一月廿五日。蒙厂记。"下钤"蒙安题记"白方。两段题记笔体一致，惟大小略不同，尤以"阁""校"二字一模一样，确知"吴丝"即陈运彰曾用名。以汲古阁精钞本为润笔之资，古人足风雅也，后人徒有羡艳。此亦或可解释何以诸人文集中皆有大量墓表行状之文，所得润笔常有意外之喜也。

陈运彰于是书钤印有："癸未""双白龛""陈彰""蒙父""纫芳簃收藏唐宋以来歌词类总集别集之记""陈氏蒙安""运彰""纫芳簃校本""潮阳""清况"，足见其于藏书印别有嗜好。卷中则以红、绿、蓝、墨四色批校，其中墨笔皆为过录况周颐《蕙风词话》，绿笔皆为过录《阳春白雪》，蓝笔则不一，有出自《虚斋乐府》者，亦有录自《全芳备祖》《武林金石记》等，朱笔初以为陈运彰自抒己见，后乃知亦为过录他人评语。正文与《续钞》之间有跋语数则，其中两则为过录他人，一则为陈运彰自书。过录两则，一为署名"世良"者："咸丰丁巳六月廿八日，用朱墨围重阅毕，词家法乳尽在于此，味其涓滴，如饮醍醐，不仅绥山一挑矣。世良并记于侨梅阁。"另一则未署名："草窗此选精美，词家正派。倚声为慢调者，尤当奉为金针，小令则仍须问道《花间》耳。姜、张、吴、史诸家所载不甚多，自未能尽其佳制，或亦当时局于所见。殿以碧山、学舟、山村三君，盖皆当入仕于元者，故以置己作之后，然碧山、山村要是有宋遗民词品，所以能高，观所作自见也。"

此两跋之后，有陈运彰跋语两则，朱笔记于民国三十二年（1943）："此榆生

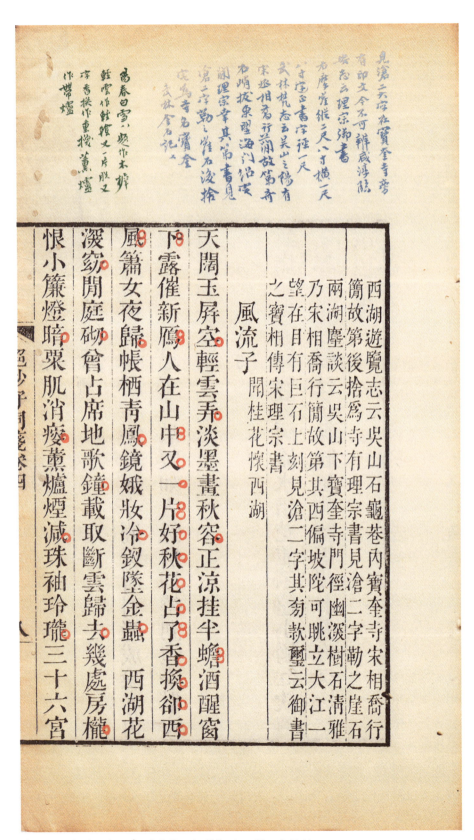

見濱之六字在寶奎寺旁
有印文今不可辨咸淳臨
安志云理宗御書
右磨崖誌云理宗御書
父字正書字徑一尺横一尺
武林梵志云吳山之陽有
宋般相喬行簡故第奇
石峭拔東望海門沿堤
韻理宗宅其常書見
滄二字勒之摧石浚捨
疑為寺名寶奎
武林金石記八

萬春日雪八與作木犀
鲅雲作鮮鰭文一房脈又
凉香撰作重撥薰爐
作帶爐

西湖遊覽志云吳山石龜巷內寶奎寺宋相喬行
簡故第後捨為寺有理宗書見滄二字勒之崖石
兩湖鏖談云吳山下寶奎寺門徑幽深樹石清雅
乃宋相喬行簡故第其西偏坡陀可眺立大江一
望在目有巨石上刻見滄二字其勁遒款璽云御書
之寶相傳宋理宗書

風流子

閒桂花懷西湖

天闊玉屏空輕雲弄淡墨畫秋容正涼挂半蟾酒醒窗
下露催新雁人在山中又一片好秋花占了香搵御西
風簫女夜歸帳栖青鳳鏡娥妝冷釵墜金蟲西湖花
溪窈開庭砌曾占席地歌鐘載取斷雲歸去幾處房櫳
恨小簾燈暗粟肌消瘦薰爐煙減珠袖玲瓏三十六宮

清道光八年愛日軒刻本《絕妙好詞箋》陳運彰三色批校

据彊村丈手录本，云是嘉善周容斋尔融所评，所评极为精湛，因过录于此本上。跋语一则未署名。彊村以为容斋者，当必有据。眉间有世良记一跋，当是吾粤沈伯眉也。廿三晨书。正行。"墨笔记于民国三十五年（1946）："越三年，岁在丙戌日长至，移写先临桂师论词语，用墨笔书之，并拜注所引书名。运彰敬志。"

　　沈世良字伯眉，原籍浙江山阴，久居广东后占籍番禺，尝从张维屏问学，年仅三十八岁即去世，友人整理其诗稿，刊为《小祇陀庵诗钞》，另著有《楞华室词钞》，由此过录眉批可知其另有室名侨梅阁，岭南无梅，其以梅自喻，以室名表明心迹："梅"字尽显其性情，"侨"字诉其思念旧籍。容斋为周尔墉，道光五年（1825）顺天副榜，尤长于书，并未见有其关于词话之著述，然一如蒙父所言，彊村以为容斋者，当必有据。

　　此卷批语中可窥见陈运彰除有印癖外，尚有易名癖，封面题识之"吴丝"为其别署，每卷末题识署名亦皆不同，卷一末题为："癸未二月癸亥朔初八日庚午竟此册第一卷。正行"；卷二末题为："二月十一日午竟此卷双白龛"；卷三末题为："二月十一日篝灯读毕。镂冰"；卷四末题为："癸未花朝至次日毕。正行"；卷五末题为："二月十四日，纫芳校"；卷六末题为："癸未二月十七日夕毕，大雨始闻雷"；卷七末题为："癸未二月癸亥朔二十一日癸未过录讫。运彰记。"《续钞》末题

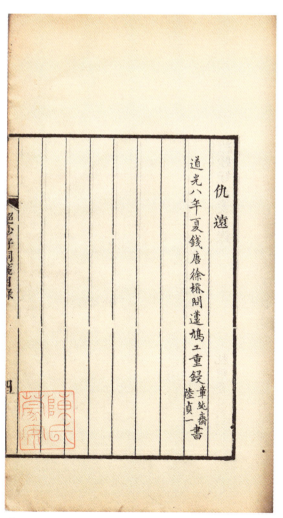

清道光八年爱日轩刻本《绝妙好词笺》牌记

为："癸未二月廿一夕毕业，是夕大雨，华西记"。此外卷一中尚有署"玉延"者，可见其名号之多，且颇随意，各名号之间全无关系，此或可见词人之性情：若固持一意，毫无变化，笔底气象又何来万千。

陈运彰藏书印"双白龛"　　　"纫芳簃校本"　　　孙毓修藏书印"小绿天藏书"

夏孙桐批跋《绝妙好词笺》
七卷《续钞》二卷

《绝妙好词笺》七卷《续钞》二卷 （清）查为仁、厉鹗笺

清道光八年（1828）杭州爱日轩刻本 夏孙桐批校并题记 一函四册

钤印：观所尚斋（朱方）、七十字无悔（朱方）、孙桐（白方）、闰支（朱方）、双虹旧阁（白方）等

《绝妙好词》为宋末元初周密辑，其笺则为清查为仁、厉鹗同撰。《绝妙好词》所录词家起于张孝祥，终于仇远，凡一百三十二家，然而其中许多作者资料不详，查为仁于是采摭诸书为之笺注，各详其里居出处，或因词而考证其本事，或因人而附载其佚闻，以及诸家评论之语，皆为附录。查为仁为之笺注同时，厉鹗亦笺此集，尚未脱稿而出游，至天津始知查为仁亦为之笺，逐将自己所笺举而奉之，删复补漏，合为一书，即《绝妙好词笺》。该书寒斋备有四部，皆署"徐楙爱日轩"刻本，其中三部有批跋，分别为叶廷琯、陈运彰及夏孙桐批跋，然叶廷琯批校本置于何架，一时难以觅得，此为夏孙桐批校本，卷中有其跋语三段，眉批则散见于各处。

夏孙桐于目录前页之跋语为："谭仲修

清道光八年爱日轩刻本《绝妙好词笺》书牌

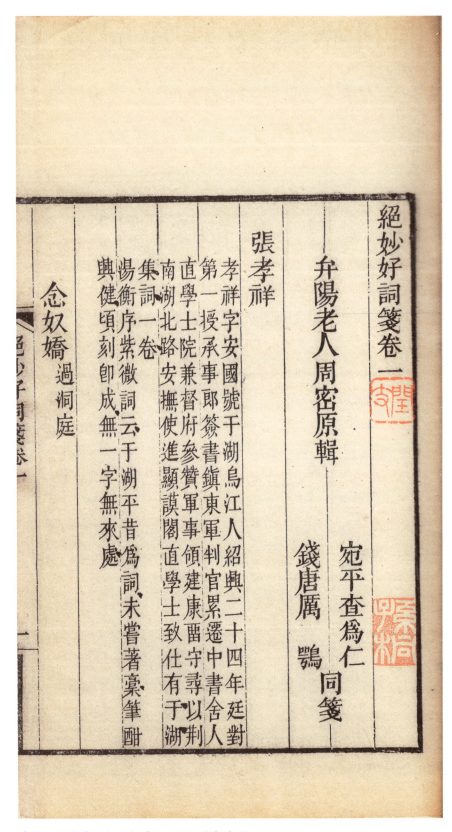

絕妙好詞箋卷一

弁陽老人周密原輯

　　　　　　　宛平查爲仁
　　　　　　　錢唐厲　鶚　同箋

張孝祥

孝祥字安國號于湖烏江人紹興二十四年廷對
第一授承事郎簽書鎮東軍判官累遷中書舍人
直學士院兼督府參贊軍事領建康留守尋以荊
南湖北路安撫使進顯謨閣直學士致仕有于湖
集詞一卷
湯衡序紫微詞云于湖平昔爲詞未嘗著藁筆酣
興健頃刻卽成無一字無來處

念奴嬌　過洞庭

曰：南宋乐府，清词妙句，略尽于此，高于唐人选唐诗矣。四水潜夫填词名家，善别择，非《花间》《草堂》之繁猥。南宋人词，情语不如景语，而融法使才，高者亦有合于柔厚之旨。"谭仲修即近代词人谭献，以小令见长，词集有《复堂词》，其人亦藏书刻书，藏词集尤富。夏孙桐应当颇为欣赏此语，特意在"情语不如景语"处加以圈点。其跋于目录后页为："草窗此选最著意者白石、梅溪、蒲江、竹屋、梦窗、碧山，而陈西麓及李筼房、秋崖昆仲所采皆多，独玉田仅收三阕，其旨颇耐研索。"陈运彰过录周尔墉跋语亦谈及此事，称："姜、张、吴、史诸家所载不甚多，自未能尽其佳制，或亦当时局于所见。"此语或可解夏孙桐之惑。

此跋后一页，又有夏孙桐跋语三段，其一为："癸亥七月十二，夜不眠，挑灯读竟一册，记之。闰庵。此册乃余廿三岁时过袁浦所购，始读词，后辄舟车携随，阅今四十余年。帙面俱敝，黏补装线，记之。癸亥仲冬三日。"其二为："老年卷帙丛委沦敝益甚，灯下补破书，亦是一乐。丙寅十月廿八日记。"此条下钤有"七十字无悔"长方章。其三为："偃卧哦吟，信手批抹，此吾破书之趣味也，视彼锦绦宝笈，手不忍触者，其所得为何如？岂肯以彼易此耶。甲戌春重装。"读此跋吾甚惭愧，为物所累正是吾之写照，然吾颇愿长为好物所累，且乐此不疲，甘为闰庵笑话。

卷中尚有闰庵先生其他眉批，或长或短，有跋萧泰来词云："小人偏说破话，与宋广平赋梅花正是相反，可见不近人性，即是奸邪本相，千古岂独王介甫哉，何必矫饰。"此段批语书于萧泰来咏梅词《霜天晓角》之上，上阕云："千霜万雪，受尽寒折磨，赖是生来瘦硬，浑不怕，角吹彻。"该词前有作者简介，称萧泰来为宋绍定二年（1229）进士，理宗时期曾任御史，后为李伯玉所弹劾，姚希得指为"小人之宗"。遂翻检资料，皆云其词作之好，兼举此词以作赏欣，并无述其奸邪之事，然夏孙桐所言亦当有据，历史真相如何，实在扑朔迷离。

又有卷二姜夔词末眉批云："履斋于此词凡两和。所收《暗香》乃再和，《疏影》初和，各取一阕也。其题《暗香》《疏影》词后，用潘德久赠姜白石韵绝句云：'人生浮脆若菰蒲，四十年前此丈夫。拟向西湖酹孤魄，想应风月易招呼。'诗作于宝祐戊午年，上溯己卯适四十年也。"此语与目录后跋语遥相呼应，皆谈及四十年光阴。四十年前吾尚未开始藏书，仅是对一切纸质品发生兴趣，继而开始集邮、集粮票，最终定性于藏书，矢志不渝。未知四十年后，芷兰斋是否依然如是，或者亦当学习修书手艺，以备老来灯下之娱。此本尚钤有"双虹旧阁"白方及"观

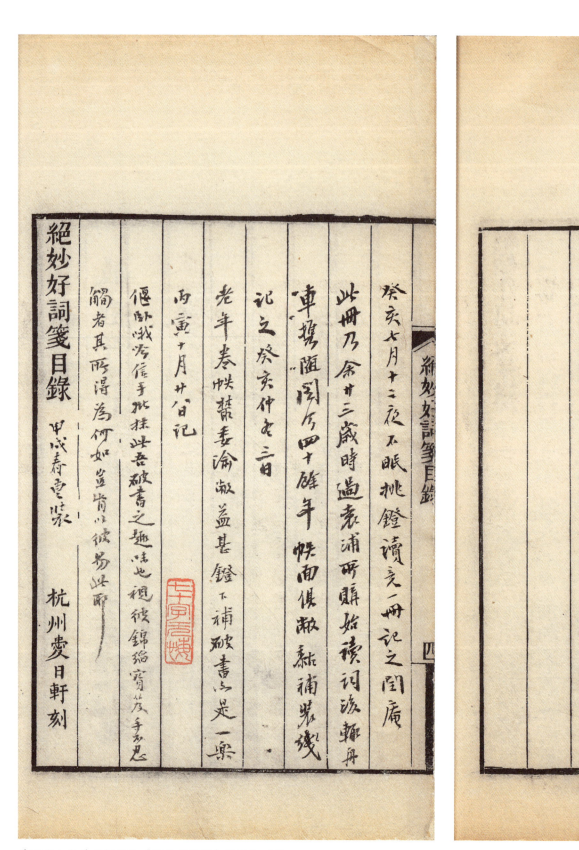

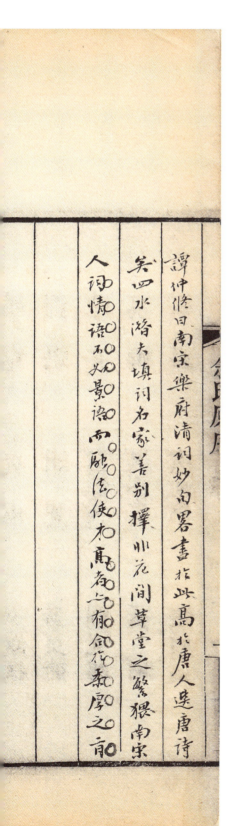

夏孙桐藏书签

"所尚斋"朱方，观所尚斋为夏孙桐堂号之一，双虹旧阁则未知是否。

此本与陈运彰跋本虽同题为道光年间徐楙刻本，两本目录后页皆有"道光八年夏钱唐徐楙问蘧鸠工重锓。章纯斋、陆贞一书"字样，又皆于徐楙续钞序中有"己丑秋八月十一日问年道人徐楙识于秋声旧馆"字样，然细看字体有明显不同，他处亦有颇多相异。陈运彰跋本书牌页刻有"道光戊子夏开雕"以及"绝妙好词""秋声馆"两印，夏孙桐跋本无，显然为两次刊刻。两书序次亦有不同，陈运彰跋本书牌后第一页有《钦定四库全书总目提要》，次为《绝妙好词纪事》，次《原序》，次《绝妙好词题跋附录》，次《绝妙好词笺序》，次《目录》，《绝妙好词笺跋》及《徐氏原序》位于《词笺》与《续钞》之间，徐楙

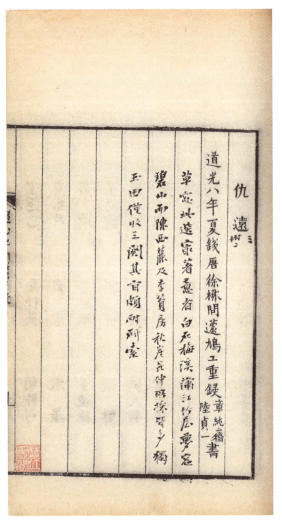

夏孙桐藏书印"闰支""孙桐"

清道光八年爱日轩刻本《绝妙好词笺》
牌记及夏孙桐题记

《绝妙好词续钞跋》夹于《续钞》中间。

夏孙桐跋本无《钦定四库全书总目提要》，牌记后为《绝妙好词笺序》，次为《原序》，次《绝妙好词纪事》，次《绝妙好词笺跋》，次《徐氏原序》，次《目录》。《绝妙好词题跋附录》夹于《词笺》与《续钞》中间，徐楙续钞跋则位于卷末最后一页。两书乍看极似，倘不细看，极易误以为装订不同耳，实则其中必有一本为翻刻，然究竟是何时何人所翻，却无以知之。该书刻工任九思于书中刻有"武林任九思"以及"杭城任九思"，然检各处资料，皆不见有关任九思记载。徐楙资料亦不多见，惟由其序中，知其号"问年道人"，检"爱日轩"条，所指资料却是徐乾学室名，古书于吾有太多未知矣。

吴曼公跋清钞本庄盘珠《秋水轩词》一卷

《秋水轩词》一卷　（清）庄盘珠撰

清左锡璇钞本　吴曼公题跋　册页

铃印：吴曼公（朱方）、吴曼公（白）、毗陵吴观海曼公宝藏（白方）、曼郎（朱圆）、华曼寿庵印记（朱方）、飞雨词人（朱方）、吴（朱方）、江阴金印武祥（白方）、陶庐（朱方）

庄盘珠字莲佩，常州人氏，生卒年不详，仅知其生于乾隆年间，卒于嘉庆初年，出生时其母梦见珍珠，故起名"盘珠"。常州庄氏一门自康熙至同治年间，先后出过二十二位女诗人，庄盘珠则为其中之佼佼者，所著有《秋水轩词》《紫薇轩集》及《莲佩诗草》，后人评其诗曰"取法汉魏"，评其词曰"娣视易安，非寻常闺秀所能"。晚清诗人王梦湘更推秋水词为清世第一，谓其"馨逸不减《断肠》，高迈处骎骎入《漱玉》之室"。

或因其为女性之故，庄盘珠资料记载甚少，偶有流传者，亦多具传奇色彩，清人吴德旋有《庄莲佩小传》，其文如下：

庄莲佩者，名盘珠，阳湖人庄有筠之女，同邑举人吴某之妻。幼颖慧，好读书。既长，习女红精巧，然眼辄手

清钞本《秋水轩词》封面

清钞本《秋水轩词》序言

一编不辍。尝从其兄芬佩受汉魏六朝唐人诗，读而好之，因效为之，辄工。其诗多幽怨凄丽之作，大抵似《昌谷集》云。嘉庆某年得瘵疾，以某月某日垂绝复苏，谓其家人曰："余顷见神女数辈抗手相迎，云：'须往侍天后，无所苦也。'"言讫遂卒，年二十有五。余读唐李义山所为《李长吉小传》，载长吉死时事甚奇，而明工部郎中叶绍袁女小鸾殁为月府侍女，时传其与乩仙天台泐师相问答，游戏精敏，泐师惊曰："汝但有绮语罪耳。天上人间，智慧第一，吾不敢以神仙待汝也！"爰命绝际，摄入无叶堂中密修四仪。无叶者，无枝叶而纯真实之义。上根之人，应以女人身得度者入焉。噫！异矣！夫神仙之事，儒者所不道，然人之有慧业者，其于去来死生之际，必异乎人。观莲佩殁时对家人语，宜可信。予与莲佩母家有连，故悉其事而传之也。

庄盘珠有姊嫁于蒋姓者，亦工咏吟，善吹箫，家有佣人据说能视鬼神者，曾指

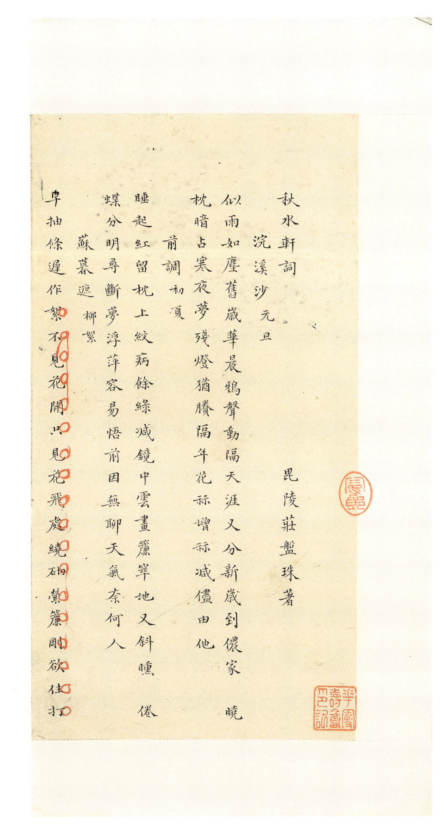

秋水軒詞

毘陵莊盤珠著

浣溪沙 元旦

似雨如塵舊歲華 晨鴉聲動隔天涯 又分新歲到儂家 曉

枕暗占寒夜夢 殘燈猶賸隔年花 添添增添減儘由他

前調 初頁

睡起紅留枕上紋 病餘綠減鏡中雲 畫簾穿地又斜曛 倦

蝶分明尋斷夢 浮萍容易悟前因 無聊天氣奈何人

蘇暮遮 柳絮

卓抽條遲作絮 不見花開 只見花飛處 繞砌縈簾剛欲住 打

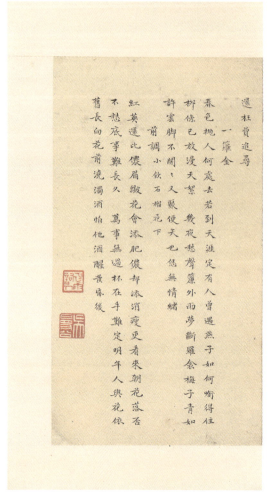

清钞本《秋水轩词》最后一页

两姐妹说皆为瑶宫仙子，并称曾见有绿衣丫环于空中行走。佣人说此话未久，两姐妹先后而逝。吾素不信神鬼之说，向觉此种传说皆为后来文人雅士附会而已，若庄盘珠临终真有此言，或许更多是为宽慰家人而语。其病逝时年仅二十五岁，时值秋季，是年清明其曾填《柳梢青》一阕："风声鸟声，者番病起，不似前春。苔绿门闲，蜂喧窗静，剩个愁人。 隔帘几日浓阴，才放出、些儿嫩晴。薄命桃花，多情杨柳，依旧清明。"此词相传为庄盘珠生前所填最后一阕，其父见之，惊道不祥，未料半年后一词成谶，盘珠因肺病去世，果然薄命。

今日所阅《秋水轩词》为清钞本，封面有吴曼公题签"秋水轩词，毗陵庄盘珠女史著"，侧有小字注"此册相传为左锡璇女史书，亦毗陵才女，工书画，能诗"。该书得自博古斋戊子年秋拍，预展前看到拍品，为极简易之册页，封面贴有签条，字迹颇为潦草，落款为吴曼公。此名吾曾经眼多次，但不知为何常将其想象成吴士鉴。近年词集价格一再攀升，女性著作更是异军突起，其中一个原因为胡文楷旧藏大批妇女著作出现于拍场。此集作者庄盘珠身为女性，又兼词集，自然几无可能便宜到手，然而毕竟是难得之本，错过甚为可惜，遂与群雄逐鹿，总算在心理价位之内纳入囊中。

携书归来后细查，始知吴曼公原名吴观海（1895—1979），字颂苊，号飞雨词人，江苏武进人，曾任上海文物保管委员会特约编撰。吴氏一门人才济济，其祖父吴殿英为张之洞幕宾，专门负责军事教育，曾参与创办湖北武备学堂，其父吴稚英亦入张之洞幕府，参与策划洋务运动。吴观海行五，其三兄吴瀛字景洲，学贯中西，为故宫博物馆创建人之一，并但任《故宫书画集》《故宫周刊》首任主编，

1949年后被陈毅聘为上海文物管理委员会古物鉴别委员，吴景洲长子名气更大，乃著名剧作家吴祖光。吴观海舅父为庄蕴宽，亦民国间知名人士，此钞本能够得吴观海收藏，或因其母自外家携来之故。

该钞本仅十四页，装裱成册页，录词五十二阕，其中并无《柳梢青》，未知是何缘故。《秋水轩词》亦名《盘珠词》，曾多次刊刻，最早有道光年间费氏刻本，又有光绪二年（1876）盛宣怀思补楼聚珍本，光绪二十一年（1895）可月楼刊本，以及未知确切刊刻年代之冒氏刊本。寒斋未备此集刻本，无法取以比对，然读施蛰存先生文章知，冒氏刊本及盛氏刊本皆录词八十八阕，较此钞本多出三十六阕，故吾猜测，或许左锡璇女史抄录时，此集尚未最后定稿，故未曾录全。

《历代妇女著作考》载左锡璇字芙江，江苏阳湖人，左昂女，为武进袁懋绩继室，著有《碧梧红蕉馆诗》三卷。吴曼公亦不敢肯定此本确为左锡璇所抄，只言"相传"，然此本小字精绝，玉骨冰肌，即使不是出自左锡璇，亦堪宝爱。此册首页为冯兰贞所作《秋水轩词序》，其文后半部分述及庄盘珠：

> 毗陵庄氏盘珠，天水名媛，武陵冢妇；幼解传经之义，长娴醉草之吟，乃尤性爱新词，情耽小令。月明林下，珊珊影濯冰壶；春去人间，暗暗愁生雪海。漱玉楼前之水，难以喻其间情；元机圃里之兰，不足资其讽咏。埋愁无地，漏永宵深，洒泪成斑，天寒日暮。是应修文朗苑，岂能久驻尘寰。兰贞窃慕才华，悲其朝露，诚恐囊中片羽，易等云飞；欲同壁上新笺，好将纱护。付之剞劂，以志心钦。道光庚子仲夏金沙于冯兰贞馨畦氏序。

冯兰贞亦擅诗词，著有《吟翠轩稿》，为知府于尚龄妻，生卒年不详。此序作于道光二十年（1840），由序言可知冯兰贞作此序时，庄盘珠已去世，且冯兰贞曾有心将此集付之剞劂，然此心愿似乎并未实现。读施蛰存先生文，之后刊刻成书的数个版本中皆无此序，思补楼本有盛宣怀跋，可月楼本有无闷居士跋及费氏刊本原序，皆未曾提及冯兰贞。费氏刊本刻于道光年间，仅二十八阕，至盛宣怀始辑得八十八阕，则此钞本之五十二阕，当为冯兰贞自辑。与后刻之八十八阕全集相较，此钞本内容虽不全，但冯兰贞序言却为诸家所无，亦此本之价值所在。

此本最后一页尚有吴曼公跋语两段，以及诗词各一首。其一跋于1949年中秋前夕："此予儿时所藏线装本，三十年前在故都潢治，现故都又为新京，此册历劫仍在行箧。予栖迟海上亦十二年，蹙蹙靡骋，偶翻敝篋得之，展观再四，不禁老大之感。己丑中秋前夕，毗陵吴曼公灯下书。"另一段跋于1951年："予六岁时，与兄

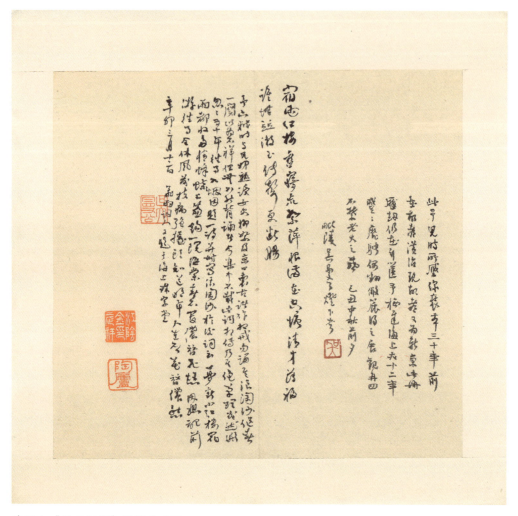

清钞本《秋水轩词》吴曼公跋语

姊熟读女史《柳絮》及《京口怀古》诸作，相戒勿诵其《浪淘沙·送春》一阕，以为不祥，但无不能背诵者。今集中不载此词，相传乃其绝笔，理或然欤。忽忽五十年，往事如烟，因题一诗，并附写《浪淘沙》于后。词云：梦断小红楼，宿雨都收，多情蜂蝶上帘钩，一院海棠春不管，依替花愁。　因想记前游，往事全休。风前扶病强抬头，知道明年人在否，花替依愁。辛卯三月十二日。飞雨词人又题于海上珠字堂。"其诗曰："宿雨红楼旧梦荒，絮萍恨满在空塘。清才薄福谁堪并，漱玉传声更断肠。"

　　吴曼公于此册前后多有钤印，计有"吴曼公"（朱白各一）、"毗陵吴观海曼公宝藏""曼郎""华曼寿庵印记""飞雨词人""吴"七方，可见其于此册之宝爱。此页尚钤有金武祥印记两枚，"江阴金印武祥"及"陶庐"，可知曾为金武祥展玩之物。

吴曼公藏书印"吴曼公" "毗陵吴观海曼公宝藏"

金武祥藏书印"江阴金印武祥"

施蛰存跋《历代词腴》二卷附《眠鸥集遗词》一卷

《历代词腴》二卷附《眠鸥集遗词》一卷

（清）黄承勋　辑、撰

　清光绪十一年（1885）黛山楼刻本　施蛰存跋

一函一册

　钤印：盱眙王氏十四间书楼藏书印（朱方）、万卷书边一老翁（朱方）、无相盦（朱方）、施蛰存藏书记（朱方）

　　《历代词腴》为清末黄承勋所选词集。黄承勋字朴存，江苏元和人，生年不详，卒于道光十五年（1835）。其人三十岁之前兼写诗词，三十岁之后致力词学，诗则偶尔为之，多为应酬之稿，随写随弃，词稿则于身后由其子付梓，为《眠鸥集遗词》一卷。

　　此为光绪十一年（1885）黛山楼藏版本，前为《历代词腴》二卷，后为《眠鸥集遗词》一卷，卷前有牌记为"光绪乙酉五月梓黛山楼藏版"。《历代词腴》此前曾两度付梓，惟印量不大，故流传未广，《眠鸥集遗词》则于咸丰二年（1852）准备付梓，然书版甫刻好即逢太平天国之乱，未及印行即与《历代词腴》之原书版并化劫灰，幸《眠鸥集遗词》原稿尚在。至光绪五年（1879），黄承勋之子黄景洛客扬州，觅得《历代词腴》前刻本，复将二书合为一集，于光绪十一年再次付梓。

　　黄承勋虽致力于词，毕竟造诣有限，未成名家，卷中词句读来皆有面熟之感，略思即知其由某

清光绪十一年黛山楼刻本
《历代词腴》书牌

清光绪十一年黛山楼刻本
《历代词腴》牌记

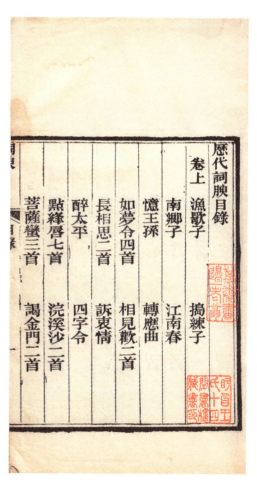

清光绪十一年黛山楼刻本
《历代词腴》目录

人某句中化来。陈廷焯《白雨斋词话》评论其词曰："仁和黄朴存《眠鸥集》词，亦沐浴于南宋诸家，而未能深厚。格调亦嫌平，合者亦不过谷人流亚。如《台城路·归燕》云：'蓼渚捎红，芦塘掠雪，秋思浑生南浦。'又《浪淘沙·鱼舟》云：'短笛唱凉州，惊起沙鸥。浪花圆处钓丝柔。蓑笠不辞江上老，云水悠悠。'声调清朗，气息和雅，自是越中一派。"此外并未多见他人谈论其词，可见其词流传亦未广。

《历代词腴》卷前有道光十四年（1834）同里朱绶序言，称词集之选，自张惠言外无甚善本，而张氏入选词人并不多，读者或有余憾，故黄承勋有此词集之选。又称黄承勋之

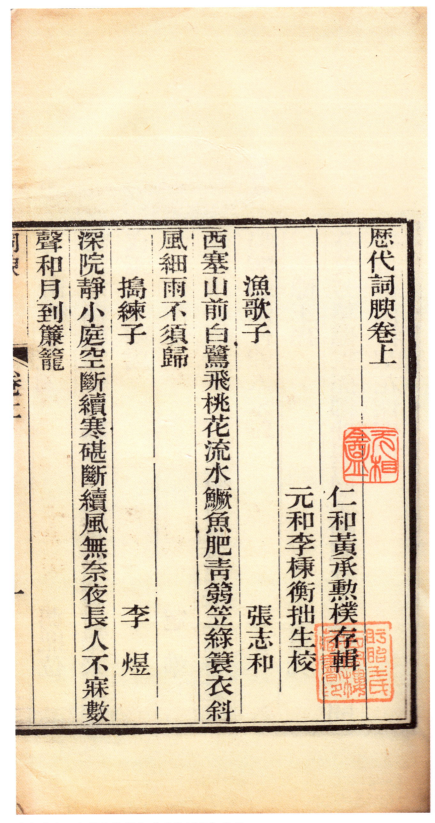

歷代詞腴卷上

仁和黃承勳樸存輯

元和李楝衡拙生校

漁歌子　　　　張志和

西塞山前白鷺飛桃花流水鱖魚肥青篛笠綠簑衣斜

風細雨不須歸

搗練子　　　　李　煜

深院靜小庭空斷續寒砧斷續風無奈夜長人不寐數

聲和月到簾籠

清光绪十一年黛山楼刻本《历代词腴》卷首

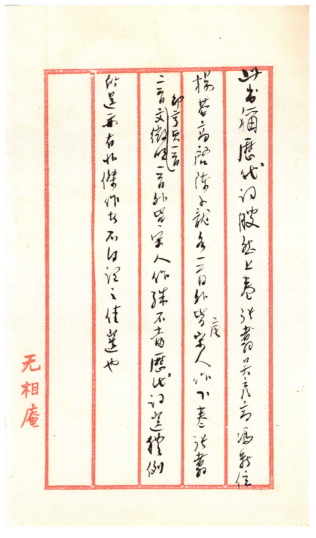

清光绪十一年黛山楼刻本《历代词腋》施蜇存跋语

选较张惠言所择稍广，且更加谨慎，有涉粗豪靡曼者，即便该词为古今读者所称赞，亦概置不录。《眠鸥集》前有序言数篇，其中数位乡贤皆名不见经传，所序亦多溢美之辞。又有朱绶道光十七年（1837）序，称："此黄君朴存所著词稿，于乙未二月邮托选校，并属改定。因为酌存五十六首，实则可删者尚有余首。今朴存已作古，此稿期在可传，自当求其尽善，不在多也。"此序殊不客气也。黄景洛得此序，果然从中又删去四首，是故《眠鸥集》中实际收词五十二首。

由此集可知，黄承勋与梁章钜交游甚多，该集录词仅五十二首，其中有四首副题言及退庵。退庵即梁章钜，道光年间曾任江苏布政使，任职八年，又先后四次代理巡抚，于江苏渊源颇深。黄承勋名气甚微，他处并未见与梁章钜交往之记录，然为之作序者朱绶却是梁之幕宾，梁章钜之奏章出多朱绶手，朱绶与黄承勋则同为元和人，故极有可能黄承勋亦为梁章钜之幕宾。

此本曾经王锡元及施蛰存先生收藏。王锡元为清末名士，其藏印为"盱眙王氏十四间书楼藏书印"，钤有此印之书，近二十余年来书肆中间有得见。无锡古籍书店关张之时，将大量线装库存书成批处理，吾在选书过程中，曾见若干钤有此印之书，然其中未见佳本，无法揣知其藏书路数。施蛰存先生为现代藏词大家，当年上海散出之词集，许多佳本皆为施先生所得，黄裳先生文章中曾多次提及与施先生在书肆争购词集之趣事。书肆间还曾传闻施先生所藏词集于20世纪80年代初期整批售出，为一女性藏家所得。施先生去世后，沪上拍场出现多部清人词集，皆钤有施先生藏印，间亦有其题跋本。这批词集所售皆得善价，且远高于其他同类同名而非施先生所藏者，可见书市买家更看重者乃施先生之名气。

此本亦得于上海拍场，卷中有施先生跋语两页，其对黄承勋之选似乎并不认同，跋曰："此书称《历代词腴》，然上卷张翥、吴彦高、冯鼎位，杨基、高启、陈子龙各一首，外皆唐宋人作。下卷张翥二首，邵亨贞一首，文征明一首，外皆宋人作，殊不当历代词选体例，所选亦有非杰作者，不得谓之佳选也。"此跋书于"无相庵"红格稿纸，黏于内文第三页，未署年款。另一页书于1957年，仅寥寥两行："此书选玉田似太多，陈子龙、邵亨贞各入一首。一九五七年八月五日，阅后记。蛰存。"此页书于普通稿纸，黏于该书最后一页。

或因该书有施蛰存先生跋语之故，当日拍场上属意者甚多，起拍价仅两千元，却一直被人叫至近万元始落槌，为吾所得。黄氏词作虽显中庸，却不失为研究乡邦文献之重要史料，何况有施蛰存先生跋语，与吾相争者自然识得其宝。

施蛰存藏书印"无相盦"

佚名过录厉鹗批校
《词律》二十卷

《词律》二十卷　（清）万树撰
清康熙二十六年（1687）堆絮园刻本　保滋堂藏版
佚名过录厉鹗批校　一函六册
钤印：刘宝楠印（白方）、楚桢（朱方）

《词律》二十卷为清初万树所著。万树（1630—1688）字红友，一字花农，江苏宜兴人，清初著名诗人及词学家。该书之形成于清初词坛大背景有极深关系。当时词坛创作氛围极浓，喜爱倚声填词者众多，词学探讨日渐深入，然而制订填词规范之词谱却存在极大缺陷，难以承担导引之责。万树有感于词坛所遵循之词体规范存有诸多弊端，此前刊行之词谱又均有缺陷，甚至因辗转抄袭，尽失音律原本，故力求精确恢复词体之正，而撰是书。万树于《词律》自序中称："仆本鄙人，生为笨伯，睹兹迷谬，心窃惑焉。谓际此熙朝，世隆文运，翕然风会，家擅鸿篇，乃以鲍谢隽才，燕许大手，沉溺于学究兔园之册，颡顠于村伶钉铰之篇，不禁发其嗟吁，遂拟取而论订。"该书编撰过程前后费时十八年，自康熙七、八年间，万树

清康熙二十六年堆絮园刻本《词律》牌记

33

词律序

有韵之文肇自虞歌降而曰诗曰骚曰赋莫不以音节铿锵为美传及後世学诗学骚学赋者溯源及流皆可各遵所尚萧然自成厥章不失古作者之体裁而已未尝必句栉字比域

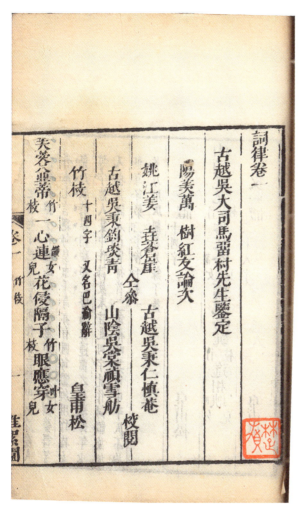

清康熙二十六年堆絮园刻本《词律》卷首

与陈维崧谈论编纂是书计划，至康熙二十六年（1687），吴兴祚为之作序，《词律》始正式刊行。后人评价此书为"《词律》出，词谱之规模始具"。俞樾称此书："扫除流俗，力追古初，一字一句，皆取宋元名作排比而求其律。"杜文澜于《词律校勘记叙》评价此书曰："使非万氏红友一书起而振之，则后之人奉《啸余》《图谱》为准绳，日趋于错矩偭规而不自觉，又焉知词之有定律，律之必宜遵哉？……俾学者按律谐声，不背古人之成法，其有功于词学也大矣。"

然而该书囿于当时资料匮乏，书籍流通未如今日之广等缘故，亦有讹误错漏之处，故后人不断有所校订补充，陆续有陈元鼎《词律补遗》、戈载《词律订》、杜文澜《词律校勘记》及《词律补遗》、徐本立《词律拾遗》等，数者不断对是书补充订正，亦可视为对该书之肯定及重视。万树自己于序中亦谈到载籍荒凉之状："漂泊向天涯海角，既不比通都大市，有四库之堪求；交游惟明月清风，又不遇骚客名流，无一鸥之可借。只据贺囊之所挈，及搜邺架之所存，聊用参校。"读此语甚感古人著述之难，不若今人有电脑及图书馆可供参考，吾亦颇为惭愧。

此本为康熙二十六年（1687）堆絮园刻本，前有康熙丁卯上巳山阴吴兴祚序，次为锡山严绳孙序，次为万树自序，书牌页有"保滋堂藏板"六字，据《中国古籍善本总目》载，该书尚有尺木堂印本，亦属康熙二十六年堆絮园刻本。堆絮园为万树室名，然堆絮园所刻之书目前已知仅《词律》二十卷，未见他书。此本一函六册，朱墨二色批校满纸，由字迹看当属同一人所书，因卷前及卷中皆有"刘宝楠印"白方及"楚桢"朱方，故一度认为该书批校出自刘宝楠手。刘宝楠（1791—1855）字楚桢，号念楼，江苏宝应人，与刘文淇并称"扬州二刘"，俱以经学名家。刘宝楠于经学，初治《诗经》《礼记》，后与刘文淇、梅植之、包慎言、柳兴恩、陈立等相约各治一经，刘宝楠抽签得《论语》，于是屏弃他务，专心治此，先为长编，次而荟萃折衷，撰为《论语正义》，后由其子刘恭冕续而成书。

　　吾素知刘宝楠为经学大师，其《论语正义》深得梁启超赞誉，但从未见其有关词学之著述及记载，故初睹该书有刘宝楠批校，颇为奇怪，甚至心中窃喜，以为得一前人未发现之秘密：素以经师闻名之刘宝楠居然于词学亦有造诣，此无异于为研究刘宝楠提供一全新领域。然细读卷中批校，愈读而愈惑，卷中批校细密严谨，于词学之音韵、格律、唐宋以来诸家词人之风格等等莫不了然于胸，且有自己独到观点，绝非偶然涉猎者能为之。若刘宝楠于词学有此造诣，以其名气之盛，断不致淹没至此。遂检斋中法书墨迹与之比对，检得两帧刘宝楠批校本之影印图片，果然字迹相异，相较而言，刘宝楠字体严肃庄穆，此本批校字迹则机巧灵活，显然出自两人之手，则此本仅为刘宝楠旧藏，而非其批校矣。

　　细细读来，批校者当是热衷于词，而非热衷于万树，卷中批校甚是用心，或长或短，短则数字，长则钜篇大论，几可另录而辑为一书，数见其因篇幅太长，

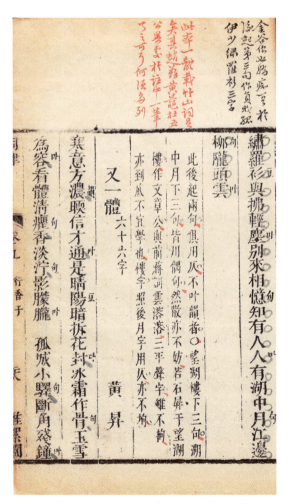

清康熙二十六年堆絮园刻本《词律》佚名
过录厉鹗批校

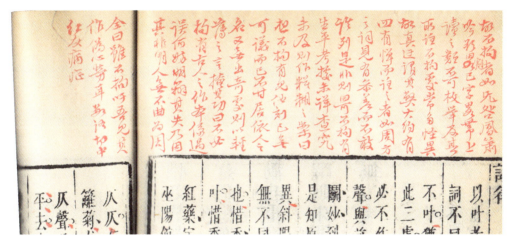

清康熙二十六年堆絮园刻本《词律》佚名过录厉鹗批校

而以另纸书之，夹于卷中，皆可单独成文也。其开卷首句批校乃针对《十六字令》："天，休使圆蟾照客眠"句，批校者云："毋论'蟾'字是闭口韵，止论此五字扭作一句，句法先欠通。"此词吾少年时即熟读，从未曾疑有其他读法，读此本，始知关于该词之断句，前人尚有过异议，谓三字起者为《十六字令》，一字起者为《苍梧谣》。古人无标点，实在是易生误会，然而或许正因为无标点，无形中锻炼人之阅读与理解能力，故古人文字强于今人多矣。

批校者时于书眉处论及自己观点，如："平仄如何可不拘，但审音人自能辨别宫商，不专在平仄上论量耳。"又如："不通曲理者诚不可以言词，乃既以作平，又复作仄，试问诸梨园子弟歌此调中，未必可杂南音也。"又有："词虽名为诗余，然亦有古近之分，如小梅花、醉公操、哨遍等调，每当以古笔行之，故用韵亦可从古。稼轩之江东通用，固不可谓之失韵，亦岂得谓之借叶乎。"卷三有论《摊破浣溪沙》者，所引为李璟"小楼吹彻玉笙寒"，万树小注称此调因李璟之作脍炙千古，故此调亦名为《南唐浣溪沙》，并驳云："然则唐词沿至宋人，改新调而仍旧名者甚多，如喜迁莺、长相思之类，皆添字成调，岂可名'北宋喜迁莺''北宋长相思'耶。"批校者颇不认同此论，于书眉朱笔识："所以加'南唐'二字者，谓出自风流帝子耳。其无'北宋喜迁莺'等名，亦即'非天子不议礼，不制度，不考文'之意也。红友此驳未免太蛮。"

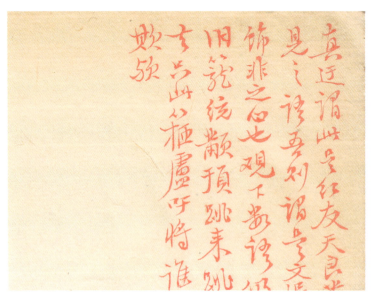

清康熙二十六年堆絮园刻本《词律》佚名过录厉鹗批校

由其朱批可知，批校者对于万树诸多观点均不认可，字里行间每每见其批驳。卷一有："红友好摘新名牵扯，每于此等处便云'异哉'，此自矜聪明耳。吾不知何异之有。"卷三有："图谱此注真觉太甚"及"红友此驳未免太蛮。"卷九有："红友之不通至矣！"卷十有："真迂谓此是红友天良发现之语。吾则谓是文过饰非之心也。"卷十二有："吾不知红友怎生明目张胆，轻尔大书特书也，怪哉。"卷十八有："红友原以作谱并非选声，何出此言耶？舍柳词之圆顺而载此佶屈之作，足证其心之褊隘耳。"读此朱批，甚叹息批校者有如此才情与决断，于该书又如是用力，足可以另成一书，却未知何故不曾单独成书。

然则此何人哉？吾极欲知，惜无处问踪。每每陷入此境，甚羡慕王大隆、缪荃孙等，能由批校字迹、言语风格、月旦笔法以及学问渊源推断出卷中批校出自谁手，吾之困惑，乃学浅疏漏之铁证也。又觉斯人读词犹如医生对娇娃，但见器官及细胞，不见风姿与态度，词之为物，离开一个"情"字即索然无味，而斯人下笔千言，却无一字见性情。若是陈运彰、况周颐诸人来批是书，当是感慨万千，叹息满地，时见涕泪横飞。换作李慈铭来批是书，极有可能满纸不屑，尽指其未善未妥处。请来姚鼐批是书，必定是页页见赞叹，无处不作揖。换作鲍廷博，则当是字字较真，横竖撇捺莫不经心，尽显刻书家之本色也。

该书经刘宝楠庋藏之后，辗转于其他藏书家架上，然皆未留下钤章，以致无法知其递藏过程。卷中又夹有两页便笺，上有墨笔跋语两篇，从笔迹看，与卷中朱批为两人，其中一篇略短，内容为题周邦彦《双头莲》："此调应在'知甚时'处换头。盖上阕四字五句，六字一句，'碧'字为韵，再三字'色'字为叶。'门掩'

至'乖隔'，与前除'合有人相识'为五字外，无一不同上阕双叠，所以称'双头莲'也。传钞刊本多误，红友不细省耳。"另一篇内容颇长，最后一句为："'自应'作'又是'，盖红友从汲古本，而元本为'是'字也。"仅此两跋，即知此人既通音韵、词学，又通版本，兼富藏书，所见多有宋元珍本，不禁再次掩卷而叹：

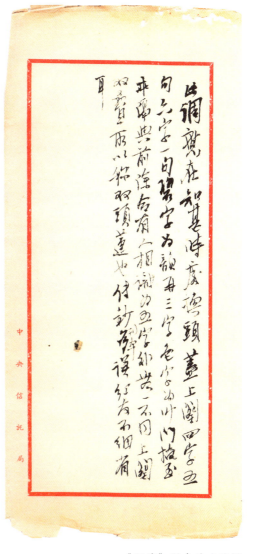

《词律》所夹佚名跋语

此又何人哉？两页便笺皆未署款及钤章，亦无日期，仅于笺纸左下印有"中央信托局"字样。

吾极欲知更多与此书相关之信息，尤其两位佚名批校者究竟是谁，遂埋首书房翻检前人著录，比对笔迹，期望有所发现。然于此两人皆未检得更多资料，却无意间于潘景郑先生《著砚楼读书记》中读到《校本词律》一跋，其所藏亦为康熙堆絮园刻本，并经前人朱墨评点，所署有真迁、迁客、萍绿、块然诸称谓。乍读此文，几疑寒斋所藏即著砚楼旧物，因寒斋所藏之本亦频见有"真迁谓"，然潘先生所提及之绿萍、块然诸称皆未见。潘先生继而称："俱不详其姓氏，评语多责难红友之辞。经沈西雍先生以墨笔重勘，签识于别纸。"沈西雍为嘉庆、道光时人物，显然与中央信托局毫无瓜葛，则寒斋之本与著砚楼本为两本也。然由潘先生所记，可知著砚楼本当为后来过录者，以其多出萍绿、块然等称谓，而寒斋之本批语多至需要另纸书以长文，以此看来不似过录者，当为原批。又从朱批言语中可知，真迁为其友人，故批者并非真迁。一番寻索，仍然未知批者何人，略有失落，转而想到此人于词学造诣如是之深，于其当世而言，应当深得时人膺服，否则亦不会有人过录其批语，然一时之名气，如萤火之微光，转瞬即逝，众人口相传诵之时，未必不洋洋得意，而身后竟然消失淹没至无从寻觅，此亦世事也。

补：

此本壬辰年得自泰和嘉成春拍，图录中并未注明批校者何人，仅称"本拍品内朱墨笔批校甚夥"，三帧书影及介绍文字占满一页整版，可见拍卖公司虽然亦不清楚批校者何人，但于该书颇为看重。拙文草成后，交由艾俊川先生指正，其因工作变动，事务繁忙，约略过了半年始来电告吾："此文恐怕需重写。不过是个好消息，我查出来了，红色笔迹是厉鹗的批语。"闻其所言，吾确是先惊后喜，毕竟厉鹗手迹留传甚罕，吾从未寓目，更惶论庋藏。然而艾兄又劝吾勿要高兴得太早，因为文字内容他已经确证出自樊榭老人，但是否为其亲笔书写，则不敢确认，因为他也未曾见过厉鹗的笔迹。但无论如何，知道这些批语出自何人，这已经是个好消息，而同时，艾兄之学问又令吾深深拜服。

于是吾再次埋首书斋遍检各工具书，仅于台湾《"国立中央图书馆"善本题跋真迹》中找到唯一一页厉鹗题记，细细经勘，感觉书上字迹与吾本所书笔锋有异，再细查之，《真迹》中题记书于雍正壬子，是年为1732年，厉鹗四十岁，复于网上

厉鹗像

搜寻与厉鹗相关之字迹图片，未能找到字迹完全相同者，然此过程中又看到一个规律，即樊榭山人的墨迹越年轻越拘谨而工整，越到晚期则俊逸飞扬，可惜吾藏之本亦无年款，然从字体松紧之态来看，若此本确为樊榭山人亲手所书，则当为其晚年所书。

艾兄的信息让吾几番欢喜几番忧，来来回回间又再次注意到夹于书中的两页便笺，左下角印有"中央信托局"字样，中央信托局为1935年国民政府所设之金融机构，附属于中央银行，总局设在上海。藏书、词学、银行、上海，将此四个因素汇于一处，忽然令吾想起民国藏书家叶恭绰，心中顿时一喜，然此亦猜测，并无证据，念及此心情复堕入尘土。

及至日暮掩卷，仍未得出自己想要之结局，两个猜测，皆无定论，此番心情之复杂与起跌，不藏书者无以知其苦也！

刘宝楠藏书印"刘宝楠印""楚桢"

段朝端题记
《端阳杂咏》一卷

《端阳杂咏》　（清）王邦杰、王纮、阮学浩、金维岱撰

清刻本　佚点批校　段朝端题记　一函一册

钤印：筠林（白方）、曾藏太平苏氏补读轩（朱方）、继卿（朱方）、蚓（朱方）

《端阳杂咏》一卷，戋戋小册仅十三页，前有题记一页，计十四页，己丑年夏得于沪上博古斋，估价四至六千元，然拍至近万元始为吾所得，与吾争书者好眼力也。是书《中国古籍善本总目》及各家书目皆未见著录，内容为清人王邦杰、王纮、阮学浩及金维岱四人端午唱和小集，以《硃砂钟馗》《将军草》《茧虎》《百索》《蒜络》《荞麦娘》《斧头粽》及《蟾蜍唧墨》为题，各赋七律一首，汇而成帙，乃典型文人雅集之作。所赋者皆与端午相关，可想见清人过端午之习俗及雅趣。各人所赋又皆以《硃砂钟馗》为首，盖自晋代起，民间即有端午节悬挂钟馗像以镇宅之传统，今已许久不曾闻矣。所赋之茧虎，大约为妇女端午时应节头饰，百索即今日之跳绳。今人过端午，似乎仅涉及龙舟、粽子与假期，余则鲜有所闻。近年听闻韩国将彼国之端午祭申请为文化遗产，又以《白云和尚抄录佛祖直指心体要

清刻本《端阳杂咏》封面段朝端题签

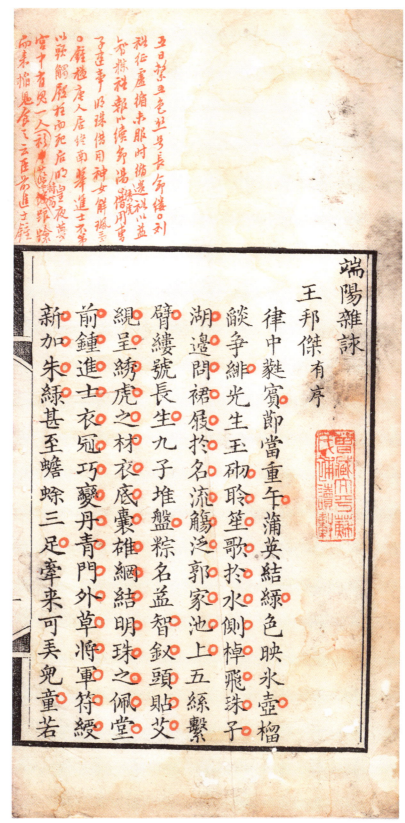

端陽雜詠

王邦傑有序

律中蕤賓節當重午蒲英結綠色映冰壺榴
餤爭緋光生玉砌聆笙歌於水側棹飛珠子
湖邊問裙屐於名流觴泛郭家池上五綵繫
臂縷號長生九子堆盤粽名益智釵頭貼艾
縄呈繡虎之材衣底囊雄綑結明珠之佩堂
前鐘進士衣冠巧變丹青門外草將軍符綬
新加朱綠甚至蟾蜍三足牽来可芟兜童若

王曰稱五色絲号長命縷。列
秋征虚揃束服時縮遺祖以益
寿粽祖報此續弔湯酒惜丹事
子遂事明珠借用神女解珮事
○鍾樓唐人居終南舉進士不第
以歌餬歷柱西犯后的皇夜英龍
宫中首奥一人祝繹赫時凝群縈
而秦柏魁食人云匡常進士鍾

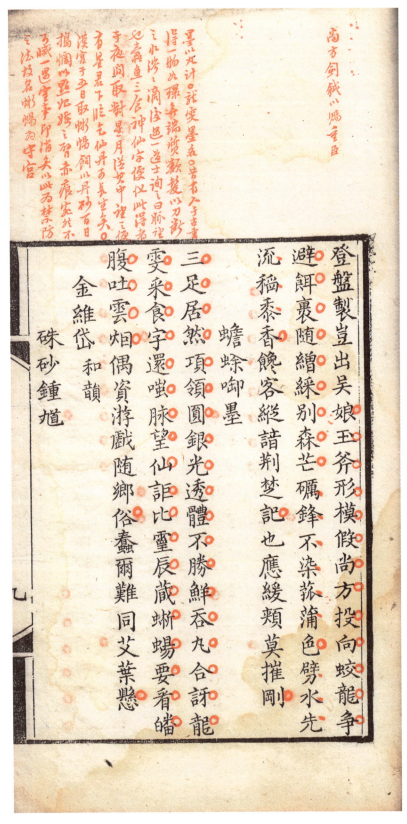

登盤製豈出吳娘玉斧形模假尚方投向蛟龍爭
避餌裹随繒綵別森芒礪鋒不染菰蒲色劈水先
流稻黍香饞客縱諧荊楚記也應緩頰莫摧剛
　蟾蜍啣墨
三足居然項領圓銀光透體不勝鮮吞丸合詡龍
雯采食字還嗤脉望仙詎比靈辰藏蜥蜴要看醻
腹吐雲烟偶資游戲随鄉俗蠢爾難同艾葉懸
金維低　和韻
硃砂鍾馗

清刻本《端阳杂咏》内页

节》一书为据，宣称金属活字印刷起源于韩国，并得联合国科教文组织认定该书为世界最古老之金属活字印刷品，将之列入世界记忆遗产名录。与韩国相比，吾国在传统文化之保存与宣传方面，有待改善者良多矣。

该书曾栖苏锡昌邺架，卷首钤有"曾藏太平苏氏补读轩"长朱方，卷末又有"继卿"朱方。吾先后经眼苏锡昌藏书印约十余方，其中"继卿"朱方有二枚，字形一而大小异，其颇喜于卷末钤此"继卿"印，卷首及首页等位置用印反而十分随意。该书封面尚有段朝端墨笔题写书名"端阳杂咏"，及"后壬戌辜月蔗叟为文献署"，下钤"蚓"字朱方。卷前有其墨笔题记一篇，其内容为：

　　《端阳杂咏》，宋子文献旧藏，孤本，凡八题，作者四人，人赋七律，或一和再和，版刻绝精，朱规工整，采用故实以朱笔注引上方，不知出何人手，小行草亦殊不恶。按邦杰，字凡仲，镜湖先生子；纮，字昭度，凡仲兄邦彦字方次之子；学浩字裴园，雍正庚戌进士，官检讨；维岱字晓堂，湖北钟祥人，乾隆壬申翰林，前山阳令秉祚子，壬午甲申间先后主丽正书院讲席，属和当直是时。静远尚书《闻妙香室集》亦有斯作，行辈稍后，歆慕追和，未可知也。周处风土之记，襄阳耆旧之篇，聊志心藏，藉夸眼福，文献或不嗤为多事乎？
　　后壬戌十一月望日八十老人段朝端书于叶打庵。

是书作者之简介，段朝端所述已大备，吾不复赘言。其所言宋文献未知何人，按论亦当为藏书之家。该书刊刻精良，写刻俊逸，可见主事者颇为用心，然因其为诗友唱和之玩物，且唱和者并非享有盛名，当年刷印应该非多，流传亦非广，故流传至今，知者仅此一部，为吾所得，实寒斋书福也。该书之可喜处，非惟写刻精美，流传稀见，更因其卷端朱批满乙，详注诗中所引典故，读此小帙一卷，不啻于温习古书若干。

以《蒜络》一诗观之，小小一物，四人角度个个不同，竟然咏出如许诗句。蒜之一物，《本草》记载称："其气熏烈，能通五脏，达诸窍，去寒湿，辟邪恶，消痈肿，化症积肉食，此其功也。"至今多地尚有端午食蒜习俗。王邦杰咏蒜由气味入手，诗云："臭味旧称姜桂匹，结交新与麝兰齐"；王纮由形状入手，诗云："一颗珠胎悬夜月，千丝铁网出熏风"；阮学浩先由菜蔬角度切入，诗云："系如匏样形原赘，白与葱侔性亦齐"，又从风俗角度咏之："辟邪偶杂琼瑶佩，姜桂他时未许同"。金维岱诗兴颇浓，一咏而再咏，先由名称入手："小立帘前乍抬首，芳名犹喜为君题"，注云帘钩亦名银蒜；又有通篇自喻者："托根无那困樊中，面面争将密网笼，须信平生多块垒，肯因俗尚学圆融。"同一细物，入眼不同，出言相异，而其中各人性情亦立现。

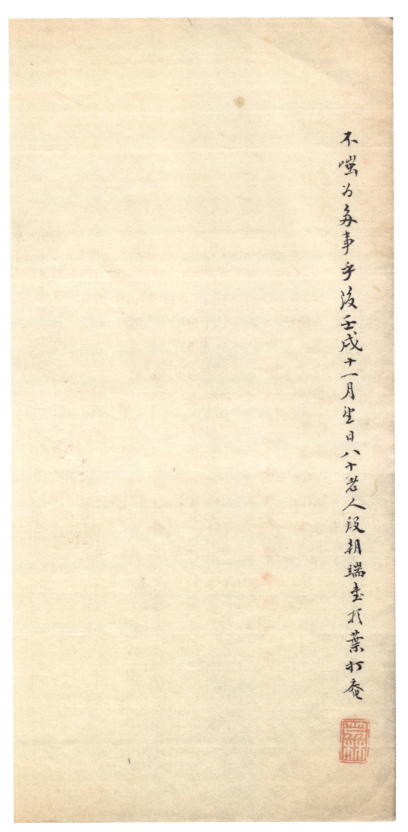

不噬为务事乎读壬戌十一月生日八十老人段朝瑞主於葉拓庵

拔前山阳令秉祎子壬午甲申庙坐沿畤籍且盖陵诗行农人兲□□

畤祎远尚主用抄六室集点弓财作行筆補波款基些和未可知

也用文瓜土之记襄昜考四立斋聊志心藏藉乎眂褔文献戈

跋者段朝端（1844—1925），字笏林，号蔗叟，淮安人氏，汪辟疆《光宣以来诗坛旁记》中载其小传，称淮安有一老诗人，而海内鲜有知之者，其晚号蔗叟，重老以脚废疾，年逾八十犹耽书嗜古，吟咏不衰，所著有《椿花阁诗集》八卷。其诗则五七言古体雅健深稳，经籍外溢；近体善于使事，语隐而志微。吾读其诗，最有感者为《李审言上海信来，许以〈藏书纪事诗〉七卷本借读，并媵以诗，次韵奉酬》：

十年不见李伯纪，大患有身病垂死。
跰䠊不用交头杖，箕踞惟凭折足几。
平生癖嗜在书卷，昏眊善忘今老矣！
海南群犬吠所怪，黔中神驴技只此。
新书遮眼许相借，古诗入手呼可喜。
珠还合浦尚有日，璧假许田亦其理。
（君亦假敝藏顾秋碧诗）
先生与我有同好，脱略名利犹敝屣。
曾闻书淫与书痴，那及先生书丐名字美？
（君尝以此自称）
五兵纵横裴武库，七略戢香刘中垒。
支瓶隶事忘寝食，拓钵沿门遍井里。
一朝沾丐及贫子，譬膏肓针废疾起。
况复殷勤劝眠食，丽藻遒文一何绮。
至今金粟旧书楼，尚有几人念凿齿。
悬知宋椠富藏弆，空令痴儿出馋水。

近来留连病榻月余，惟有读书送日，而时近端午，该书又正好为咏端午，读是书可谓颇应节气。困顿中读段朝端此诗，不免心有戚戚矣。

苏继卿藏书印"曾藏太平苏氏补读轩""继卿"

刘师培校样本
《左盦诗》一卷

《左盦诗》一卷　（清）刘师培撰
清宣统二年（1910）刻本　刘师培校样本　一函一册

刘师培（1884—1919）字申叔，号左
盦，江苏仪征人。仪征刘氏自刘师培曾祖
刘文淇始，四世治《左传》，为近代经
学世家，扬州学派之中坚。刘师培幼承家
学，十二岁即读完五经及四子书，十八岁
补县学，十九岁中举人，保荐知府，为学
部谘议官，先后于多间大学执教。其年非
寿，所著颇多，有《尚书源流考》《周书
补正》等七十四种，后人辑为《刘申书遗
书》，有民国二十五年（1936）排印本。

刘师培享年仅三十六岁，一生起伏
多变，以救亡始，至守旧终，先从晚清
举子变为反清斗士，继而又从反清斗士
变回满清附庸。光绪二十九年（1903）其
在上海结识章太炎、蔡元培等人后，因
赞成革命而改名"光汉"。光绪三十三
年（1907），其与妻子何震同赴日本，加

刘师培像

清宣统二年刻本《左盦诗》封面

清宣统二年刻本《左盦诗》书牌

入同盟会，与张继在东京举办"社会主义讲习会"，并与何震一起创办《天义报》，宣传无政府主义，一时间俨然站在反清革命之前沿。光绪三十四（1908）年归国后，因为家事与章太炎反目，继而投入端方阵营，数年后担任阎锡山顾问，继而发起"筹安会"，拥袁世凯称帝。民国五年（1916）袁世凯去世后，北京政府下令通辑帝制祸首，刘师培亦在名单之列，后因其与严复"人才难得"始获保免。蔡元培念及旧情，特聘其为北京大学教授，自此专心治学，重新致力于古文经学。

后世论及刘师培，多肯定其学术成就，而非议其政治生涯。刘师培自己亦后

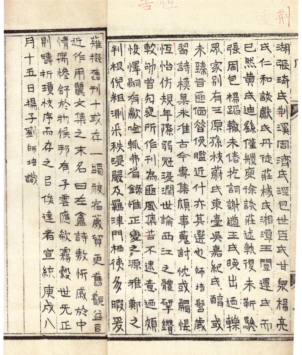

清宣统二年刻本《左盦诗》序言

悔所行之事，临终前对弟子黄侃说："我一生应当论学而不问政，只因早年一念之差，误了先人清德，而今悔之晚矣。"蔡元培为作《刘君申叔事略》亦为之惋惜："向使君委身学术，不为外缘所扰，以康强其身而尽瘁于著述，其所成就宁可限量？惜哉！"

今人提及刘师培，亦多言其学术及政治，鲜有人谈及诗作，事实上其诗作亦值得研究。申叔髫岁习诗，尤其喜爱西江诗派，汪辟疆《光宣诗坛点将录》将其归入杜甫、顾亭林一脉，而杜甫正是江西诗派之鼻祖。汪辟疆喻刘师培为地飞星八臂哪吒项充："百步取人无不中。可惜飞刀，不用为用。仪征刘氏，三世为贾服之学。至申叔，则博学瑰词，一时无两，间出其余绪为诗，由亭林上窥浣花，气韵深稳。又五言出入鲍谢，自然高古。入蜀以后，诗境益拓，气体益高，盖学人而兼诗人也。"又有小字注："申叔卒年三十六，与谢朓同。"

刘师培亦有论诗之语，曾月旦近人诗作："晚近作家，所习滋泛，其有撰比兴之奥，荟吁谐之音，唯江都黄承吉氏、阳湖张琦氏、荆溪周济氏、泾包世臣氏、甘泉杨亮氏、仁和谈（韦注：疑为"谭"误）献氏、丹徒庄棫氏、湘潭王闿运氏而已。然黄氏迪繇，仅骏庾徐；谈庄述轨，复未靳骖；张周包杨，蹈辙未倦，挖词榭道，王氏晚出，迺轹众家，别有三原孙枝蔚氏，东台吴嘉纪氏，醇或未臻，旨匪俪

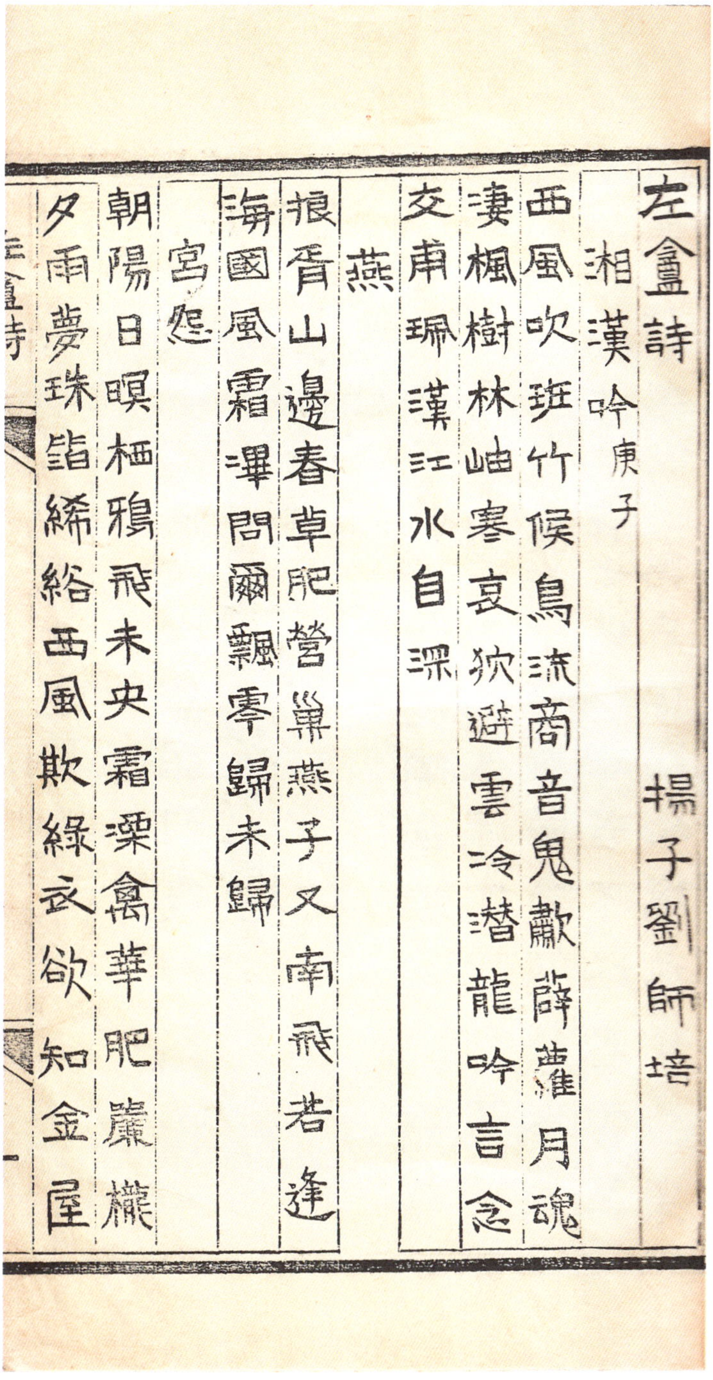

左盦詩　　　　　　　　　　揚子劉師培

湘漢吟 庚子

西風吹斑竹候鳥流商音鬼歗薜蘿月魂
淒楓樹林岫寒哀狹避雲冷潛龍吟言念
交南瑃漢江水自渌

燕

狼脊山邊春草肥營巢燕子又南飛若逢
宮怨

海國風霜澤問爾飄零歸未歸

朝陽日暝栖鴉飛未央霜梁禽華肥簾櫳
夕雨夢珠皆綌給西風欺綠衣欲知金屋

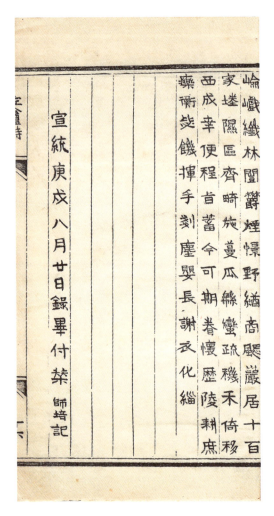

清宣统二年刻本《左盦诗》尾题

昔，俯瞰近什，亦其选也。"

今检《清人别集总目》，刘师培著述中与诗相关者，有民国十五年（1926）排印本《刘申叔诗抄》一卷、民国二十年（1931）清寂堂刻本《左盦诗》一卷，民国二年（1913）石印本《左盦长律》一卷及民国二十五年（1936）宁武南氏排印本《左盦诗录》四卷，其中宁武南氏所刊之《左盦诗录》为收录刘师培诗作最全者。南桂馨（1884—1968年）字佩兰，山西宁武人，曾为山西大学堂学生，早刘师培一年加入同盟会，光绪三十三年（1907）年赴日本警察学校留学，归国后曾于阎锡山手下任职，为刘师培在日本期间至交。民国二年（1913），刘师培离开成都国学院后，来到山西太原，任阎锡山顾问，期间就住在南佩兰家中，二人一起创办《国故钩沉》，可见相交至深。刘师培去世后十五年，南桂馨捐资十万，请郑友渔主持刊刻《刘申叔遗书》，其中《左盦诗录》为钱玄同代为编次。

《左盦诗录》凡四卷，卷一为《匪风集》，录诗五十五首，乃钱玄同根据申叔自定手稿编次。《匪风集》手稿当编定于光绪三十二至三十三年之间，篇首署名初为"仪征刘光汉"，后又将"光汉"改为"师培"。"光汉"之名起用于光绪二十九年（1903），光绪三十二年（1906）刘师培至日本后，"光汉"之名不再用于国内，故此前两年于《国粹学报》上发表之诗文皆为"光汉"，光绪三十三年（1907）秋冬间，刘师培在日本不再讲求民族主义，自废"光汉"之名，诗文书札皆署"申叔"，至光绪三十四年（1908）归国后，复用回"师培"。由署名之变换，可知刘师培政治立场之转变，而《匪风集》中所录诗篇，多有谈及民族主义者，亦可由此而知其心迹。

《左盦诗录》卷二为《左盦诗》，收录诗篇六十二首，亦为钱玄同根据刘师培自定稿编次，此卷前有刘师培宣统二年自序，此时仪征因避溥仪讳而改名为扬子县，故此卷署名为"扬子刘师培"。此卷所录诗篇以写作年代先后编次，起于光绪二十六年（1900），讫于宣统二年（1910），计其年岁，在十六至二十六岁之间，所作多为咏物诗，读之恍如见一少年人，兀自在春夏花园间倘佯，虽亦有慨叹人间疾苦之语，但其实是混沌未开，中有数首尚可看出其练笔之痕迹，如"青围江圻石，红闪客船灯"，明显自旧句中变化而出。读其作，亦可看出其非少年老成之人，亦无救济苍生之志，几番政治立场变幻，其实也只是被时势所诱，非新即旧，总想寻一个立身之处。想起日前刚刚翻阅过罗振玉稿本《毛诗草木鸟兽虫鱼疏新校正》，罗振玉与刘师培同为少年人，两书皆为二十岁左右之作，心性之不同，流露出笔底风光亦殊远。

此卷中令人玩味者，尚有光绪三十四年（1908）所作《译石门和夫氏希望诗》，前有案语："波兰石门和夫创制爱斯帕兰脱文字，泰东称为世界语，氏工作诗，以希望诗为尤著，依意译之。"其译诗为：

其一：
殷殷我思，异乡同堂。递我好音，飚旋八方。
有若棉羽，踵风聿扬，翩联远将，覃泉遐荒。

其二：
青青剑锄，髓液凝腥。矛戟聿修，室家靡宁。
缅瞻大圜，竞诘戎兵。傒我喆人，屦民于平。
煜煜新黄，众旊其萌。邕邕喈音，洽我纮瀛。

石门和夫即世界语创始人波兰医生柴门霍夫，"爱斯帕兰脱文字"即世界语Esperanto之音译，Esperanto原意为"希望"，柴门霍夫希望能够借助这种语言给世界带来新希望。世界语于晚清时期以三种途径传入中国，其中一个途径即由在日本

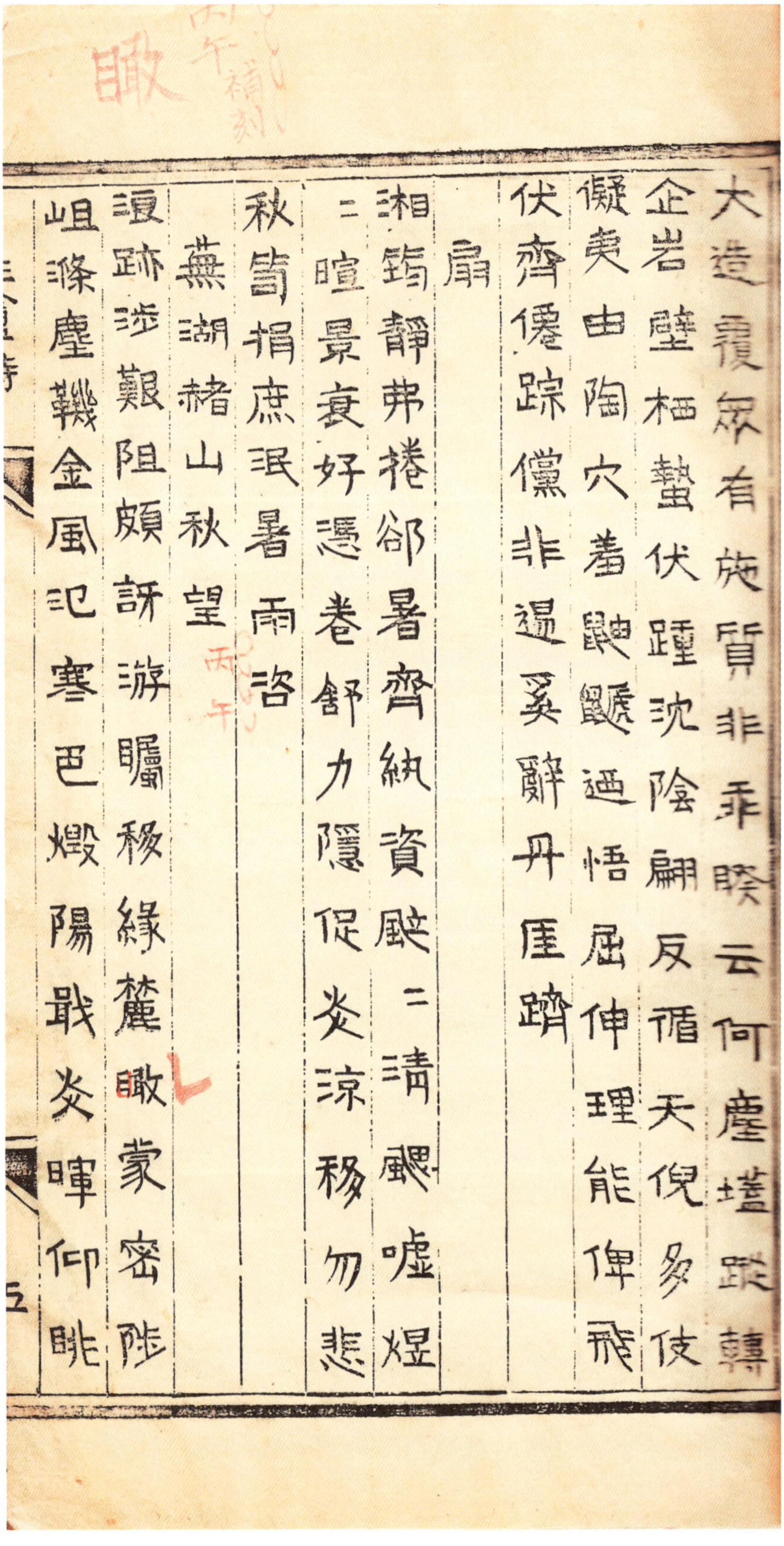

大造覆載有施質非乖暌云何塵壒跡轉
企岩壁柄蟄伏踣沈陰翩反循天倪多使
凝夷由陶穴羞覼颶迤悟屈伸理能俾飛
伏齊儻踪儻非邅奚辭丹匪蹟
扇
湘筠靜弗捲郤暑齊納資颸二清郳嘘煜
二暄景衰好憑卷卻力隱促炎涼移勿悲
秋筥捐庶泯暑雨咨
燕湖赭山秋望 丙午
逡跡涉艱阻頗訝游矚移緣麓瞰蒙密陟
岨滁塵鞿金風記寒巴燧陽戰炎暉仰眺

清宣统二年刻本《左盦诗》校改痕迹

之留学生传入，刘师培正是其中大力推广者。其在日本时，即与何震、张继等出版《衡报》，据称为亚洲首份提倡世界语之刊物，回到中国后，又立即在上海创办世界语传习所，还曾专门写过一篇《劝告中国人士宜速习世界新语》发表于各报刊。此诗之译，一如申叔所言"依意译之"，亦体现出彼时译诗之特点：信、达、雅。

《左盦诗录》卷三及卷四分别为《左盦诗续录》及《左盦诗别录》，为钱玄同根据刘师培未定手稿而编。诗录四卷编定之后，钱玄同于卷末附有后记，谈到卷二《左盦诗》时云："首有序，序末云'宣统庚戌八月十五日扬子刘师培识'，篇首亦署'扬子刘师培'，篇末有'宣统庚戌八月二十日录毕付刊，师培记'一行，诗下皆自注作年。"又有"《匪风集》与《左盦集》似皆有刻本，但从未见过"。

《匪风集》刻本吾亦未曾经眼，查各书目，亦不见记载，《左盦诗》刻本却寒斋有藏，且为刘师培亲笔校字者。此本戋戋小册，正文连同牌记、序言仅十九页，杯茶未消，卷已翻完。其正文、序言、署名皆如钱玄同所言，可知钱玄同所见确为此本之稿本。此书刻本之牌记仅记"宣统二年八月告成"，未注堂号，未能知刻书之所，以卷内朱笔校字看，当为刘师培刊刻初刷后之校样本，其朱笔是正虽多，却无一字句更改，所校正者皆为手民刻版之误，如某字少一横、某字缺一竖等。正文第五页《芜湖赭山秋望》诗名下以朱笔添上"丙午"二字，书眉上复以朱笔注"丙午补刻"，且加以着重符号，复以宁武南氏所刻《左盦诗录》比勘，钱玄同所编次者此处已然补刻"丙午"二字，可知寒斋所藏者确为初刻初刷后之校样，以便剞劂者更改之用。

有此本存在，可证钱玄同所言"《匪风集》与《左盦集》似皆有刻本"不虚，然以吾近三十年经眼，除此本外，从未见有其他刻本出现，《匪风集》更是连著录都未曾见到，令吾猜测或许当年书版刻好之后，刘师培又改变主意，并未将之刷印成书。此本另有一特别处，即为手书上版，字体接近隶书，且多喜用俗字与古字，但手书上版者之书法委实难以恭维，更令人意外者，书法欠佳且为其次，戋戋小册仅十九页，连首尾一致都难以做到：首页序言部分尚中规中矩，布字均衡，几页之后便见松散，且越往后越明显，最后几页明显文字往左上角挤去，书页下端则显出稀疏。古籍欣赏最常见之三个着眼点分别为书法之美、雕版之精及刷印之工，若以手书上版，书法则显得极为重要，左盦以此书法上版，不明是何用意。

吾百思不得其解，不知此书写样为何人所书，后又于无意间发现卷中朱笔校字与刊刻字迹相类，又睹卷末最后一行"宣统庚戌八月廿日录毕付刊，师培记"，猜

刘师培故居清溪旧屋

测手书上版者极有可能就是申叔先生本人。刘师培学问深奥，书法恰与之相反，拙如孩童。曾经读过一篇回忆文章，称刘师培在北京大学讲课时，几乎从不板书，某次陈独秀前往听课，一堂课下来，刘师培仅在黑板上书一个"日"字。还有人回忆刘师培称，彼时左盦在北大讲课，最怕在黑板上写字，不得已时偶尔写一两个字，也多是残缺不全。周作人也曾在《知堂回想录》里评价左盦书法："申叔写起文章来真是'下笔千言'，可是字写得实在可怕，几乎像小孩子描红，而且不讲笔顺。北京书房里学童写字，辄叫口号，例如'永'字，叫道：'点，横，竖，钩，挑，劈，剔，捺。'他却是全不管这些个，只看方便有可以连写之处，就一直连起来，所以简直不成字样。"然而即使左盦书法为彼时北大公认倒数第一，其自我感觉却是极好，自称"我书之佳趣，唯章太炎知之"，某日与弟子黄侃诉穷时，言语间忽生卖字之念，遂一本正经与黄侃商量，黄侃虽然觉得老师之字实在不敢恭维，但身为弟子，亦不好直言，憋了半天始说："先生只要签上'刘师培'三个字，就有人肯出钱了。"种种逸事堆砌，或可大胆推测吾藏之本即为左盦手书上版，其自恃书法有佳趣，故亲自书版，然事与愿违，腕底不受控制，写出来果真如孩童弄笔，正好应了周作人所称"像小孩子描红"。

此本归寒斋已十余年，彼时中国书店偶尔续办古籍书市，平均价钱已是初期创办时之几十倍，当时古籍书市位于海王村二楼房顶，亦即今之楼顶停车场，古书价格除成套者外，一律每册三十元，明版书则定为每册三百元。购是书当日，吾一共挑得二十余种，此本于残书堆中偶而翻得，书品甚差，仅为毛订，拿到结帐处时，种师傅称此本亦三十元，吾笑称："这么簿的破烂书，怎么也要三十元？"老师傅瞥吾一眼："这书三十元，可不能说贵，按这个价给你，已经算是漏了。"

此书携归后，与其他约百种书一并放于施兄处修理，数月后送回，翻开一看，竟然裁去部分天头地脚，令吾懊恼不已，细翻书内，刘师培所校之字亦有部分被裁损，深悔当日送书修理时未及时交待，如今也只能望书兴叹，复请海山先生为此书书签一纸，再做书函一个，以此庋藏之。海山先生宋姓，字华南，乃天津实力派书法家，曾有一度，芝兰斋书签基本出自华南先生之手，其为人诚恳实在，无今日书法家之大师气，彼时润格亦便宜，每题一书签仅纳一块二毛钱，此价还包括制作签纸和托裱之费，就当时而言，已经远低于行市，今日思之，不可思议，更念及友情，特附记于此，以识不忘。

片荸斋批校《李义山诗集》十六卷存卷一至卷六

《李义山诗集》 （唐）李商隐撰 （清）姚培谦笺
清乾隆四年（1739）序松桂读书堂刻本 片荸斋主批校 一函一册
铃印：铜坑金穴知多少，消受还能这个无（朱方）、片荸斋手校珍藏（白方）、慈铭私印（白方）、越缦堂主（朱方）、蒋抑卮藏（朱方）

义山诗千百年来痴迷者为之不绝，研究者亦自古不绝。最早为之作注者，据《西清诗话》载为刘克，又有《延州笔记》载张文亮曾著《义山诗注》，惜今皆已不传。今日能够得见者，最早为明末清初朱鹤龄笺注《李义山诗集》三卷，乃就明代海虞释石林注本为底本，加以补充，同时采用钱龙惕、陈帆、潘耕之说而成，该书成于清顺治十六年（1659）。之后为程梦星，其认为朱鹤龄笺注有所未备，遂予以重订，为《李义山诗集笺注》，该书始于康熙五十二年（1713），成于康熙五十四年（1715），然至乾隆八年（1743）始得付梓。在此期间，书市上有姚培谦所注《李义山诗集》颇为流行，再之后又有冯浩就朱鹤龄、程梦星、姚培谦三家笺注予以存其是、补其阙、正其误，

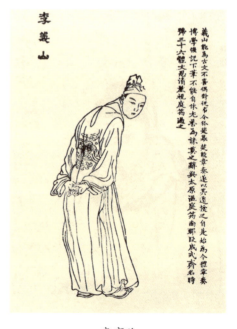

李商隐

58

兼采其他各家之说，而成《玉谿生诗笺注》。此外有徐德泓、陆鸣皋所疏之《徐陆合解》、沈厚塽所作《辑评》等等，可见喜爱义山诗者之众。

此为姚培谦所注《李义山诗集》十六卷，现存卷一至卷六。姚培谦（1693—1766）字平山，自号鲈香居士，华亭人，性清高，淡名利，所著颇多，堂号为松桂读书堂。此本卷前有乾隆己未（四年 1739）黄叔琳序，评价姚培谦云："平山向有《离骚》《九歌》《招魂》解，又所著经说于《毛诗》小序、集注之两歧者，确能定其从违，盖非直穷年用力于义山诗者也，而于义山诗亦可见其博雅诙通之大略

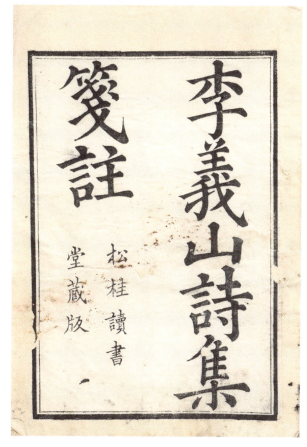

清乾隆松桂读书堂刻本《李义山诗集》书牌

焉。"序言后姚培谦所撰例言，末云："往有《义山七律会意》一刻，友人惜其未备，因成此书，并取会意覆勘，十易二三。期于无遗憾而止，顾未能也。"

此本卷前牌记有"松桂读书堂藏版"七字，姚培谦所刻除《李义山诗集》外，尚有《楚辞节注》《春秋左传杜注》《松桂读书堂集》及《元诗自携》等自撰或自辑文集，以及王萌《楚辞评注》、黄叔琳《文心雕龙注》、刘克庄《后村居士诗》等等，于当时而言，亦算刻书颇丰者。《四库全书总目提要》录有姚培谦所撰《松桂读书堂集》，称其"喜刻'巾箱小本'，亦好事之士。"《书林清话》中叶德辉论巾箱本，亦特意讲到姚培谦，称其所刻《世说》八卷，五行十一字本，长度仅及当时工部尺一寸八分，宽一寸一分。吾福薄，知有此书，一直欲得而未备。

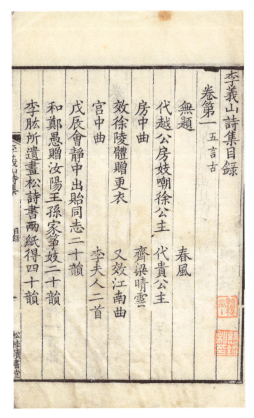

清乾隆松桂读书堂刻本
《李义山诗集》目录

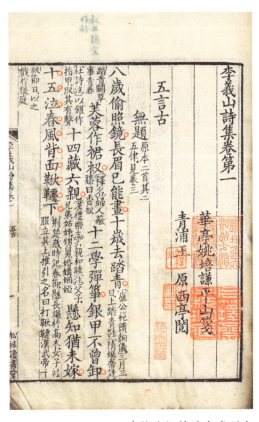

清乾隆松桂读书堂刻本
《李义山诗集》卷首

　　然而此本并非巾箱本，乃是通常大小，且刻画清雅，《贩书偶记》称该书为"松桂读书堂精刻"。该书虽为残帙，却曾经李慈铭、蒋抑卮等递藏，从诸方钤印可知历来得者宝之，卷中遍布红、绿二色批校，观之赏心悦目。因目录页及卷首皆有李慈铭藏章"慈铭私印"及"越缦堂主"，吾一度以为卷中二色批校出自李慈铭之手，甚为得意。然取《越缦堂读书记》细翻，并未寻出有关该书之著录，遂疑。又细审藏章，其中有两枚朱方同时钤于序言及卷首者，分别为"铜坑金穴知多少，消受还能这个无"，以及"片荐斋手校珍藏"，始知批校者另有其人，然此片荐斋究竟是何人，吾不得而知，仅从钤印方位来看，是书最早为片荐斋主所得，经其批校后，始至李慈铭、蒋抑卮等架上，以此推断，则片荐斋主应当是早于越缦堂者。细审卷中二色批校，笔体一致，应当同出自片荐斋主之手，蓝批因日久而有所

古有清名側側之義
本為國家今多
老成之人宜為率
反豈可以涯等本
非素心品聽闡人
誣罔族誅之如
今日者無名之舉
于末句不特訊閘
宴用樂蓋深嘆
文宗明知其寬而
刑賞下移不勝
出声也

喜其御仗收前殿兵徒劇背城著黄五色棒
〔魏志太祖除洛陽
尉造五色棒各十
餘枚犯禁者不避豪
強棒殺之京師斂跡〕
掩過一陽生〔事在十月正冬至時〕古有清君側令非乏
老成素心雖未易此舉太無名誰瞋衡寬目寧吞欲絶
〔樂緯黄帝樂曰咸池帝嚳樂曰六英舊
唐書開成元年上元賜百寮曲江亭宴〕德昭
聲近聞開壽讌不廢用咸英

七三二

今狐楚以新誅六臣不宜賞
宴儻稱疾不赴時論美之
當變起倉猝之時而方悔信任之誤兵伏亞枘背城一陽為之掩抑要非君側
之不當清也不能任老成必謀之耳雖素心可取而舉事無名竟使死者衡寬
生者飲恨豈非伂用匪人之故耶
世界至此而猶不廢讌賞何也

崇讓宅東亭醉後沔然有作
〔西谿業語洛陽崇讓坊有
河陽節度使王茂元宅〕

曲岸風雷罷東亭霽日涼新秋仍酒困幽興暫江鄉搖
落真何遽交親或未忘一帆彭蠡月數雁塞門霜俗態

洇漫，朱批灿若明霞，可想而知当为上好朱砂。当年傅增湘见张元济朱笔批校黯淡殊甚，特意检得家藏乾隆朱砂锭相奉，并修书告其如何使用方得色泽鲜厚，称用朱砂无他妙诀，只在"舍得"二字。张元济回信称："弟亦有同式者数枚。正坐'舍不得'耳。宠贶当并藏之。"由此观之，片菥斋主是极舍得之人。又读二色批校内容，分别并不大，略有不同者，蓝色多在解诗，分析用韵、结构等，红色多在解意，此或片菥斋主以二色区别之原因，不过亦有可能为先后两次批校，故以色泽区别之。

由片菥斋主批校内容，可推知其为深谙诗学之人，不仅能分析之、感悟之，亦能批评之，并溯本求源，知义山某诗曾学某位古人，推断某诗作于何时何地。其于卷四《高松》下以朱笔注云："落句自伤流滞也。'无雪'句必在桂林所作。"同卷《赠子直花下》以蓝笔注云："此必作于入直院阁中，非泛然花下也。"读书最怕盲目跟从，一味叫好，片菥斋主显然有自己的判断标准，其于卷三《夜饮》诗下注云："如此学杜，亦是不病而呻。"又于《烧香曲》下批："长吉诗虽奇，然指趣故自分明。若义山则徒令人循讽而喻其赋何事耶。"该诗书眉处又有蓝笔注："不可解"。然而不可解也解了，卷二《燕台四首》书眉处有段批语说得极妙："语艳思深，人所共晓也。以句求之，十得八九，篇求之，终难了。定远云：此公诗不解亦佳，如见西施，不必识姓名而后知其美也。此亦不得已而为此论耳。"然细查这些评语，有些竟为前人所评者，或许是片菥斋主人颇喜此批，将其过录于此者。

读罢是卷批校，颇不解渴，甚遗憾此本不全，若为全帙，卷末或有长跋及落款，则可知更多有关片菥斋主之资料。又感其人之淹灭，查陈乃乾先生所编《室名别号索引》，不见有此堂号，星起星落，载入长空。未知越缦主人得此书时是否为全帙，又或者此书为清刻本，于越缦主人而言，只是时下普通书而已，故未纳入读书记中。不过窃思越缦堂主读是书时，应当也会看他人是如何读书，从何处着眼。越缦主人之后，是书一度为蒋抑卮所得，以其钤有"蒋抑卮藏"长朱方。蒋抑卮有凡将草堂藏书，叶景葵等人筹建合众图书馆时，其捐出藏书两千五百余部，共襄盛举。其与鲁迅为好友，曾出资为鲁迅刊行《域外小说集》，该书之初版本近几年被炒至数万元一册，然而据说刚出版时，却仅卖出数本，看来名气与时运相类，皆无定数。

杨盈批校、余嘉锡跋《曝书亭词拾遗》三卷《志异》一卷

《曝书亭词拾遗》三卷《志异》一卷

清光绪二十二年（1896）常熟翁氏刻本　杨盈校字　陈锐题记　余嘉锡跋语　一函一册

钤印：季豫（朱方）、余嘉锡印（白方）、拜鸳（朱方）、拥书权拜小诸侯（白方）、养灵根室藏书（白方）、嘉锡审定（白方）、常熟翁之润印（白方）、泽芝翰墨（朱方）、文端元孙文勤曾孙（朱方）

有清一代，号称为词学中兴之代，先后有云间派、阳羡派、浙西派、常州派等各领风骚，其中浙西派代表人物为朱彝尊（1629－1709），其字锡鬯，号竹垞，晚号小长芦钓鱼师，又号金风亭长，康熙十八年（1679）以"名布衣"被征召，应博学鸿词之试，中第一等第十七名，授检讨，参与修编《明史》，康熙二十二年（1683）入值南书房，御准紫禁城骑马，赐居景山之东。康熙二十三年（1684）因私抄宫中书籍而被降一级，六年后官复原职，未久罢官归里，著述终老。

朱彝尊博通经史，代表作有《经义考》《日下旧闻》，词学方面则有《眉匠词》《静志居琴趣》《江湖载酒集》《茶类阁体物集》《蕃锦集》等，又辑有唐五代、宋以至元代张翥等六百余家为《词

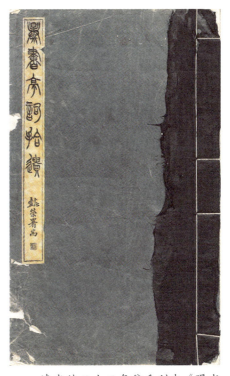

清光绪二十二年翁氏刻本《曝书亭词拾遗》封面王懿荣题签

朱彝尊像

综》，其词宗姜夔、张炎，风格清醇雅正。《四库全书简明目录》称："彝尊以布衣登馆阁，与一时名士掉鞅文坛。时王士禛工诗而疏于文，江琬工文而疏于诗，阎若璩、毛奇龄工于考证而诗文皆次乘，独彝尊事事皆工。虽未必凌跨诸人，而兼有诸人之胜。核其著作，实不愧一代之词宗。"

有意思的是，朱彝尊被誉为"一代词宗"，早年却是以诗闻名，与王士禛并称为"南朱北王"，曾自述"予少日不喜作词，中年始为之。为之不已且好之，因而浏览宋元词集几二百家"。在其为陈维崧《红盐词》所作序言中，有记："方予与其年定交日是，予未解作词，其年亦未以词鸣。不数年而《乌丝词》出，迟之又久，予所作亦渐多。"其年即陈维崧，朱彝尊与陈维崧定交于顺治十年（1653）的一次文会上，彼时尚未解作词，三年后朱彝尊南游岭表，居曹溶幕下，受曹溶影响，才渐入倚声之道。曹溶（1613—1685）字洁躬，号秋岳，一号倦圃，明崇祯十年（1637）进士，著有《静惕堂词序》，朱彝尊亦为之作序，称："彝尊忆壮日从先生南游岭表，西北到云中，酒阑灯炧，往往以小令慢词，更迭唱和，有井水处，辄为银筝檀板所歌。"

朱彝尊晚年手自编定《曝书亭集》，其中词作有《江湖载酒集》三卷、《静志居琴趣》一卷、《茶烟阁体物集》二

卷及《蕃锦集》一卷，然而这些并非竹垞全部词作，其早年尚有一部《眉匠词》，
并未收入集中。况周颐在《蕙风词话续编》中记有"《眉匠词》，竹垞少作，丰润
丁氏持静斋藏"。《持静斋书目》则记："《眉匠词》一卷，旧抄本，国朝朱彝
尊手编，犹未编《江湖载酒集》时之本。"此处"少作"确切说来当是"早年之
作"，因为朱彝尊初习倚声之技时已是年近而立，《眉匠词》的作品创作于其三十
岁前后，全集五十一首，多为仿效《花间》而作，词风尚未有自己面目，亦与后来
提倡的"清空"全然不同。竹垞自编文集时不收《眉匠》，大约是悔其早作不够成
熟之故。《曝书亭集》编定次年，由曹寅捐资正式开雕，书未刻成而朱彝尊、曹寅
相继去世，后由朱稻孙为完成祖父遗愿，多方奔走求诸亲友，始于康熙五十三年
（1714）六月刻完全书。

　　《曝书亭集》刊刻之后，又有邑人为之搜集文稿、遗墨，先后编成《曝书亭

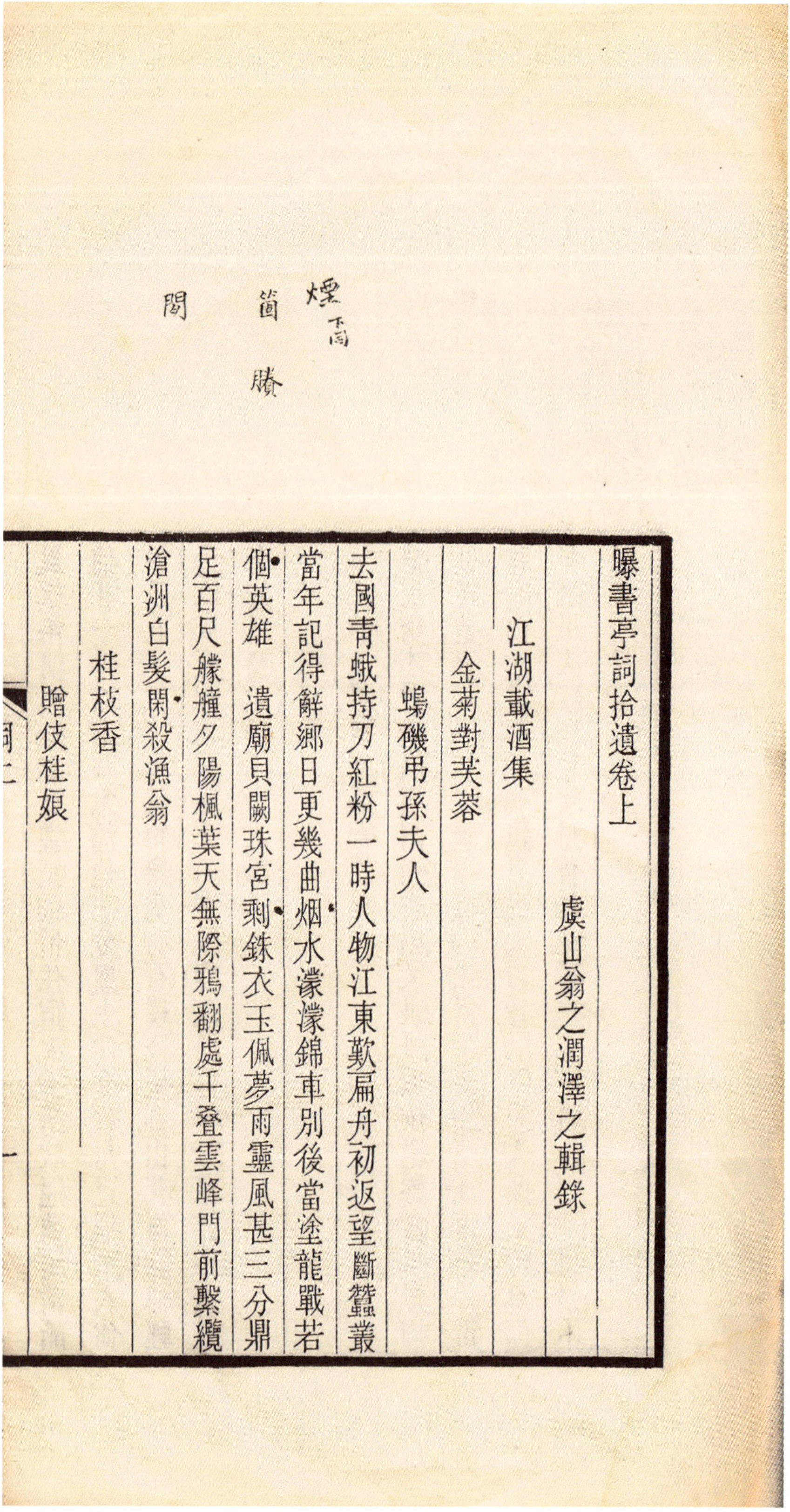

煙
下同
簡
膌
閣

曝書亭詞拾遺卷上

虞山翁之潤澤之輯錄

江湖載酒集

金菊對芙蓉

蝎磯弔孫夫人

去國青蛾持刀紅粉一時人物江東歎扁舟初返望斷蠻叢

當年記得鮮鄉日更幾曲烟水漾漾錦車別後當塗龍戰若

個英雄 遺廟貝闕珠宮剩鏤銖衣玉佩夢雨靈風甚三分鼎

足百尺艣檣夕陽楓葉天無際鴉翻處千疊雲峰門前繫纜

滄洲白髮閑殺漁翁

桂枝香

贈伎桂娥

集外稿》和《曝书亭删余词》。《曝书亭集外稿》为嘉庆进士冯登府与朱彝尊五世孙朱墨林合编，所辑多为朱彝尊未仕之前所作。《曝书亭删余词》为光绪二十九年（1903）长沙叶德辉据朱彝尊《曝书亭词手稿》刻成，据传该手稿为竹垞小妾徐姬所抄，自朱家流出后，为杨继振星凤堂所收。

此《曝书亭词拾遗》三卷《志异》一卷，为光绪二十二年（1896）清末翁之润搜辑付梓，卷前有牌记"丙申三月常熟翁氏校刻"。翁之润是翁斌孙长子，字泽芝、玉润，藏书室有"苕华词馆""灵鹣室"及"师曾室"，观其堂号，即知其为嗜词之人，自云"弱龄弄翰，尤嗜倚声"，著有《桃花春水词》。《曝书亭词拾遗》上卷收《江湖载酒集》所遗二十九首，中卷收《茶烟阁体物词》五首、《静志居诗余》十一首、集外词九首，下卷收《蕃锦集》拾遗二十四首、《叶儿乐府》十六首，前有张预序、翁之润自序，后有翁之润跋，皆有谈及刻书始末及朱彝尊手稿事。

翁之润序称，曾"幸睹琅函，获披原稿。览夫缃袭丽矣，金奁载酒江湖尽，豪家之自制浣花笺纸，复纤手之亲钞（原稿为竹垞姬人手钞，见杨氏跋语中）"，然此书付梓之时，"原稿藏杨幼云星凤堂中，今幼云藏书散佚殆尽矣"。又记有："坊友持竹垞词稿求沽，索二百金，许以六十金，不售，后为文学士道希益二十金得之。道希落职南返，传闻其书笈尽付东流，未详塙否。"道希即文廷式，其号芸阁，光绪十六年（1890）进士，甲午时力主抗战，上疏请罢慈禧生日庆典，弹劾李鸿章，被革职逐出京城，戊戌时几遭不测，一度避至日本，归国后潦倒而殁。张预序言亦提及此事，称："文君芸阁得老人手稿后，旋落职归。闻其渡海遇风，携书漂没，不知老人手稿无恙否。"

关于翁之润，吾所得资料极少，然读其前序后跋，却觉此君颇为有趣。贾人开价两百金，其居然还至六十，此等还价方式令吾颇觉汗颜，不知翁君如何能够开得口去，并将之如实记录在册。搜集竹垞遗集，固然少不得《曝书亭集》中有意删去之《眉匠词》，然此集又从未付梓，仅以钞本流传，翁君闻此集钞本藏于丁氏持静斋，直接在序言中写道："丁氏持静斋藏书极富，有《眉匠词》一卷，竹垞未编《江湖载酒集》以前之旧本也。今丁丈叔雅在京，未识肯假一校否？"叔雅即持静斋主人丁日昌之子丁惠康，字叔雅，号惺庵，曾与谭嗣同、吴保初、陈三立并称"岭南四公子"。同在京中的丁叔雅读到翁之润所撰序言，如同被人先斩后奏般当堂问话，碍于情面，似乎也只有应允这一种选择。翁之润果然达成心愿，于后跋中

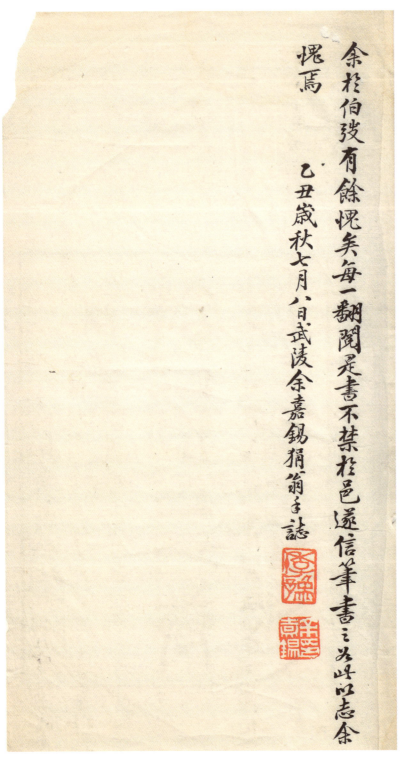

余於伯弢有餘愧矣每一翻閱是書不禁於邑遂信筆書之於此以志余愧焉

乙丑歲秋七月八日武陵余嘉錫狷翁手誌

賣書以養餘念書有山甲刻本不足實在可以予弢兩世交誼幸同臭味辱為知已乃於其身沒子嗣之陵替以不能存撫著述之散失不能搜輯欲訪其行事為作銘誌以畫汚死者之責亦不可得

清光绪二十二年翁氏刻本《曝书亭词拾遗》余嘉锡题记

曝書亭詞拾遺三卷附志異一卷常熟翁三潤編刻本亡友陳伯戩貽

故物也有題識一行云壬寅小雪後二日常熟翁澤之品原標本寄贈因題乃伯戩

手筆也又有小字一行云亨金樓掌書畫史楊盈拜駕校過字體頗婉秀

以其名字推之疑是翁澤之侍兒也伯戩長于余十年以家兄伯琳受

業其尊人椿塢先生之門與余為忘年交鼎革後羅官歸里無三日不

見之則談詩文議論風生詼諧間出往之窮日夜不厭既老而貧鬱之不得

志則益縱酒色日近醉酒婦人以自排遣余私竊憂之慮其傷生輒以

微言規諷伯戩雖甚感激迄不能改也歲　　遂臥病死之後遺老妾弱

子又不肖不能讀父書心甚當世之推理攻剽者之可以招安得官也遂此之

匪人誑陷大戮余與諸友朋為之諱於當事者僅而獲免此後遂不相聞

伯戩平生著述存佚皆不可問乙丑夏聞有書賈某以百金自其家買

再记一笔："丁君叔雅惠康笃嗜词学，雅有同癖，前见是集，欣然许以《眉匠词》稿本录副见贻，并谓《眉匠词》乃竹垞先生少年之作，专师清真者。异日叔雅南归，寄示《眉匠词》后，当再与是编同厘定之，别为精刻，庶几小长芦钓师一生心力不致日就湮没。"口说无凭，付梓为记，翁之润如此行事，以吾度之，既是任性，亦是洒脱。

吾藏该书，乃己丑春自嘉德拍场所得，彼时底价仅为一至三千元，未想识宝者众多，一直争至三万五千元始得携归。一册清末刊本，亦非名家所刻，在书价尚未大起之年，居然能够拍到如此价位，自是有其亮点所在。此为翁之润亲手持赠友人陈锐之本，又辗转为近代学人余嘉锡所得，兼有翁之润姬人杨盈校字，以及陈锐、余嘉锡题记兼跋语，封面刻有王懿荣篆书题签"曝书亭词拾遗。懿荣署耑"，不仅流传有序，亦可见故人情谊。余嘉锡（1884—1955）字季豫，号狷庵，湖南常德人，光绪二十七年（1901）举人，后入京选为吏部文选司主事，曾于多间学堂及大学执教鞭，讲授文史及目录之学，为近代著名藏书家及版本目录学家，著有《目录学发微》《古书通例》《四库提要辨证》《世说新语笺疏》《汉书艺文志索隐》以及《余嘉锡论学杂著》等。其藏书处为读已见书斋，曾言"书尚未见，何以读之"，架上多为明清故刻，并无宋元珍本，乃典型学者藏书路数，身故后藏书尽归其子余让之，袁行云曾记："余氏藏书，归其子让之。近闻让之亦去世，其书不知濛于何所。一九七九年余会让之妻，闻其弟欲将书运武汉之讯。"此本之外，寒斋收余嘉锡旧藏尚有其稿本一册，内容包括包括《小说家出于稗官说》《牟子理惑论检讨》《书册制度补考》及《殷芸小说辑本》四篇，以蓝格纸书就，版心刻有"武陵余氏读已见书斋钞本"字样。

余嘉锡于该书卷前书有跋语三页，详述此本之由来：

《曝书亭词拾遗》三卷附《志异》一卷，常熟翁之润编刻本，亡友陈伯弢锐故物也。有题识一行，云"壬寅小雪后二日，常熟翁泽之以原校本寄赠，因题。"乃伯弢手笔也。又有小字一行，云"享金楼掌书画史杨盈拜鸳校过"，字体颇婉秀，以其名字推之，疑是翁泽之侍儿也。伯弢长于余十年，以家兄伯琳受业其尊人椿坞先生之门，与余为忘年交。鼎革后罢官归里，无三日不见，见则谈诗文，议论风生，诙谐间出，往往穷日夜不厌。既老而贫，郁郁不得志，则益纵酒色，日近醇酒妇人，以自排遣。余私窃忧之，虑其伤生，辄以微言规讽，伯弢虽甚感谢，然不能改也。岁遂发病死，死后遗老妾弱子，子又不余嘉锡藏书印"季豫""余嘉锡印"

肖，不能读父书，心艳当世之推理攻剽者之可以招安得官也。遂比之匪人，几陷大戮。余与诸友朋为之请于当事者，仅而获免。此后遂不相闻，伯弢平生著述存佚皆不可问。乙丑夏，闻有书贾某以百金自其家买得伯弢所藏书籍数簏，亟思择取数种买之，以存亡友手泽。知赵子公遽与书贾稔，遂走访赵子，请为之介，会其人他去，不果。此书亦公遽得自书贾者，因举以赠余。书为近时刻本，未足重之，为亡友遗物云耳。噫！余与伯弢以两世交谊，幸同臭味，辱为知己，乃于其身后，子嗣之陵替，如不能存抚，著述之散失，不能搜辑，欲访其行事，为作铭志，以尽后死者之责，亦不可得，余于伯弢有余愧矣！每一翻阅是书，不禁于邑，遂信笔书之如此，以志余愧焉。乙丑岁秋七月八日武陵余嘉锡狷翁手志。

跋末钤有其小印两方，分别为"季豫"朱方及"余嘉锡印"白方。乙丑岁为民国十四年（1925），是年陈锐已去世三年。陈锐（1859—1922）字伯弢，一字伯涛，号裒碧，与余嘉锡同为武陵人，光绪十一年（1885）与父亲同科拔贡，一时传为佳话，民国间曾任湖南省长公署政治顾问官，并担任湖南省通志局分纂，民国九年归里修建藏书楼，著有《裒碧斋集》，谭延闿为之作序，称："以伯弢之才，自少壮时已为名德钜儒所奖许，朋辈推其操尚，以比汪容甫，湖外学诗者，莫能上之。仕宦虽不达，而得尽交海内贤豪，意气相许，与方之容甫，未为不遇。"陈锐亦词坛中人，早年师从王闿运，夏敬观曾将之与王鹏运、朱孝臧、郑文焯并列，赞誉极高，钱锺书甚至认为其词作较王闿运更好，钱仲联撰《光宣词坛点将录》，将其排在第二十位，以"天究星没遮拦穆弘"称之。

陈锐题记称，此为翁泽之以"原校本"见寄，余嘉锡则称校书者杨盈疑是翁泽之侍儿。杨盈于前序题有小字一行，"享金楼掌书画史杨盈拜鸳校过"，下钤"拜鸳"小印，享金楼当为杨盈堂号，拜鸳为其字，然而关于享金楼及杨盈，吾未查得任何资料。此页尚钤"拥书权拜小诸侯"及"养灵根室藏书"两印，风格与"拜鸳"绝然两类，当非一人所有，未知是否为翁泽之所用，但亦未曾听闻翁之润有"养灵根室"之堂号。翁之润为该书撰有前序后跋，后跋称"之润识于苕华词馆"，前序未记堂号，却于最末一行钤有三方印记，分别为"常熟翁之润印""泽芝翰墨"及"文端玄孙文勤曾孙"，此三枚印鉴风格统一，与"拥书权拜小诸侯"亦不相类。常熟翁氏为簪缨世族，自翁心存开始，父子宰相，两代帝师，三子公卿，四世翰苑，整个家族与中国近代史息息相关，更无论其六世收藏，为书界之传

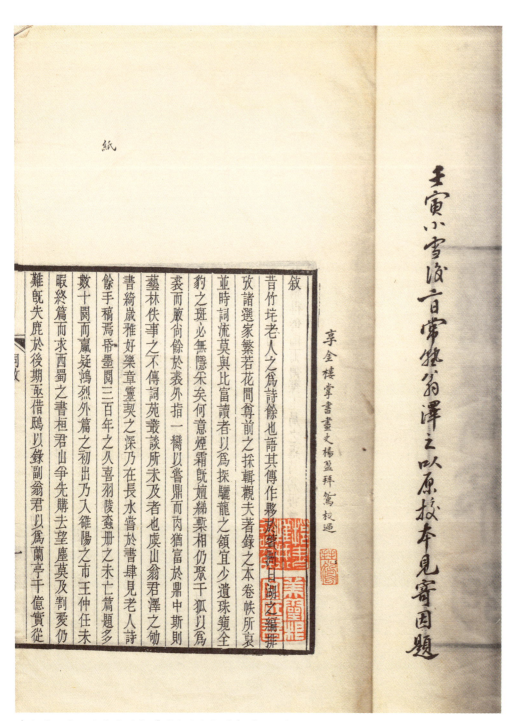

清光绪二十二年翁氏刻本《曝书亭词拾遗》陈锐、杨盈题记

奇。翁心存字二铭，号邃庵，道光二年（1822）进士，官至体仁阁大学士，赠太子太保，谥文端。翁之润曾祖翁同书为翁心存长子，字祖庚，号和斋，道光二十年（1840）进士，曾任贵州学政，谥文勤。翁之润闲闲一枚"文端元孙文勤曾孙"小印，数世风流，尽在不言中。

然吾始终不明，翁之润何以将姬人手校之本举以相赠。是书为翁之润所刻，赠书只是刻书后六年之事，按理推论，翁府家中当多有复本，大可以寻常之本相赠。而陈锐又题"见寄"二字，可知并非当面赠书，而是特意寄赠。试检翁之润、陈锐交往记载，惜一无所获，只好私度：词客相交，若添有红袖笔墨，或可称韵事？

细阅拜鸳所校，笔墨一如余嘉锡所言"字体颇婉秀"，然其所校，著意皆在刊刻笔画之正误，与词句意境平仄格律等并无关系，如"烟"字皆更正为"煙"，"遍"皆改回为"徧"，"唇"更正为"脣"，"剩"字改回作"賸"，"床"字改作"牀"。略思之，翁之润刻此书正值为清末，文化与风气皆在新旧交替之间，或许任剞劂者已经接受新的风气，拜鸳却仍然在享金楼中读着古书。翁之润自己亦对梓人不甚满意，于后跋中记："理董既毕，付之杀青，梓人之技，京师绝无精者，刊刊草草，终为憾事"。

此跋后又附有一页，为翁之润感谢友人之记："同志之友，闻刻是编，或分俸钱，佐其役费，或为校字，辨别陶阴，雕镂既成，毋敢掠美，谨载姓氏，以志墨缘"，其后所记姓名，有贵池刘世珩、南陵除乃昌、福山王崇烈等。

杨盈藏书印"拜鸳"

佚名批校《曝书亭集词注》
七卷存卷一至卷三

《曝书亭集词注》七卷存卷一至卷三　（清）李富孙撰
　　清嘉庆十九年（1814）校经厬刻本　佚名批校　一函
一册
　　钤印：艺兰书屋（朱方）

该书得于壬辰年保利春拍，或因残
卷，书主心气不高，仅定底价两千元，问
津者亦寥寥，吾以略高于底价得之。归来
翻阅一过，虽是残卷，然有朱笔批校，
字迹隽逸，观之可喜。该书作者李富孙
（1764—1843）字既访，一字芗汲，号芗
沚，嘉庆六年（1801）拔贡，一生未仕，
先后游学于卢文弨、钱大昕、王昶、孙星
衍等名儒，与族兄超孙、丛弟遇孙有"后
三李"之目，所著尚有《易解剩义》《七
经异文释》《说文辨字正俗》《汉魏六朝
墓铭纂例》等。又喜刻书，先后刻过朱彝
尊《曝书亭集》、朱昆田《笛渔小稿》、
李集辑《鹤徵录》，自辑《鹤徵后录》，
以及自撰《曝书亭集词注》《周易集解校
异》《周易集解剩义》《七经异文释》及
《校经厬文稿》等，其室名校经厬，所刻

清嘉庆十九年校经厬刻本《曝
书亭集词注》封面

书多有"校经𢈌藏板"字样。

嘉庆年间阮元抚浙，建起诂经精舍，"选督学时所知文行兼长之士读书其中"，李富孙亦在其中，并深受阮元启迪，嗣后著书撰文，皆受阮元影响。阮元有《十三经注疏校勘记》，李则撰《七经异文释》以相翼；阮元有《畴人传》，李则效其体而撰《金石学录》以相媲。张舜徽先生评论李富孙《校经𢈌文稿》时，称："惜其局于才识，未克大其所学。其于阮氏，亦特得其一体耳。阮氏之学，根柢在训诂，又进而阐明义理，富孙皆无能为役者也。富孙文辞谨饬，不尚空谈，笃实无欺，信乎其为朴学之士。诗词皆非所长，而是集卷一至卷七为诗，卷八为词，卷九以下为文。是集出富孙自定，有嘉庆二十五年（1820）自序。虽自知流布丑拙，不免颜黄门之讥，乃必以诗词冠首，欲藉华藻自见，何耶？"吾好奇，亦不免

清嘉庆十九年校经𢈌刻本《曝书亭集词注》书牌

觉得汗颜。好奇者，为何张舜徽称李富孙诗词非所长，持该书略读数纸，惜吾于词学所知甚少，但觉李富孙所注读来好看，却道不出妙在何处，亦觉不出差在哪里。汗颜者，则自知才学浅陋，所作小文亦多有不通，时有友人好意指正兼相劝，吾却仍然错讹不止，撰文不止。

此书前有李富孙凡例及序言，凡例称所注原集为朱彝尊晚年手定之本，序称："富孙自弱冠，间喜为倚声，于本朝诸家，尤爱先征士秋锦公暨竹垞先生词，实

嘉興　李富孫　篹

吳縣　嚴　榮　參

江湖載酒集上

霜天曉角

早秋放鶴洲池上作（嘉興縣湯志放鶴洲在

縣南三里駱家圩東唐宰相裴休放鶴之所靜志居詩

話城南放鶴洲相傳為唐相裴休別業然考新舊唐書俱不言休流寓

吳下或曰南渡初禮部郎中朱敦儒營之以為野洲名其所題雖不見

地志觀樵歌一編多在吾鄉所作此說近是世父子葵拓地百畝自湖

之南有堂有亭有橋有船有岡有榭有庵有滷雜樹花果瓜疇芋區菜

圃歷所不具今則大樹飄零高

臺蕪沒止存卧柳斷橋而已

青桐垂乳（莊子桐乳致巢注司馬彪

日桐子似乳著其葉而生（李密詩金

添幾點豆花雨（荊楚歲時記里俗以

朝垂

珠

一縷金風飄落（王融風賦韻珠露之

容易凝珠露（參差楊於陵詩芭凝露

八月雨謂之豆花雨）

簾戶窮燈語（杜甫詩簾戶每宜通乳燕

陸游詩窮燈院落晨猶冷

草蟲飛不去（王維詩燈

下草蟲鳴坐

能兼清真、白石、梅溪、玉田之长。顾先生之诗，已有江、杨、孙三家注，而未及其词，有欲为之，亦未迄就。顷客莫厘，萧寥无绪，重读先生词，因随加注释。曩厉征君樊榭与查孝廉莲坡，同笺《绝妙好词》，自惭见闻弇陋，不敢望征君辈藩篱，惟与先生同里居，遗韵流风，犹得擩染于百余年间，心窃慕之，则虽有以琐琐相诮者，其亦奚辞。"此序署款为"嘉庆十有九年七月后学李富孙书于七十二峰精舍"，因知李富孙室名除校经颐外，尚有七十二峰精舍，该书成于嘉庆十九年（1814），大约刻书亦在同期。此序亦说明李富孙缘何为竹垞词作注，一为自幼喜倚声，二为竹垞乃乡贤。其云遗韵流风，犹得擩染其乡百余年，三年前吾寻访先贤遗迹至桐城，与出租车司机闲谈间，其云当地读书风气甚浓，就是因为此地曾经出过大儒，人皆向往。

《曝书亭集词注》全书七卷，卷一至卷三分别注朱彝尊《江湖载酒集》上、中、下，卷四注《静志居琴趣》，卷五、卷六注《茶烟阁体物集》上、下卷，卷七注《蕃锦集》，前有书牌，小字刻"校经颐藏版"，每页版心下刻有字数，手民凭此索偿。此本仅存一册，内容为卷一至卷三，上有朱笔圈点及佚名批校，细读批校内容，可知其人颇有旧学根柢，然其批校又有别于吾常见之词集批校。寒斋藏各类批校亦算多矣，虽然批校者时代有前后，风格无一致，然批史书者、批经部者、批诗词文集者，多有落笔相通之处，尤其批词集者，除却校字句之异同外，批校内容多为两种：一则从作品内容出发，点评作者所写，抒发己见及感想；二则从平仄、韵律、结构等角度，分析作者写作技巧，然后或云"妙哉"，或云"不通"，言而总之，大多数词集批校或侧重于内容，或侧重于形式，然此本之批校，却在于字词之解释及出处，而此种批校方式，尤多见于经部。

最典型者，为卷一之第七页，天头处布满朱笔小字，是页有《采桑子》一阕，中有"离筵白纻歌才罢"句，李富孙注为："《宋书·乐志》：《白纻舞》，词有巾袍之言，纻本吴地所出，疑是吴舞也。"佚名者眉批："白纻：夏布之细而洁白者。古乐府《白纻歌》所谓'质如轻云色如银'是也。"又有："《白纻歌》，乐府名，吴之舞曲，其词盛称舞者之美，梁武帝令沈约改其词为四时之歌。《通志》：白纻与子夜一曲也，在吴为白纻，在晋为子夜，故梁武帝本白纻而为子夜四时歌。后之为此歌者，曰白纻则一曲，曰子夜四曲。白纻舞：《宋书·乐志》曰，按舞词有'巾袍'之言，纻本吴地所出，宜是吴舞。《乐府解题》曰，古词盛称舞者之美，宜及芳时为乐，其誉白纻曰：质如轻云色如银，制以为袍余作巾，袍以光

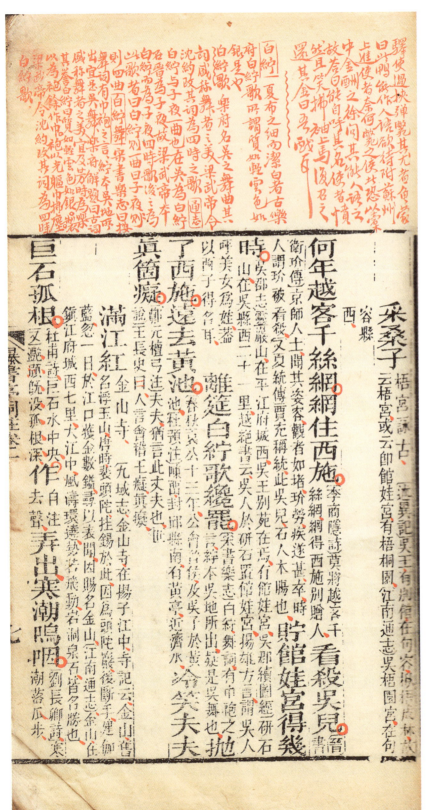

清嘉庆十九年校经顾刻本《曝书亭集词注》佚名批校

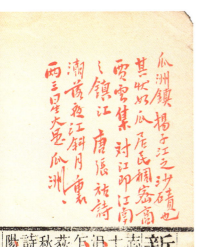

躯巾指尘。梁武帝令沈约改其词，为四时白纻歌。"另一页又有释"橛"者："音厥，又音掘，杙也。音弋，小木椿也。马衔曰橛，断木为橛，如分为两段，曰两橛。"他页又有释字者："按：柂与舵通，设于船尾，所以正船使不旋转也。眾：音姑。虞韵，鱼罟也。诗：'施罛濊濊'。"凡此种种，多不枚举。

又多有解释出处者，如某词化自某典，出自前人何句等等，读来颇觉疑惑，词集之读，似乎不当若此，有如当今大夫手持解剖刀去研究二八佳人，精深或有之，却未免无情。又疑此人不通格律，只是好读书，喜深究，凡有字者皆入眼，然又于第二十二页见"此词起句三字，次句六字，均用韵，但上三字亦可作豆，不用韵"，证明斯人并非不通格律者，既如是，又为何如此来批点词集呢？

因有疑问，不免反复多读数番，始注意到其所批点者，多为李富孙之注，此犹如镜中窥镜，李富孙注朱彝尊，佚名者注李富孙，一如前之"白纻歌"，佚名者所注，皆针对李富孙注而言，又见批点如此之密且详，莫非斯人有意撰《曝书亭集词注补》？如若不然，又或是长者批与儿孙看，家中有小儿喜词，长者借此哄其读正经书。寒斋藏有杨昭隽批校《礼记集说》一部，末有杨昭隽题记，称"丁卯九月廿七日用朱墨两笔点完于京师寓舍之净乐宧，留待恒儿他日读也。"以及："余点此书，凡身心所不可离，而当昕夕奉以周旋之语，与夫文章特美可为师法者，则加墨圈之，用便记忆，恒儿它日能读此书时，须识吾意"，今日见此佚名批校，忽然念及杨昭隽之旧批，未知是否同出一意也。

然而未知何故，如此慎重用心之批校，未及一卷，即告终止，恰如浓墨登台，甫一亮相，一场雷雨，锣鼓尽收。该书批校虽无好词者常见之意兴挥洒，但追根究源，仍是满纸闲适，当是批于太平之年，赫然终止，多半是事有突发，导致笔折砚碎，以吾惯常之揣度，多半是因为时局之变幻。曩时多听前辈言，古人批书一批到底者似乎是难得之毅力，故而一批到底之书为批校本中之不多见者，然吾所藏批校之书可谓夥，而批校不到底，或仅批其中一部分者，反而不多，亦或是吾独得其幸耶，看来万事难以一语而蔽之。

　　该书为李富孙成于嘉庆十九年，其刻亦在撰成不久，此后不到五十年，有洪杨之乱，未久又有侵华战争、内战及各种运动，斯人生活年代大致当在清末至民国间，执笔校书之太平年，想来无多。此书归来时，卷中尚夹有台湾"国立故宫博物院"门票一张，未知孰人夹于书中。

邓之诚题记
《栩园词弃稿》四卷

《栩园词弃稿》四卷　（清）陈聂恒撰
清康熙四十三年（1704）陈氏且朴斋家刻本　佚名批
校　邓之诚题记　一函一册
钤印：邓之诚文如印（白方）

初睹是书，误以此为王同愈词稿，心生疑惑。王同愈字文若，号栩缘，别署栩园、季孺，有《栩缘随笔》《栩缘文存》及《栩缘日记》等，亦常见彼时往来书札中，多有称其为"栩园"者，然王同愈有词集，却未曾听说。及读邓之诚题记，方始知此为陈聂恒词集，其题记为："《栩园词弃稿》四卷。陈聂恒撰。五石斋藏本。陈聂恒，榜姓聂，字曾起，一字秋田，娄县籍武进人，康熙庚辰进士，工部主事，雍正改元特授编修，是岁以部属道州录百余人为编检吉士，创举也。此词刻于通藉以后，俊快中杂凄艳语，与邹董异派，传世甚稀，未知前人曾甄录及之否。眉端何人批语，时复中肯，谓其有王卫丰神，度是同时人。戊戌二月朔七日，文如居士识于成府村居。"

邓之诚像

81

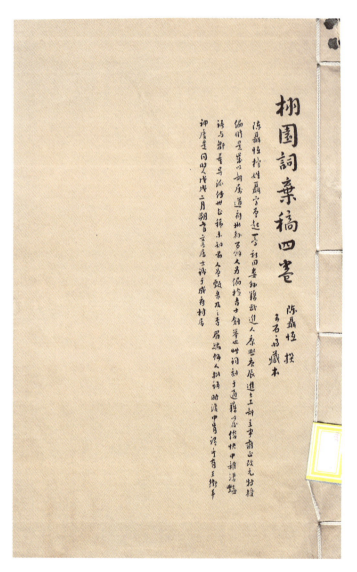

清康熙四十三年且朴斋家刻本《栩园词
弃稿》邓之诚封面题识

　　吾向读词集不多，未知陈聂恒何许人也，翻检资料，知其原名鲁得，字秋田，
一字曾起，江苏武进人，康熙三十九年（1700）进士，历官长宁知县，刑部主事，
所著尚有《朴斋文集》十六卷。其词以清健爽俊称，多咏物之作，况周颐《蕙风词
话续编》称："《栩园词弃稿》，曩余得于海王村，镂版精绝，前有顾梁汾先生

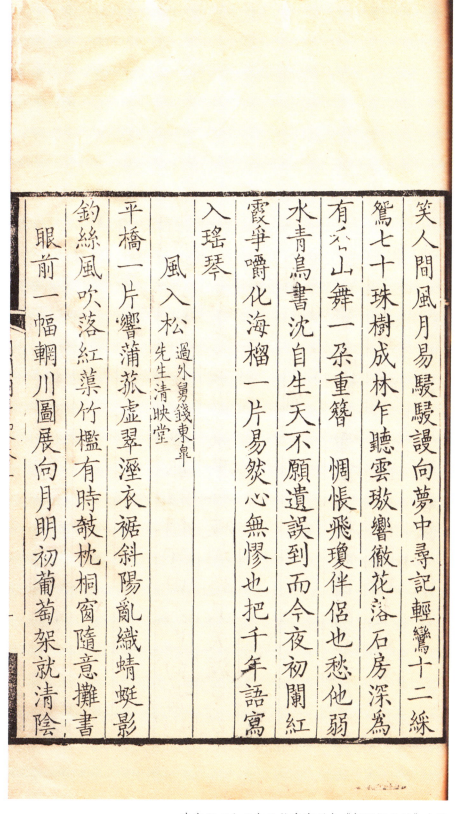

笑人間風月易駸駸讜向夢中尋記輕鸞十二綵

駕七十珠樹成林乍聽雲璈響徹花落石房深爲

有㞢山舞一朵重簪　情悵飛瓊伴侶也愁他弱

水青鳥書沈自生天不願遺誤到而今夜初闌紅

霞爭嚼化海榴一片易燄心無慘也把千年語寫

入瑤琴

風入松　過外舅錢東皋先生清映堂

平橋一片響蒲菰虛翠溼衣裾斜陽亂織蜻蜓影

釣絲風吹落紅藥竹檻有時敲枕桐窗隨意攤書

眼前一幅輞川圖展向月明初葡萄架就清陰

清康熙四十三年且朴斋家刻本《梄园词弃稿》内页

书，于词学盛衰之故，慨乎言之。……栩园词格在《饮水》《弹指》之间。蚤岁抱安仁之戚，有《金缕曲》十阕。梁汾题云：'人因慧极难兼福，天与情多却费才。'余亦美不胜收。"除此之外，关于陈聂恒资料甚稀，然细读其词集，则可略知其生平一二。

此集卷二有《金缕曲》十阕，题下小注称："亡妇龚结褵三年，同分荼苦，庚午冬，计谐北行，遂成永诀。未夏言归，不胜望庐思人之叹，感时触事，倍难为怀，凄咽之声，非云恒化，亦以诉阙生平，情不自己云尔。"词中有"两小同心恻，最难忘，左家娇女发垂肩"及小注"妇少失恃，与余同病，闻疾革，犹以此流涕"，可知陈聂恒与元配龚氏不仅两小无猜，且皆自幼失母，同病相怜。但龚氏的确是苦命之人，不仅自幼失母，接连育下一女一子，皆不幸夭亡，词中有小注"仲春月吉曾举丈夫子不终日而卒"，及"女蕙甫周先妇卒"，又有《喝火令》一首，为过小女蕙冢而作。陈聂恒与龚氏成婚三载即丧偶，膝下子女皆无，故后又娶钱氏女为妻，卷三有《风入松》一首，题下小注称"过外舅钱东皋先生清映堂"。然清映堂钱东皋何许人也，吾查无所得。又知其有秋田草堂与且朴斋，位于芙蓉湖畔，湖上有多情鸥鸟两两飞，屋后小园，植梅花三十余本，另有桃、杏、梨等若干，卷三与卷四分别有题注，称"自题秋田草堂"及"葺且朴斋题壁"，《栩园词弃稿》刊刻堂号即署为且朴斋，可知此集为陈聂恒自刻。

卷一有《定风波》一阕，题下小注称："已春泊舟采菱沟西一里，隔帘歌声即余《南歌子》'细雨缠搓柳'词也，再过，惘然亦几迷所往矣。"读此可知陈聂恒词作在当时已有传唱，深得民间所喜。又检得隔帘所唱《南歌子》全词为："细雨缠搓柳，微风又试花。燕儿好在未成家。到得将难时候，已争差。"读《蕙风词话续编》，可知陈聂恒曾与顾贞观交游。顾贞观（1637—1714）字华峰，号梁汾，江苏无锡人，康熙五年（1666）举人，以词闻名，有《弹指词》声传海外，曾馆于明珠府，与纳兰性德为挚交，吾知顾贞观其人，亦因早年读《饮水词》屡见"梁汾"二字。严迪昌《清词史》中，将纳兰性德、顾贞观与曹贞吉并称为京华词苑"三绝"，况周颐则直指陈聂恒词格在《饮水》《弹指》之间，此评价可谓不低，陈聂恒词作当世即有传唱，亦在情理之中。

今人研究清初词坛由盛而衰，往往引顾贞观《与秋田论词书》，然此文得以传，恰是因为《栩园词弃稿》前以此文代序，题为《顾梁汾先生书》："判袂一十余年，栩园之名既名，愿且遂矣。悬知近岁风采倍常，而玉山朗朗，在老人心目间

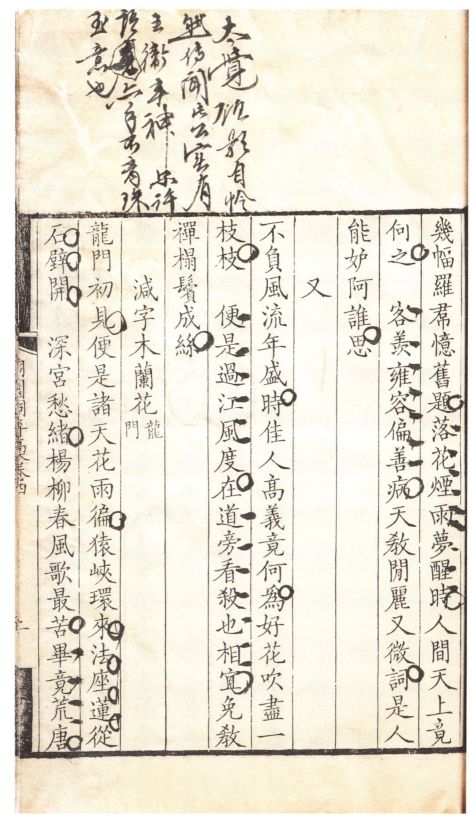

幾幅羅裙憶舊題落花煙雨夢醒時人間天上竟

何之 客羨雍容偏善病天教閑麗又微詞是人

能妒阿誰思

又

不負風流年盛時佳人高義竟何為好花吹盡一

枝枝 便是過江風度在道旁看殺也相宜免教

禪榻鬢成絲

減字木蘭花 龍門

龍門初見便是諸天花雨徧猿峽環來法座蓮從

石罅開 深宮愁緒楊柳春風歌最苦畢竟荒唐

清康熙四十三年且朴斋家刻本《栖园词弃稿》佚名批校

者，尚依然向日栩园也。忆曾有拙诗题《金缕曲》云：'人因慧极难兼福，天与情多却费才。'后闻恰续鸾胶，是亦懒寻鱼素，然未尝旬月不屡企想。……而余因窃叹天下无一事不与时为盛衰。即以词言之，自国初辇毂诸公，尊前酒边，借长短句以吐其胸中。始而微有寄托，久则务为谐畅。……虽云盛极必衰，风会使然；然亦颇怪习俗移人，凉燠之态，浸淫而入于风雅，为可太息。假令今日，更得一有大力者起而介之，众人幡然从而和之，安知衰者之不复盛邪？故余之为词，不能无感。而于栩园实不能无望。"谢章铤《赌棋山庄词话》评价《栩园词弃稿》时，亦引顾贞观此文，并称："此一则于康熙初词场风气言之最晰。"

顾贞观肯与之论词者，必为当世词坛之佼佼者，而陈聂恒对于清代词坛之意义，又不仅仅在于保存一封书信。此集卷末有《读宋词偶成绝句十首》，可以视为清代论词绝句之滥觞。论词绝句为清代词评之一种，起自清初，兴于嘉庆、道光年间，以七言绝句的形式阐发作者对词史、词人及词派等的看法及议论，因其体裁短小精悍，故往往能直接点出关键，较词话、词集序跋等更为凝炼。今人谈及清代论词绝句，最多引用者为厉鹗论词绝句十二首，然而陈聂恒此十首绝句，事实上要比厉鹗更早，而清代较陈聂恒更早者，又有曹溶论词绝句八首。

今人无论谈及清词，还是清代论词绝句，皆少有论及陈聂恒者，《近三百年名家词选》亦未收录，或为其词集传本稀少之故。《中国古籍善本总目》著录此集仅三家公馆有藏。《邓之诚文史札记》几年前经邓之诚之子邓瑞先生整理出版，其中一九五八年正月十五日的日记正好讲到该书传世极稀："友仁（堂）王估来，见残本《栩园词》四卷，陈聂恒撰。聂恒，字曾起，号秋田，娄县（原阙，据词集封面题记补）籍，武进人，康熙庚辰进士，雍正元年，由刑部主事授编修，词笔轻蒨，是邹祗谟、陈玉璂一派。眉端何人所批，颇能指其得失，有闻此君王卫丰神语，似是同时人。此词传世极稀，不知艺风丈《常州词》曾入选否？"今检《国朝常州词录》，陈聂恒收入卷七第二人，录词三十四首，为此卷收录词作最多者。

此段与吾得之本封面所题略有差异，日记称栩园其词"是邹祗谟、陈玉璂一派"，寒斋所藏之本却为"语与邹董异派"，此处"邹董"当指邹祗谟、董以宁，二人曾结国仪社相互唱和，邹祗谟有《丽农词》，董以宁有《蓉度词》，两人又与黄永、陈维崧有"毗陵四子"之称。邹、董与陈玉璂、陈聂恒等皆为清初江苏武进籍词人，故文如居士将数人放在一起横向比较。邹祗谟、董以宁与陈玉璂诸词吾皆未曾读，未知词风如何，故难辨此书封面题记与《邓之诚文史札记》中孰是孰非。

然日记载为正月十五，封面题记却为同年二月朔七日，亦有可能为文如居士细读之后，另有所感，故封面题识与月前日记所载不同。

此本恰如文如居士所记，首尾俱残，前后计缺十余页，又为俗手所修，观之为之气噎，然此本的确传世甚稀，兼经文如居士摩挲细读，甲午腊八借以消寒，亦为雅事。

摘录《读宋词偶成绝句十首》：

不道曹刘须降格，可知乐府有同声，
无题也与填词近，说是填词笑已生。

细意自然兼熨帖，象床玉手最相宜。
裁缝须灭针线迹，不尔裂帛即可为。

南唐小令怜悽惋，南宋之时句亦工。
肯爱自然遗刻画，勒成一卷纪吴风。

邓之诚藏书印"邓之诚文如印"

陈运彰跋
《曼陀罗襄词》一卷

《曼陀罗襄词》一卷　（清）沈增植撰

民国二十二年（1933）刻《沧海遗音集》朱印本　陈

运彰跋　一函一册

钤印：运彰题识（朱方）、蒙盦（朱椭）

此为朱祖谋辑《沧海遗音集》之沈增植《曼陀罗襄词》一卷，乃陈运彰题赠之本。沈增植（1850—1922）字子培，号乙盦，晚号寐叟，又有薑盦、睡香病叟、菩提坊里病维摩、随庵、姚埭老民及谷隐居士等号，浙江嘉兴人，光绪六年（1880）进士，历官刑部主事、江西按察使、安徽提学使、署布政使及护理巡抚，宣统二年（1910）辞官归里，晚年居沪上，平生著述有《海日楼诗文集》《汉律辑补》《晋书刑法志补》《蒙古源流笺证》《元朝秘史笺注》及《岛夷志略广征》等等。

沈增植博通经史，尤精于边疆地理，光绪六年（1880）礼部会试时，第五策为问北徼事，此题为光绪所出，盖因当时中俄之间正为领土之事发生冲突，朝廷已做好准备，一旦伊犁条约谈判破裂即宣布

沈增植像

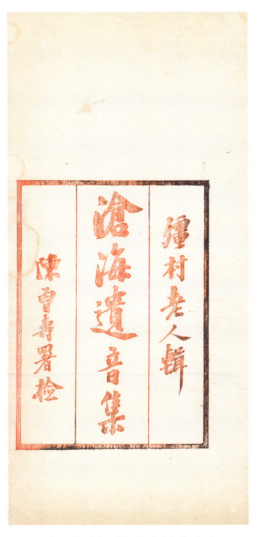

民国二十二年刻本《曼陀罗寱词》书牌一　　　　　民国二十二年刻本《曼陀罗寱词》书牌二

开战，光绪皇帝当此际出此题，显然是想考察学子们在四书五经之外，于现实问题有无见解。此题恰好出在沈增植熟悉范围之内，当即文思泉涌，下笔滔滔不绝，以致于试卷竟然不够写，遂将前四篇的内容加以删减，在其所著《皇元圣武亲征录校注》中，沈增植跋曰："罄所知答焉，卷不足，则删节前四篇以容之。日下稷场而后交卷。归家自憙曰：此其中式乎？"此场春闱之副考官为工部尚书翁同龢，见卷大赞，连呼为通人，录之为第二十四名。当时绍兴才子李慈铭也参加了这场春闱，离开考场后自诩第五策为通场之冠，及至读到沈增植试卷，始自叹不如，并与之结为挚友，时称"沈李"。熟知边疆地理不仅为沈增植敲开仕途之门，亦助他扬了一番国威。光绪十九年（1893），俄罗斯使臣来到总理衙门，拿出俄国学者所著《蒙古图志》中的三篇古碑文请求解释，因碑文中夹杂蒙语注音文字，所述人物及事迹

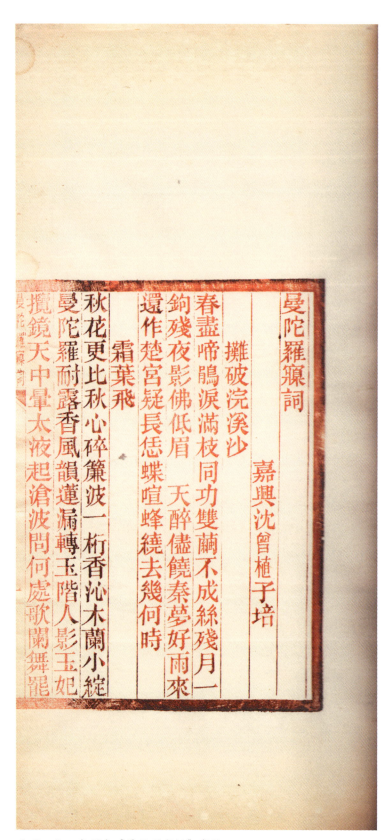

曼陀羅襄詞

嘉興沈曾植子培

攤破浣溪沙

春盡啼鵑淚滿枝同功雙繭不成絲殘月一
鉤殘夜影佛低眉　天醉儘饒秦夢好雨來
還作楚宮疑長恁蝶喧蜂繞去幾何時

霜葉飛

秋花更比秋心碎簾波一桁香沁木蘭小綻
曼陀羅耐露香風韻蓮漏轉玉階人影玉妃
攬鏡天中暈太液起滄波問何處歌闌舞罷

亦鲜见于记载，众多学者如睹天书，不敢揽此难题，沈增植却不慌不忙写出三篇考证文字，令俄国使臣惊叹不已。

边疆地理学之余，沈增植亦以书法及藏书闻名，宣统二年（1910），其乞退得准，整装东归，随行家产无多，藏书却有十万余卷，人皆以为怪。民国七年（1918），其六十九岁生辰时，夫人欲携子女为其做寿，沈增植坚拒之，适逢有书商持元刻《乐府诗集》求售，沈增植始笑请夫人买下此书做为寿礼，戏称："百卷之书，百龄之兆也。"其晚年藏书处有海日楼，据《海日楼书目》所载，楼中多有宋元及钞校本，其殁后藏书尽出，精本多为当时的中央图书馆所得。寒斋虽然陆续收得带有其手泽之旧藏数部，然从未收到其批校之本，一直念念不忘。

此为其词集《曼陀罗襜词》一卷，民国二十二（1933）年朱印本，前有张尔田序及自序，其自序称："九年立宪之诏下，而乾坤之毁，一成而不可变，沈子于是更号曰'睡翁'，不忍见不能醒也。"又记此集之成，皆因其子整理而来："张皋文氏、董晋卿氏之说，沈子所夙习也。心于词，形形色色无非词，有感则书之，书已弃之，不忍更视也。越一岁，而世变飘摇，羁旅久忘之矣。丁巳春，儿子检敝簏得之，写出之，屏诸案几，犹不忍视也。戊午移居，复见之，乃署其端曰'僈词'。如彼遄风，亦孔之僈，民有肃心，荓云不逮，其当日情事耶。次其年，其事可见，然终不忍次。非讳也，悲未偁也。"此序写于民国七年（1918），署为"谷隐居士"。又有其养子沈慈护小记，称先君曾手定词稿四部，分别为《僈词》《海日楼余音》《东轩语业》及《曼陀罗襜词》，朱祖谋因辑《沧海遗音集》，于此四种中加以去取，汇为一书，统题为《曼陀罗襜词》。沈慈护复从簏中检得沈增植手书《僈词》自序，认为此序虽为其中一部词集之序言，然先君填词大旨皆可从中得见，故置于此集卷端为序。

朱祖谋（1857—1931）即朱孝臧，字古薇，号彊村，浙江吴兴人，光绪九年（1883）进士，与况周颐、王鹏运、郑文焯合称为词坛"晚清四大家"，为临桂派之代表人物，叶恭绰《广箧中词》称："彊村翁词结清季词学之大成，公论翕然，无待扬榷。余意词之境界，前此已开拓殆尽，今兹欲求于声家特开领域，非别寻途径不可。故彊村翁或且为词学之一大结穴。"沈增植与朱祖谋皆为自认遗民者，入民国后避居沪上，彼时沪上有超社、逸社，两人皆为社中重要人物，时有唱酬之作。《沧海遗音集》为朱祖谋所选同代人词集，未及刊行而归道山，临终前将此集与《彊村弃稿》《彊村语业》等未刊稿，以及校词所用朱墨交付龙榆生，最终由龙

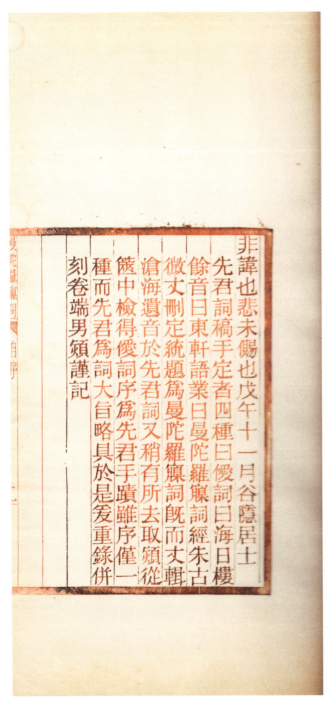

非諱也悲未傷也戊午十一月谷隱居士

先君詞稿手定者四種曰㦸詞曰海日樓

餘音曰東軒語業曰曼陀羅㦸詞經朱古

微丈刪定統題爲曼陀羅㦸詞既而丈輯

滄海遺音於先君詞又稍有所去取頒從

篋中檢得㦸詞序爲先君于蹟雖序僅一

種而先君爲詞大旨略具於是爰重錄併

刻卷端男頒謹記

民国二十二年刻本《曼陀罗㦸词》后记

榆生完成兹事。

甲午冬整理书架，偶见此书，置于床头翻阅一过，虽喜其朱墨灿然，却未觉有惊艳之篇，卷中多为写景状物及唱酬之作，兼喜用佛典。曾于他书读到沈增植以诗文为余事，看来果真如此，全卷读来皆如淡墨，不见重彩。沈增植八岁丧父，由母亲独力抚养四名幼子，颇为辛苦，因家中贫寒，无力延请塾师，母亲只能恳请亲友抽空前来教导读书，因此前后教过沈氏兄弟的先生不下十人，却没有一位教过一年，而在诗词方面为沈增植启蒙者，是一位名叫高伟曾的人。沈增植于《业师高先生传》中称："高隽生先生讳伟曾，杭州仁和人，咸丰辛亥举人。屡上春官不第，以大挑知县，分发陕西，非其志也。……先生馆余家在同治壬戌秋、癸亥春，不及一年，为余开笔师。然平生诗词门径及诸辞章应读书，皆禀先生指

沈增植藏书印"海日楼""寐叟"

授推类得之。……是时王砚香先生馆舅家，二先生日为诗词唱和，余私慕仿为之，匿书包布下，先生察得之，笑且戒曰：孺子可教，俟他日，此时不可分心也。而余知抗厉自此始。"光绪七年（1881）沈增植南游省亲，经过杭州时特意前往寻访业师，然而一番寻找之后，始知先生已然去世，且生前晚景凄凉。因此故实，吾特意于此集中欲寻其怀先生之词，却遍寻不见，略有所失。吾向于写景状物之辞兴趣不大，尤喜读祖露心迹之章，觉怀人记事之篇，似乎更能窥得作者真意。

该书为陈运彰持赠百里之本，卷前有陈运彰墨笔题记一页："此《沧海遗音集》刻本校样，依成书汇装之。尚少曾刚父《蛰庵词》、夏闰枝《悔庵词》、陈述叔《海绡词》之第二卷，及《海绡说词》最四种。辛卯嘉平廿二夕检箧得之。百里仁兄正收罗词家别集，敬以奉诒。运彰。"末钤"运彰题识"朱方。陈运彰批校之

沈增植故居

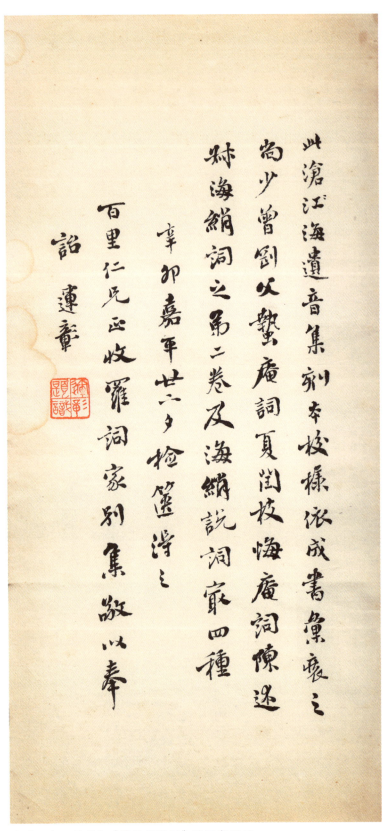

此沧江海遗音集刻本校样依成书彙褒之
尚少曾刻父蛰庵词夏闰枝悔庵词陈述
林海绡词之第二卷及海绡说词宸四种
辛卯嘉平廿六夕检箧得之
百里仁兄正收罗词家别集敬以奉
诒　运彰

民国二十二年刻本《曼陀罗欀词》陈运彰题记

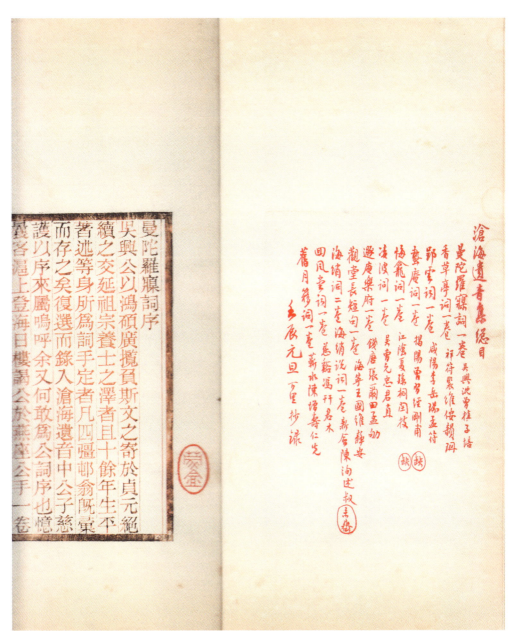

民国二十二年刻本《曼陀罗㜫词》百里所抄目录

本，寒斋可谓颇多，其批校喜用朱、粉、蓝、绿等彩笔，字体极小且精，兼有印癖及易名癖，曾有一书经其批校，眉批之下署名逐条不同，用印各异，乍看上去，误以为曾经十余人递藏，词人之情性，或可见一斑。然此书乃持赠他人之本，或因敬重之故，陈运彰此番未用彩墨，所书字迹大小亦非常见之蝇头。

题记之后，词序之前，尚有壬辰元旦受赠者百里朱笔抄录《沧海遗音集》总目一份，凡十一种，其中陈运彰题记中提到的《蛰庵词》及《悔庵词》下注以"缺"字，《海绡词》下注以"未齐"二字。吾初误以此为陈运彰赠蒋百里之本，蒋百里所出身的海宁蒋家亦为藏书世家，其祖父蒋光煦有别下斋，族祖蒋光焴有衍芬草堂，又有伯祖蒋肇基深柳读书堂、堂伯父蒋梦华来青阁等，因此蒋百里虽号称"现代兵学之父"，倘若喜藏书，亦在情理之中，但其专藏词集，吾颇意外。然细思署款年月为"壬辰元旦"，当为1952年，是年蒋百里早已去世十余年，则此百里定非蒋百里，吾又自作多情矣。以年月推论，此百里当为近人之喜藏书者，略为检索一番，惜毫无头绪。

是书得于己丑年春之海王村，彼时书价较为正常，稿钞校本亦不甚受人关注，是故此册仅以两千元携归，今时带题跋之朱印本，动辄过万，睹今思昔，徒念好时光。

陈运彰藏书印"运彰题识"

倪鸿、况周颐题记清钞本《茶梦庵烬余词》一卷《茶梦庵劫后稿》一卷《写麋楼遗词》一卷

《茶梦庵烬余词》一卷《茶梦庵劫后稿》一卷
（清）高望曾撰

《写麋楼遗词》一卷　（清）陈嘉撰

清钞本　倪鸿、况周颐题记　一函一册

钤印：曼陀罗盦（朱方）、不识字儿（白方）、绮词万卷楼（朱方）、况（朱方）、徐乃昌马韵芬夫妇印（朱方）、北京市文物管理处藏书（朱方）、云臞过目（白方）、留垞（朱椭）

　　此集卷首钤印累累，知递藏有序，当即携归，然俗务缠身，置于架上经年未曾细读，新春避客，始于明窗下展阅之，不读则已，读则百感交集，更觉今日岁月之静好，实属难得。此为清钞本一册，所抄有高望曾《茶梦庵烬余词》一卷、《茶梦庵劫后稿》一卷及其夫人陈嘉《写麋楼遗词》一卷，高望曾与陈嘉在晚清词客中，当属名气甚微者，二人既非旺族出身，亦非宦达之士，往来虽偶有名流，亦非一等人物，今时诸多研究晚清词客的文章中亦鲜见二人名姓，然此集之感人处，却不在名篇巨著之下。

　　高望曾字穉颜，一字成父，号茶庵，五十而卒，具体生卒年不详，浙江仁和人，诸生，援例授司马，曾任福建将乐知县，工行楷。《萧山县志》有其小传："文章清丽，尤长诗词。咸丰庚申，寇警日亟。是

况周颐像

97

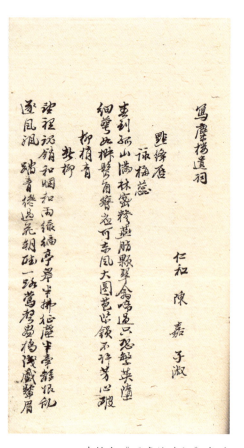

清钞本《茶梦庵烬余词》封面　　　　　　　清钞本《写麇楼遗词》卷首

夏，望曾避地桃源乡，主邑人王经秋声馆，与经及韩钦、祝皋辈相唱和。明年寇逼诸暨，望曾挈家返省垣。无何，全家死难，望曾子身脱走。后官福建知县，卒于福州。"《晚晴簃诗汇》亦有载："茶庵年十七作《蚶赋》千余言，江梦华称为'西泠秀气，冠绝一时'。官将乐知县，治事不苛，作《解讼歌》，闽人多诵之。所作《还乡杂诗》，写劫后情事如画。"以吾所检，高望曾除《茶梦庵诗稿》及《茶梦庵词》外，似乎别无著述，两集皆于同治九年（1870）刻于福州，因词集后有其"庚午夏至日"自序，是年即同治九年，故知此集当为其生前所刻。

　　关于高望曾，吾所检得资料并不多，与其妻陈嘉相关者，却得见数条。《国朝杭郡诗》有陈嘉小传："嘉字子淑，仁和人，同邑高望曾妻，有《写麇楼诗》。辛酉冬杭城再围，食且尽，宜人购粟进姑，而自食穄秕。城陷，奉姑出城，既渡江，会天雪，馁甚，乃属姑于妯娌而死。"陈嘉去世后，高望曾极为悲痛，请同在福建为官的画家朱宝善为之绘《空江吊影图》，并遍征题词。丁绍仪《听秋声馆词话》有记："仁和陈子淑女史，辛酉冬，杭城陷，奉姑出城，冀渡钱江，值大雪，觅舟

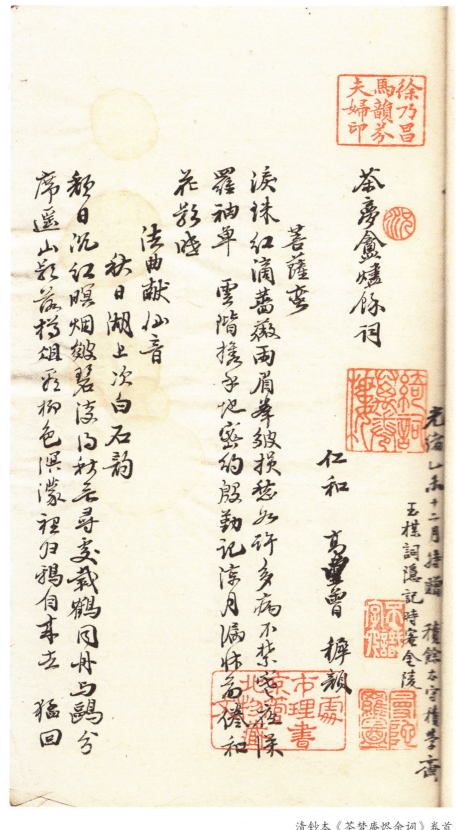

清钞本《茶梦庵烬余词》卷首

不得，携女自沉。茶庵怆悼不已，念今世鲜工古文者，见吴桐云观察《小酉腴山房集》峭洁似昌黎，乞为立传。并绘《空江吊影图》，征词于余。"屠鉴于词序中称："高望曾妻因杭城战事而不得逃脱，携女沉钱塘江而死。茶庵怆悼不已，为绘《空江吊影图》。"

数处关于陈嘉的记载皆大同小异，然其人其事已知大概。与夫妇二人相关的记载尚有《憩园词话》，卷五载："高穉颜同知望曾，一字茶庵，仁和人，以名诸生援例为司马，发福建，曾摄将乐令。与其配陈子淑夫人均工诗，时人比之为琅嬛仙眷。惜夫人于咸丰辛酉殉杭城之难。司马刻《茶梦烬余词》《劫后稿》，附《写糜

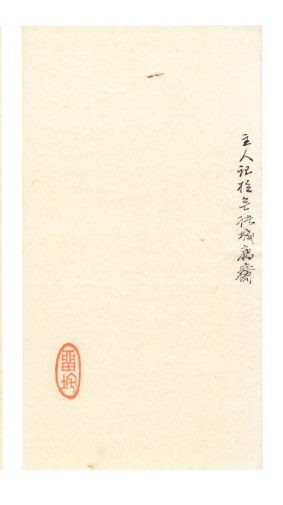

陈诰、高望曾跋语

楼遗词》，即夫人作也。余此录无闺秀词，未摘抄。今读司马词，有与蒋鹿潭、郭尧卿诸君唱和，固属同调，其词笔致幽秀，出显入微，洵推作手。"

这些记载虽然都很清楚，但读起来始终都隔着一层，与陈嘉兄长陈诰所记相比校，少了些许温度。《写麋楼遗词》之后附有跋语两则，前为陈诰所记，后为高望曾所记。陈诰所记为："余妹子淑幼娴吟事，自归茶庵，始学为词，有所作，必寄余商榷。辛酉杭城之变，闻妹殉难，每检手书，不胜雁行之痛。去夏晤茶庵于津门，知遗稿尽归劫火，方约以所寄录归，并促授梓。比递直省倥偬不得闲，今年宰内邱，政少暇，因发行箧，尽举所寄诗词录归茶庵。其间瑕瑜错出，尚须斟酌存之。录毕，附识数语，不禁泫然。同治丁卯三月，陈诰挥泪谨识。"高望曾所记为："亡妇遗词三十余阕，由子钦内兄处录寄，删存十七如《诗品》之数，附刊拙稿后，俾留姓氏。中多粗浅语，未经酌改，盖不致没庐山真面也。庚午夏至日，茶盦梦主人记于无诸城寓斋。"

了解此段史实之后，再读卷中词作，高望曾与陈嘉夫妇的形象顿时变得更加生动，尤其是陈嘉战乱之前的柔情婉转，与离散之中的渴望安定形成强烈对比。《春日游湖》中一派风光迤逦："苏堤长，白堤长，百卉齐开半艳阳，莺莺燕燕忙"；《浣溪沙》里"闲评花谱惯停针"。《菩萨蛮》里描写着闺中四时：怯晓寒，抛纨扇，听促织，糊窗纸。词中亦频见其与高望曾伉俪情深，全卷仅录词二十一阕，其中有四阕为与高望曾唱和之词。《唐多令》为高望曾客海昌时，以词见寄，陈嘉以小令答之："咫尺阻云山，音书寄便难。报高堂、两字平安。琐屑家常君莫问，须努力、劝加餐。"读罢令人叹息，娶妻贤若此，知书若此，慧若此，夫复何求？《清平乐》为陈嘉附于家书之后者，词中弥漫相思之苦："窗前悔种梧桐，飘摇易感秋风。欲写音书寄远，天边盼断飞鸿。"又有《蝶恋花》诉尽盼归之意："别后双娥慵不扫，盼煞音书，喜听乌尼报。况说他乡知己少，远游争似家居好。"及至咸丰九年（1859），也就是陈嘉罹难之前的两年，终于盼得高望曾寄词一阕，中有归来之意，喜极而赋《好事近》："亏它征雁带书来，珍重万金抵。料得羁愁难遣，早商量归计。"

《好事近》为其遗集中倒数第二阕，虽然词中仍然是相思苦，但能感觉到此时的陈嘉尚属"家居好"，及至翻页到最后一阕《洞仙歌》，气氛立刻变得凛严，其全词敬录如下：

倪鸿藏书印"云瞿过目""曼陀罗盦"

洞仙歌

（庚申杭城劫后，迁徙者纷纷，四月朔，余随外子东渡钱江，避居萧山之桃源乡，就途中所见谩成此解。）

钱江东去，荡一枝柔橹。
大好溪山快重睹。
算全家数口、同上租船，凝眺处，隔岸峰青无数。

桃源今尚在，黄发垂髫，不识人间战争苦。
即此是仙乡，千百年来，看鸡犬、桑麻如故。
问何日扁舟赋归欤？待扫尽欃枪、片帆重度。

此词极有可能为陈嘉绝笔，吾未知他人读至此是何感，在吾则掩卷不忍，原本安稳度日、游苏堤数莺燕之闺人，变成面对欃枪的难民，租船上凝眺所见的桃源乡，黄发垂髫，不识人间战争苦，但眼前风景再好，即便算是仙乡，也抵不过返回故乡的愿望，然而这愿望终于没能实现，第二年辛酉，陈嘉抱女投江。

家国之覆，由男子写来多是慷慨悲歌，由一位闲评花谱惯停针的女子写来，则是另一番沉痛。早年尝读叶嘉莹先生论清词之文，依稀记得先生曾提出"弱德之美"，大意似指在逆境与苦难中把持住自己，因而展现出的一种隐曲之美，读罢写麋楼词，吾当即想起"弱德之美"四字，虽云"弱"字，实则摧心肝。通读全集，还可发现陈嘉每填一词，于词牌选择上皆颇为在意，所选词牌从字面上解，多与词意相贴切，如题木兰图时，词牌为减字木兰花，诉相思时，词牌是蝶恋花，得知丈夫将要归来时，词牌为好事近，乍眼望去，喜气洋洋，此种喜气与紧接而来的杭城劫难并在一起，喜愈甚而难更深，弱德之美同时，摧残之美亦扑面而来。

因感其人，久不能释怀，遂遍索陈嘉资料，欲知其更多，然所得亦仅于此。各处史料皆记陈嘉殒于辛酉年，即咸丰十一年（1861），其时已有一女，而萱堂尚在，故陈嘉投江时大约年仅二三十岁，则高陈夫妇大致生活时代当在道光至光绪年间。彼时江南一带妇女多有擅吟咏者，并且多有以家族形式出现者，彼此之间会如男子般举行结社，每有佳作，则相互传阅，彼此唱和，《写麋楼遗词》中亦有类似作品，如题赵君兰碧桃仙馆词的《南乡子》、秋夜遗怀和陆芝仙的《南柯子》，以

徐乃昌藏书印
"徐乃昌马韵芬夫妇藏书印"

及题孙苹桥绘《木兰从军图》的《减字木兰花》。

今检《历代妇女著作考》，与陈嘉唱和者皆有诗稿或词稿传世。赵君兰即赵我佩，词人赵庆熺之女，举人张上策之妻，张尔田曾撰文称其为伯母，谓"有清一代词人，吾家闺秀得两人，前为徐湘苹（灿），后则先伯母。"赵我佩晚年家落无子，仅有一婢陪在身边，以书画古玩易米度日，与李清照易世而同慨，《碧桃仙馆集》为其生前手书上版，太平军起后，书版尽毁于火。陆芝仙即陆蒨，阳湖人，同邑谢士俊妻，貌美多才，兼工诗词，原本与谢士俊颇为恩爱，后谢听信谗言休妻归里，陆芝仙回到家后长斋奉母。咸丰三年（1853）太平军至，见之惊艳，欲强行之，陆芝仙厉声痛骂，激怒兵匪，以矛刺之，陆芝仙依然不就，愈骂愈烈，最终遭"丛刃刺之"而殒命，有《倩影楼遗稿》及《倩影楼遗词》各一，皆其死后所刊。

该书所及三位钟灵毓秀之女子，或人或书，皆毁于太平天国，是为读此集所未料者。马齿渐长，所读愈多，对太平天国为祸江南之事亦了解更多，每有痛心疾首之感，颇不解粤匪何以憎恨文化乃至文明至此。《晚晴簃诗汇》记高望曾"所作《还乡杂诗》，写劫后情事如画"，其实该诗并不仅是写劫后情事如画，尚有对太平天国为祸江南之详细描述：

> 山行不逢人，尚余豺虎迹。
> 下马读残碑，道旁小歇息。
> 乡人荷担来，累累此何物。
> 前肩挂髑髅，后担束骸骨。
> 为言荒村中，狼藉无人恤。
> 官局论斤买，易米计亦得。
> 败骼换牛羊，真伪孰能别。
> 山南净慈旁，山北棲霞侧。
> 荒塚何纷纭，千魂共一穴。（杭城收复后，官绅设局收买尸骨，每斤八文。于南山净慈寺旁、北山棲霞岭各瘗十余塚，八百斤为一塚。）
> 岂无忠与贞，岂无豪与杰。
> 身后谁得丧，都付一丘貉。
> 俯首念妻孥，泪下衣襟湿。

此诗写来，可谓痛彻心扉矣。八百斤枯骨共一塚，尚算是入土为安，高望曾俯首念妻孥，却是尸首无寻处，只能绘《空江吊影图》以寄。太平天国平定之后，高望曾与邵懿辰、丁葆和、黄世善、丁申等本邑士绅联名具呈官府，请求捐建祠宇，名曰"崇义词"，以表彰和纪念罹难者，其呈辞称："尤冀干戈永息，兵气销为日月之光"。人间事只有经过方知深切，乱世之下的小人物似乎只能匍匐伏于宿命，而吾自经一劫，亦更知现世之安好，寻常之不易。

《写麋楼遗词》之刊刻，据卷末跋语所记，是由其兄长陈诰于同治六年（1867）催促授梓，同治九年（1870）附于《茶梦庵烬余词》后刻于福州。该钞本归芷兰斋时，吾一度以此书为高望曾稿本，及睹卷末两段跋语与内文字迹一致，始知为钞本，唯不知抄者何人。该书封面有墨笔题记："高望曾字徲颜，号茶庵，浙江仁和人，诸生，官福建同知。其配陈子淑词附卷末。选毕乞寄还为望。"下钤"云矅过目"白方，卷中首页右下又钤有"曼陀罗盦"朱方，知此封面题记为倪鸿所书。倪鸿生于道光八年（1828），卒年不详，字延年，号耘劬，又号云瘴、云矅，广西桂林人，工诗文，善书画，宦游粤东二十余年，曾署福建，襄力台湾军务，晚年又北上，与当时名流交游，著有《桐阴清话》《曼陀罗庵诗钞》及《退遂斋诗钞》等。《晚晴簃诗汇》亦有其小传，称其曾官福建候补知县。

从此本卷末署款时间及刊刻年月计，吾曾疑此即刊刻之底本，惜无旁证。高望曾题记署款为"庚午夏至日，茶盦梦主人记于无诸城寓斋"，无诸城为福州别称，其时为同治九年（1870）夏至日，刻本亦为同治九年，二人极有可能属于同时代人物，此本既经倪鸿藏过，则抄写时间应该不会太晚于同治九年，更何况高望曾题记写明刊刻之事，显然此钞本是为付梓而誊写。

倪鸿之后，此本为况周颐所得，况周颐又将该书持赠徐乃昌，卷首有况周颐墨笔题记："光绪乙未十二月持赠积余太守积学斋。玉梅词隐记，时客金陵。"卷端又有况周颐"况"字圆朱印记，以及徐乃昌"徐乃昌马韵芬夫妇印"朱方。玉梅词隐乃况周颐（1859—1926）别号之一，其原名况周仪，因避宣统溥仪讳而改"仪"为"颐"，字夔笙，别号尚有玉梅词人、蕙风词隐，一生致力于词，尤精于词论，所著《蕙风词话》为时人激赏。徐乃昌（1869—1943）字积余，号遂庵、随庵，又号众丝，安徽南陵人，光绪十九年（1893）举人，曾两度赴日本考察学务，于国内亦多在教育部门任职，入民国后居沪上，生平以藏书、著书、校书、刻书为务，家有积余斋藏书楼，后改称积学斋，又有藏书处小檀栾室、镜影楼、鄘斋等。

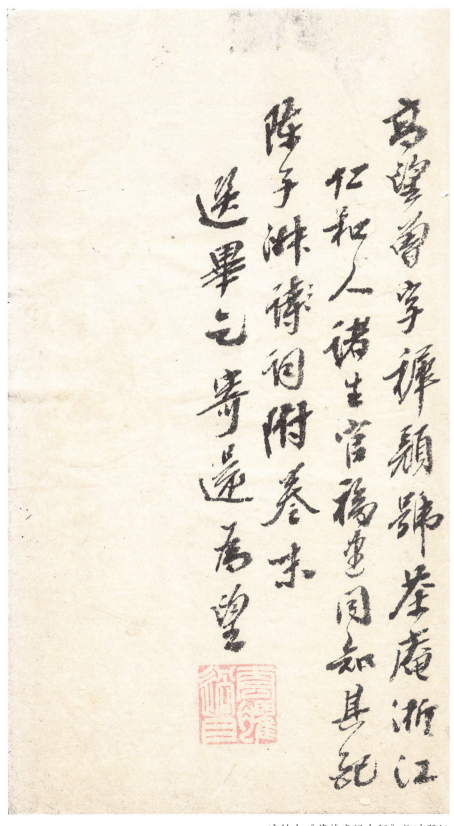

清钞本《茶梦庵烬余词》倪鸿题记

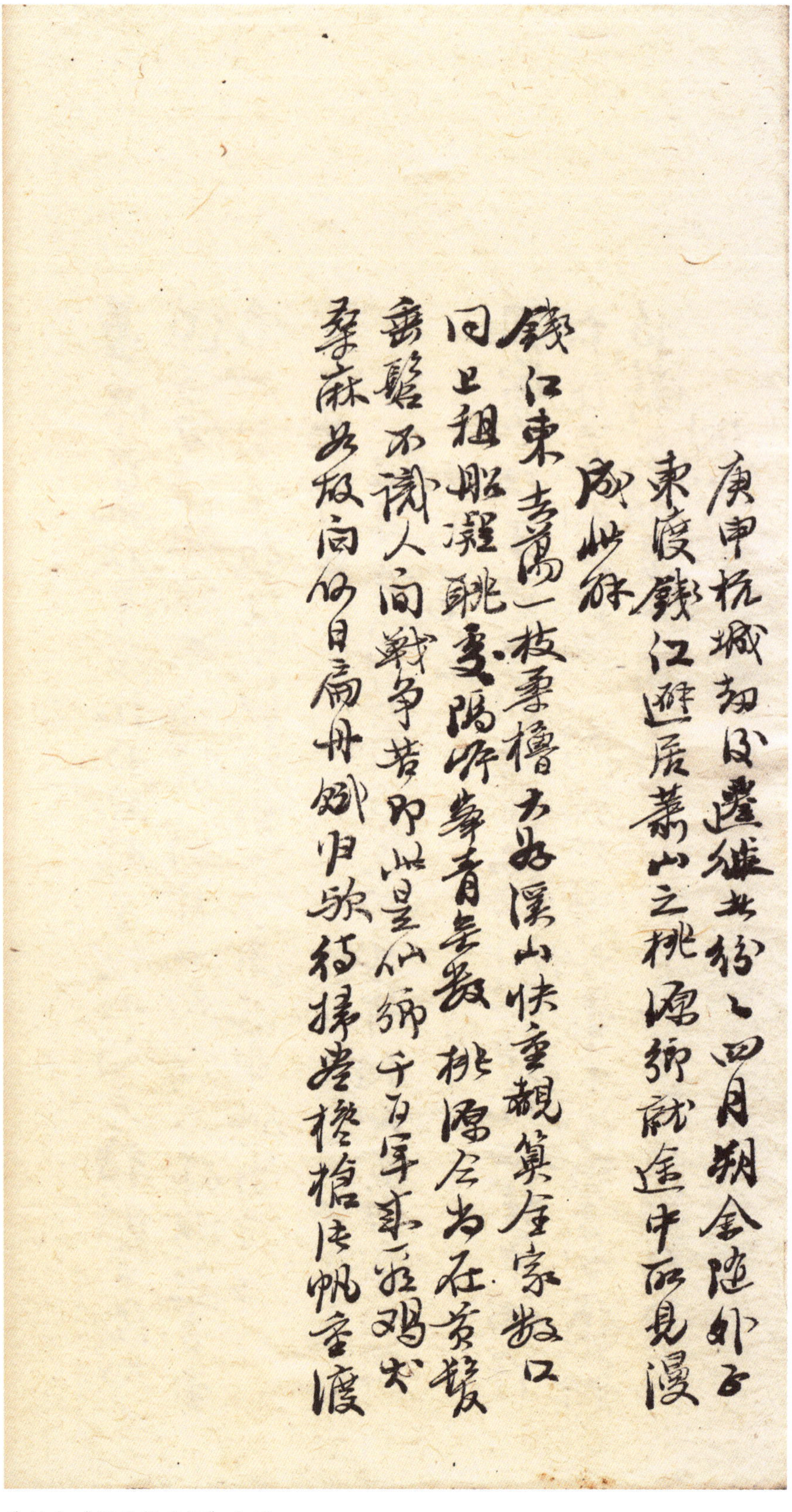

庚申杭城劫后及遷徙共将之四月朔金陵途外子

東渡钱江避居萧山之桃源弥就途中所见漫

成此解

钱江東去萬一枝秦檜五丹溪山快重觐算全家数口

同上祖舡凝眺变陽岈峥青無晨桃源公为在黄发

無聊不谅人间戦争苦即此昰仙师于丹宇事一狂鸡犬

桑麻如故向阳目扁丹郷伊欤行掉叟棹搶伝帆查渡

清钞本《写麋楼遗词》内页

　　况周颐持赠之乙未年，即光绪二十一年（1895），正是年徐乃昌选编校刻《小檀栾室汇刻闺秀词》之时。《小檀栾室汇刻闺秀词》全书一百一十卷，收录明代女词人三家，清代女词人九十七家，每十种为一集，前后十集，于光绪二十一年至二十二年之间陆续刊刻而成。是集之编，况周颐不仅尽发所藏协助徐乃昌，并且兼任校勘之役，其中泰半皆为其所校勘，又于卷前为之撰序，此本即为况周颐协助徐乃昌选编《小檀栾室汇刻闺秀词》之本。今检《小檀栾室汇刻闺秀词》，第三集第十种，即陈嘉《写麋楼词》。

杨钟羲藏书印"留垞"

夏承焘题记、佚名批校《纳兰词》五卷《补遗》一卷

《纳兰词》五卷《补遗》一卷　（清）纳兰性德撰

清光绪六年（1880）许增刻《娱园丛书》本　夏承焘
题记　佚名批校　一函二册

钤印：瞿禅（朱方）、夏承焘（朱方）、太平苏氏
（朱方）

此夏承焘题记光绪六年（180）娱园所刻《纳兰词》五卷《补遗》一卷，凡两册，上册封面题记"十六年仲春以一金买于湖上。是日林荫罨画，波光如拭，坐疏梅下按拍一过。瞿禅"，下钤"瞿禅"朱方。下册封面题记"十六年夏五黄梅节，练光楼坐雨，点选一过。承焘客鄞中第四中学"，末钤"夏承焘"朱方。夏承焘（1900－1986）字瞿禅，晚号瞿髯，浙江永嘉人，现代词学大家，著有《天风阁诗集》《唐宋词人年谱》《唐宋词论丛》及《月轮山词论集》等等。瞿禅先生一生读书、教书、写书，经历极为简单，其自幼就读于私塾，十四岁考入孙诒让所创办之温州师范学校，民国七年（1918）夏毕业后，曾经做过三个月编辑和一个月警察，同年九月任永嘉县立任桥小学和梧埏小学老师，自此后执教终身，直至

纳兰性德像

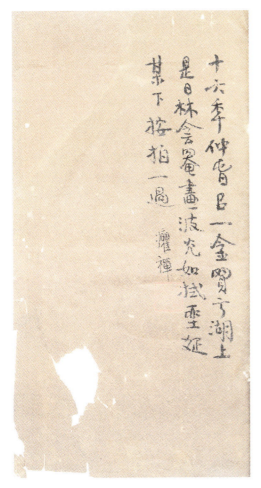

清光绪六年《娱园丛书》本
《纳兰词》上册封面夏承焘题记

清光绪六年《娱园丛书》本
《纳兰词》下册封面夏承焘题记

1972年因病退休，始走下讲坛，教书育人长达五十四年。

《夏承焘年谱》1927年4月载"初旬离杭赴宁波四中任教"，正与此题记相合，上册题记中"林荫罨画"句，当出自纳兰《浣溪沙》下阕："一水浓阴如罨画，数峰无恙又晴晖。湔裙谁独上渔矶。"此词上阕为："五月江南麦已稀，黄梅时节雨霏微。闲看燕子教雏飞。"景致复与下册题识合，可见瞿禅先生于纳兰词谱熟于胸。纳兰性德（1654—1685）原名成德，因避太子允礽嫌名而改为性德，字容若，号楞伽山人，正黄旗满人，康熙十年（1671），纳兰举顺天乡试，康熙十五年（1676）应殿试，赐进士出身，选授三等侍卫，后累迁为一等侍卫，出入扈从，深得康熙隆遇，有意重用之，惜天不假年，年仅三十一岁即因病而逝。其人以词闻名，尤工小令，词风清新丽婉，有南唐后主遗风，其词作当世即为民间传诵，曾有

"家家争唱饮水词，纳兰心事几人知"的说法。

　　心事乃词人创作之源，千回百转，几经遮掩，再指东打西地诉之笔端，为后人留下无限想象空间。然而纳兰心事几经后人研究，似乎已无秘密可称，从家国而言，云其矛盾，从姻缘而言，谓之情深，以此两大背景来解读其词作，无不昭然。纳兰先世为蒙古人，原姓土默特，因占领纳兰部族土地，遂以纳兰为姓氏，又因所居近叶赫河岸，故建国称叶赫，努尔哈赤与叶赫部一场战争之后，纳兰曾祖金台什

清光绪六年《娱园丛书》本《纳兰词》书牌

清光绪六年《娱园丛书》本《纳兰词》牌记

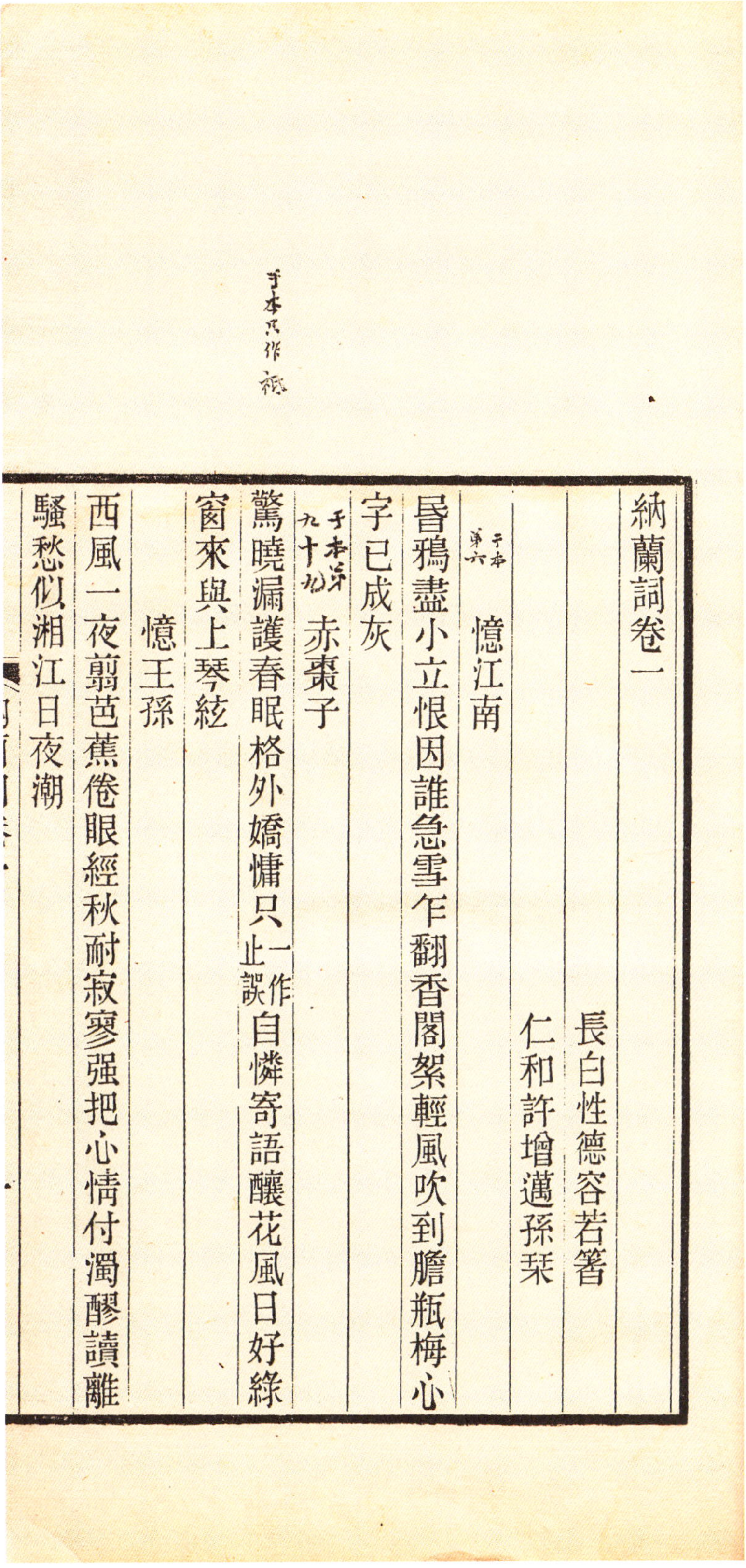

手本凡作褃

納蘭詞卷一

長白性德容若箸

仁和許增邁孫栞

十本第六

憶江南

昏鴉盡小立恨因誰急雪乍翻香閣絮輕風吹到膽瓶梅心

字已成灰

于本第九十九 赤棗子

驚曉漏護春眠格外嬌慵只止 誤 一作自憐寄語釀花風日好綠

窗來與上琴絃

憶王孫

西風一夜翦芭蕉倦眼經秋耐寂寥強把心情付濁醪讀離

騷愁似湘江日夜潮

清光緒六年《娛園叢書》本《纳兰词》卷首

111

战败被缢死，两族结为世仇。但努尔哈赤同时又纳金合什之妹为嫔妃，生下皇太极，因此纳兰族与清皇族又由世仇变为皇亲，其父明珠累迁至武英殿大学士、太子太傅，又升任太子太师，权倾一朝，纳兰自己亦深得康熙常识，康熙每次巡幸江南塞北，纳兰皆随行扈从，倘若不是英年早逝，前程必然似锦。纳兰出生时，距离其曾祖金台什战败被杀仅三十六年，往事并不遥远，以纳兰之多感，不可能于世仇无动于衷，因此有学者解释纳兰不念权位、倦于仕禄的原因即来源于此。

较家国之仇更令读者关心者，自然是其情事。《饮水词》中有着大量悼亡词，皆缠绵悱恻，许多都与其原配卢氏有关。卢氏出自钟鼎之家，十八岁于归，二十一岁因难产而亡，结缡虽仅三载，但夫妇自契同心，琴瑟嘉通，卢氏之死给予纳兰极大打击，自此后花前月下、清明七夕，每一念及，便和泪赋词，卢氏墓志曾载："悼亡之吟不少，知己之恨尤多。"卢氏殁后，纳兰续娶官氏，二人感情颇为平淡，以其词作中绝无涉及官氏者。纳兰座师徐乾学曾撰《通议大夫一等侍卫进士纳兰君墓志铭》，仅记其配两人，即卢氏与官氏："配卢氏，两广总督兵部尚书都察院右副都御史兴祖之女，赠淑人，先君卒。继室官氏，某官某之女，封淑人。"韩菼撰《神道碑》所记亦同。但实际上与纳兰有过婚姻有关系之女子，可考者计有五人：嫡妻卢氏、续弦官氏、侧室颜氏、外室沈宛及"入宫女子"，其中颜氏为娶卢氏之前所纳小妾，入宫女子资料不详，纳兰词作中除却写给卢氏者，亦有部分词作是为姜室沈宛而赋。

沈宛字御蝉，生卒年不详，江南乌程人，结识纳兰之前已有词名，词风与纳兰近，有《选梦词》。据清史专家刘德鸿先生考证，其身份应当为女校书之类，两人相识于卢氏已逝，续娶官氏之后。相识之前，纳兰对沈宛已闻其名、读其词，并萌君子好述之意，在致好友顾贞观书札中称"又闻琴川沈姓有女颇佳，亦望吾哥略为留意"，又有"吾哥所识天海风涛之人，未审可以晤对否？弟胸中块磊，非酒可浇，庶几得慧心人以晤言消之而已。沦落之余，方欲葬身柔乡，不知得如鄙人之愿否耳？"纳兰信中"天海风涛之人"，乃借李商隐《柳枝》一典形容沈宛，刘德鸿先生正是因"柳枝"及纳兰词中"枇杷花底校书人"，考证出沈宛妓家身份。康熙二十三年（1684）夏，纳兰来到江南，经顾贞观相介正式与沈宛结识，结下鸳缘，未久沈宛复由顾贞观护送进京，与纳兰度过一段"欹角枕，掩红窗"的小日月。然而良辰虽好，事难遂愿，纳兰虽然已娶官氏，贵族之家多娶姜室亦为寻常，但彼时正严厉推行"旗民不婚"，违者治罪，纳兰虽贵为皇亲，亦不能逾此禁令，两人只好分开，沈宛怀着身孕回到江南。

也许正是因此禁令，徐乾学身为纳兰座师，不可能对沈宛一事毫无所知，但仍然在《墓志铭》中略过一笔，为弟子稍作遮掩。康熙二十九年（1690），徐乾学之子徐树敏选辑《国朝名媛词选》，该书又名《众香词》，收清代女词人三百八十四家，上至名门闺秀，下至婢妾妓女，其中选有沈宛词作五首，为之所附小传称："沈宛，字御蝉，乌程人，适长白进士成容若，甫一年有子，得母教。有《选梦词》。"此时纳兰已经过世五年，此集又以名媛为主，纳兰沦为配角，故徐树敏大大方方写下"适长白进士成容若"。又《众香词》之编排体例，乃以礼、乐、射、御、书、数厘为六集，分别代表笄年、烈女、伉俪、嫠妇、姬妾及妓人所作，沈宛词作收入"书"集，亦可证其虽无名份，却是姬妾之实。

关于纳兰容若词集，最早曾有《侧帽集》，然此集是否付梓，似无定论。康熙十七年（1678），顾贞观与吴绮校定纳兰词，更名为《饮水词》，收词百余阕，是为《饮水词》之首刻，此刻今已不传。康熙三十年（1691），徐乾学辑纳兰遗稿刊成《通志堂集》二十卷，其中词四卷，计三百首，是为纳兰词作之首次全部结集。友人张纯修同年亦刻《饮水诗词集》，所收词作较《通志堂集》所收多出三首，道光二十五年（1843）张祥河曾翻刻此本。嘉庆二年（1797），袁兰村选刻《饮水词钞》，道光二十六年（1844）金梁外史选刻《饮水词》，皆非全本。道光十二年（1832）汪元治辑《纳兰词》三百余首，厘为五卷，是为结铁网斋本，亦为《中国古籍善本总目》中著录最早刻本。光绪六年（1880），许增在结铁网斋本基础上增以辑佚二十一首，全书计三百四十二首，是为通行之本。

夏承焘所题记之本，即为许增所刻。许增（1824—1903）字迈孙，号益斋，别号娱园、榆园，浙江仁和人，有《煮梦庵诗》，性喜藏书、刻书，有藏书印"得之不易失之易，物无尽藏亦此理。但愿得者如我辈，即非我有亦可喜"，所刻有《榆园丛刻》三十余种，以及《娱园丛刻》十种，又校刻《唐文粹》，世称善本。此部《纳兰词》前有牌记"光绪六年庚辰八月娱园开锓"，首序为光绪六年张预所撰，序中称"今许丈刻《频伽词》既成，乃仍娄东《纳兰词》旧本踊为斯刻"，"娄东旧本"即指太仓汪元治所刻结铁网斋本。张预序言之后为吴绮、顾贞观、杨芳灿、周僔、赵函旧序，续各家词话及词评，又续《神道碑》及《墓志铭》，然后始为正文。

此本中夏承焘手泽颇多，除封面两则外，尚于卷前词话部分补录谢章铤《赌

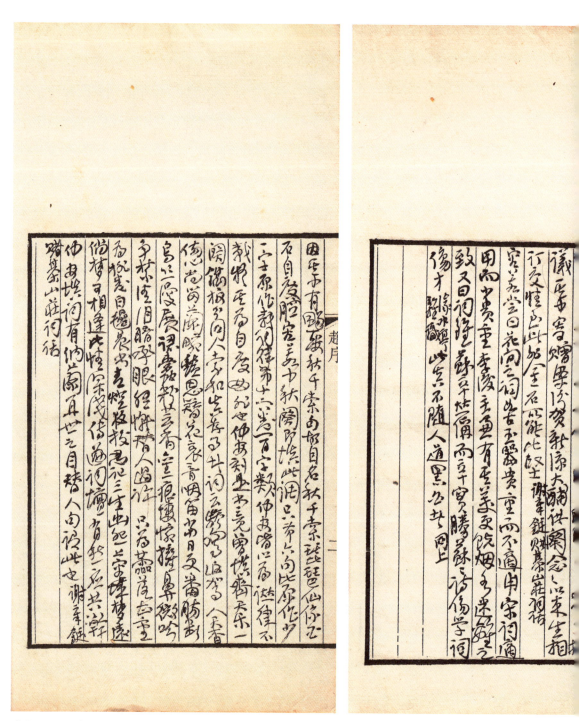

清光绪六年《娱园丛书》本《纳兰词》夏承焘过录谢章铤评语

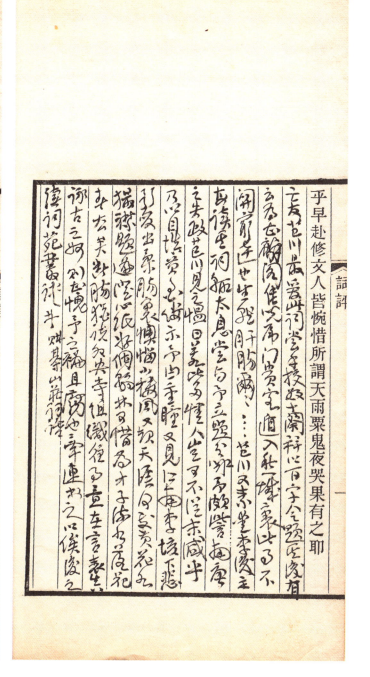

棋山庄词话》中有关纳兰者四则，卷中亦有两处眉批，一则批于《金缕曲·简梁汾时方为吴汉槎作归计》眉端："梁汾寄汉槎宁古塔《贺新郎》云云，浓挚交情，艰难身世，苍茫离思，愈转愈深，一字一泪，较此更胜。"此亦缘自《赌棋山庄词话》，然谢章铤"一字一泪"后原话为"吾想汉槎当日，得此词于冰天雪窖间，不知何以为情"？夏承焘将之改为"较此更胜"，看来夏承焘虽喜纳兰词，亦不得不承认顾贞观更胜一筹。吴汉槎即吴兆骞，江苏吴江人，与彭师度、陈维崧有"江左三凤凰"之称，顺治十四年（1657）举于乡。因此场乡试有人舞弊被告发，顺治怒将该科考中所有士子押解至京亲自复试，合者保留举人资格，不合者当场治罪。吴兆骞傲岸自负，拒绝复试，被流放至宁古塔二十三年。康熙十五年（1676），好友顾贞观结识纳兰，欲请其相助，将吴兆骞由苦寒之地解救回来，纳

兰读到顾贞观寄给吴汉槎之《金缕曲》，当即泪下，赋下此词，转而请求父亲明珠设法营救，终于让吴兆骞回到京城。

卷中另一处眉批，则因那首著名之《沁园春》悼亡词"瞬息浮生"而记。夏承焘此处眉批为："案：容若妇沈宛，字御蝉，浙江乌程人，著有《选梦词》。述庵《词综》不及选。《菩萨蛮》云'雁书蝶梦皆成杳，月户云窗人悄悄，记得画楼东，归骢系月中。　醒来灯未灭，心事和谁说，只有旧罗裳，偷沾泪两行。'丰神不减夫婿。见《赌棋山庄词话》。则容若所谓'妇素未工诗'者，谦辞也。"此段题记前半部分亦出自谢章铤《赌棋山庄词话》，仅前面"案"字及后面"见《赌棋山庄词话》。则容若所谓'妇素未工诗'者，谦辞也"为夏承焘语。然此语，实谢章铤误夏承焘也。

谢章铤《赌棋山庄词话中》，此段原话为："容若妇沈宛，字御蝉，浙江乌程人，著有《选梦词》。述庵《词综》不及选。《菩萨蛮》云'雁书蝶梦皆成杳，月户云窗人悄悄，记得画楼东，归骢系月中。　醒来灯未灭，心事和谁说，只有旧罗裳，偷沾泪两行。'丰神不减夫婿，奉倩神伤，亦固其所。检集中悼亡之作，不下十数首，其《沁园春》自叙云：丁巳重阳前三日，梦亡妇淡妆素服，执手呜咽，语多不复能记，但临别有云：衔恨愿为天上月，年年犹得向君圆。觉后感赋长调：瞬息浮生，薄命如斯，低回怎忘。自那番摧折，无衫不泪，几年恩爱，有梦何妨。最苦啼鹃，频催别鹄，赢得更阑哭一场。遗容在，只灵飙一转，未许端详。　重寻碧落茫茫。料短发、朝来定有霜。信人间天上，尘缘未断，春花秋月，触绪堪伤。欲结绸缪，翻伤飘泊，两处鸳鸯各自凉。真无奈，把声声檐雨，谱入愁乡。"谢章铤将这首悼亡词与沈宛并提，并暗指集中悼亡之作，皆为沈宛而赋，然而沈宛殁于纳兰之后，纳兰之悼亡词又焉能为沈宛而作，何况今人早已考证出，《饮水词》中悼亡之作，皆为其原配卢氏而赋。

夏承焘读此集时，为民国十六年（1927），时年二十七岁，据瞿禅先生自述，其三十前后始专攻词学，则在此之前，所读或者有限，前贤之语，不敢生疑，故延谢章铤之说，亦以为纳兰所悼者为沈宛，并认为纳兰所说"妇素未工诗"乃谦辞也。瞿禅先生晚年是否知道自己因谢章铤而误会沈宛为纳兰所悼者，吾无由得知，但关于沈宛之身份，瞿禅先生应当已经生疑，其在主持选编《金元明清词选》时，清词八十七家二百一十四首词作中，选入沈宛词作两首，其简介内容为："叶恭绰《全清词钞》谓沈宛是'纳兰成德室'。但据徐乾学为纳兰性德撰墓志铭，性德原

清光緒六年《娛園叢書》本《納蘭詞》夏承燾批校

此句
手本惡片一作周
惟疏作疏
角枕作枕角

于本題僅作簡梁汾
三字
手本就作英

又云：瀺灂二字永清浪
韻身似蒼茫解思倉
于本訂一字二泪鴎笈

栗房寄虛檻寘古塔韻
手本拼作拌
手本熱作熱
此至棧勝

人比疏花　任梨花一作

還寂寞　紅褪一作落盡無人應難管誰領略真真一作夢

裏聞喚　此情擬倩東風浣奈吹來餘香病酒旋添一半惜

低喚　渾易瘦一作更著輕寒輕暖憶絮語縱橫茗

別江淹消瘦了

盥滴滴西窗紅蠟淚　那時腸早為而今斷任角枕敧孤館

手本呂別
八十七

又

簡梁汾時方為吳漢槎作歸計

灑盡無端淚莫因他瓊樓寂寞誤來人世信道癡兒多厚福

誰遣偏天一作生明慧就一作誰

梗只那將聲影供羣吠天欲問且休矣情深我自拼憔悴

轉丁甯香憐易熱玉憐輕碎羨煞軟紅塵裏客一味醉生夢

死歌與哭任猜何意絕塞生還吳季子算眼前此外皆閒事

知我者梁汾耳

本卢氏，继配官氏，并未提及沈宛，想沈宛是性德的姬人，后被遗弃，所谓'枝分连理绝因缘'是也。"

如此看来，瞿禅先生是由一个误会进入另一个误会，选编《金元明清词选》时，先生应该已知沈宛并非纳兰所悼之人，但两人为何分开，瞿禅先生仍然未明，故由词意推出沈宛是遭遗弃而离开纳兰。吾读此语，颇为纳兰感到冤屈，明明是因"旗民不婚"禁令而不得已分开，却被后世描绘成负心汉。因为此书之故，吾亦遍检群籍，欲知纳兰心事，及至读到20世纪80年代几位学者的考证文章，始略知一二，早年一直以为"一生一代一双人，争教两处销魂"是纳兰为卢氏而赋，今日方知是为沈宛。

此本又有佚名全卷墨笔批校，所校内容多为"某字作某字"，如"于本澹作淡、窗作牕、疏作疎"，或"于本汝作女、尊作樽、闌作攔"，亦偶有"《齐天乐》于本作《台城路》"，以及"泻水二字于本同，但旁注互乙符号，盖与上文香销作对偶词，互乙为是。"吾初不知此"于本"为何本，似乎《纳兰词》版本中亦无于姓所刊者，后遂页细翻，于下册某处见小字一行："于颖若钞本憶作夢"，始知校者所据之本为于颖若钞本，然于颖若又为何人，吾检遍群书而不得，遂请教杨成凯师，杨师嘱可于《天风阁学词日记》中寻找线索。又检《天风阁学词日记》，然日记始于民国十七年（1928），前事亦无可查。继而复得杨师电邮，称《天风阁学词日记》刊本不全，不仅文革部分删去，前面十几年亦未刊，其手稿现藏温州图书馆，其中有民国十六年日记插入。

谢过杨师，吾正欲托友人往温州图书馆打听，忽然省悟思路有误，佚名批校显然是在瞿禅先生之后所书，当是此本由天风阁散出后，一度为某嗜词人所得，则《天风阁学词日记》中不可能有于颖若信息。卷前又有近代藏书家苏锡昌藏印"太平苏氏"朱方，说明此本一度为苏锡昌所藏，吾曾疑此为苏锡昌所校，然比对字迹，显然又非一人，且苏锡昌研究重点在于地理之学，从未听闻其亦喜词学。于颖若究竟为何方人士，看来此疑一如沈宛身世，茫然无解矣。

王謇题记海粟楼钞本
《归群词丛》二十卷

《归群词丛》二十卷　张德广辑

民国二十五年（1936）海粟楼钞本　王謇题记　中吴

王氏刊海粟楼丛书绿格稿纸　一函一册

钤印：王謇（白方）

海粟楼精钞本《归群词丛》丁亥年春拍出现于保利拍场，封面有王謇墨笔题记，底价为1.8万元。彼时书价尚属平稳，一册民国钞本以近两万元起拍，于当时而言，可谓价昂，卖主执此底价大约是因王謇海粟楼之故。王謇（1888—1969）字佩诤，号瓠庐，晚号瓠叟，江苏吴县人，师从沈修、章太炎、金天翮与吴梅等人，民国期间曾先后于震旦大学、大同大学、上海东吴法学院等校执教，1949年后任华东师范大学教授，卒于"文革"，著有《平江城坊图考》《吴中金石记》《吴县志校补》等，所撰《续补藏书纪事诗》更为吾案头常备之物。海粟楼为其藏书之处，当年亦写为"瀣粟楼"，楼中收藏乡邦文

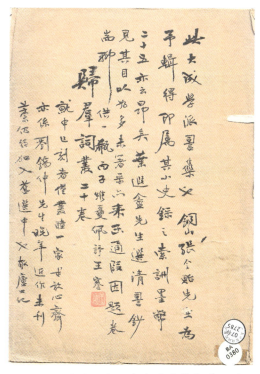

民国二十五年海粟楼钞本《归群词丛》封面王謇题记

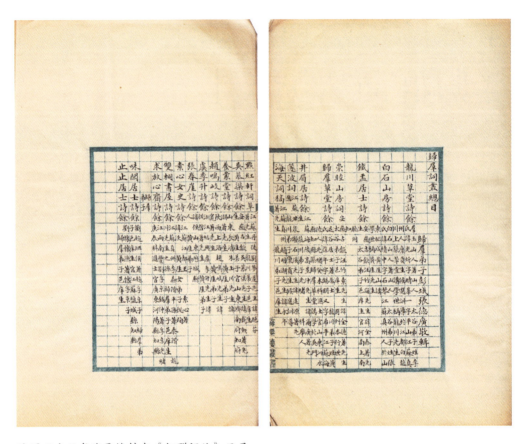

民国二十五年海粟楼钞本《归群词丛》目录

献甚富，且多金石、碑拓、字画等，"文革"期间受到冲击，毁失甚多，有《瀚粟楼书目》稿本，未曾刊行。前贤手泽之书，自然不应该便宜，如此底价尚算合理，然吾于该书之心理价位实际十倍于此，没想到略加两口，即以2.2万元落槌，心下大喜，立即携归芷兰斋。

一

说到《归群词丛》，还应该从清人周太谷所创立的太谷学派说起。周太谷原名周谷，字太谷，一字星恒，自号空同子，安徽石埭人，生年不详，卒于道光十二年（1832），家世资历皆不可考，《安徽通志稿》中有其小传："或传为池州府学庠生，以其臂力过人，或疑为武学庠生。谷早孤，母悉以家财与之，咨所往来不问。以是求师访道，足迹遍天下。初事福州韩子俞（仰俞），南昌陈少华（一泉）。一泉宗佛氏之教，而仰俞治老氏之学也。后谷入山学道成，而仰俞、一泉更弃所学，北面奉谷为师。谷晚年居扬州，其传不拘守型式。……传者或夸大其词，以为谷能炼气辟谷，通阴阳奇赅，符图罡咒，役鬼隐形。两江总督百龄收系之，旋释出。其实谷之为学，贯穴六经，傍通老佛而自辟门户，时时肆以理数。林三教、程云庄之流，似同而异者。"

这段描述看上去颇似志异，与学术无关，并且已有学者考证出记载有误，周太谷在扬州传教为道光年间之事，而百龄已在嘉庆年间卒于官，不可能于道光年间起死回生拘系太谷，云山雾罩间，周太谷更显传奇。在《儒宗心法·周氏遗书抄》中，关于此人的记载完全是另一种风格，此处江湖与宗教气息皆已不见，变成了一派儒林宗师模样："嘉庆丙辰，道经匡庐，见石镌'茂叔志伊尹之志，学颜渊之学'语，始检孟子之仁义，子思之诚明，曾子之明德，颜子之博约，反复观思，了无所得。"钻研两年之后，周太谷再游庐山，豁然悟道，自言："戊午续游匡庐，复检仲尼'己立立人，己达达人，能近取譬'语，熟观沈思，豁有所得。忆孟思曾颜之学，其义一也。"历史上的周太谷究竟是江湖术士还是儒林宗师，我无法得出确切答案，然而嘉庆三年（1798），周太谷确实开山立派，收受门徒，提出"希贤、希圣、希天"，以"立功、立言、立德"为目标，要求"穷则独善其身，达则兼济天下"，并反对封建土地所有制，主张土地归公，以养民为本。

有意思的是，周太谷一直未给此派定名，并自创派伊始，即严格规定历代师长言论思想，只能以口耳相授形式传布，其著述笔录也仅以抄本流传，禁止刊刻，钞本亦只能在学派内部传阅，秘不示外。按理来说，如此低调隐蔽之学派不会引起关注才对，然而时势造英雄，历史上许多事都不由创始者把控。至同治年间，太谷学派第二代传人张积中于山东黄崖垒石为寨，聚徒讲学，当时太平天国未平，捻军又起，中原一带战乱不断，地方兵匪横行，百姓苦不堪言，张积中建立的财产公有、教养兼施、士农商兵相结合的"理想社会"无疑成为世外桃源，远近来归者日众，皆称张积中为"圣人"，最多时人数累万，结果因声势太过浩大，引起官方注意。山东巡抚阎敬铭将张积中判定为"邪教通匪"，在奏折中称："张积中素乏才名，只以伪托诗书，高谈性命，乃至缙绅为之延誉，愚氓受其欺蒙。……实未解所操何术？所习何教？而能惑人如此之深。"事实上，关于周太谷所创究竟是学派还是宗教，学界一直争论不断，然而首提宗教一说者，即阎敬铭这份奏折。同治五年（1866），阎敬铭率一万二千名精兵围剿黄崖，张积中与弟子拼死抵抗，最终不敌，与二千多名门人举火自焚，全寨死伤逾万，仅存妇女儿童四百余人，成为轰动一时之"黄崖教案"。

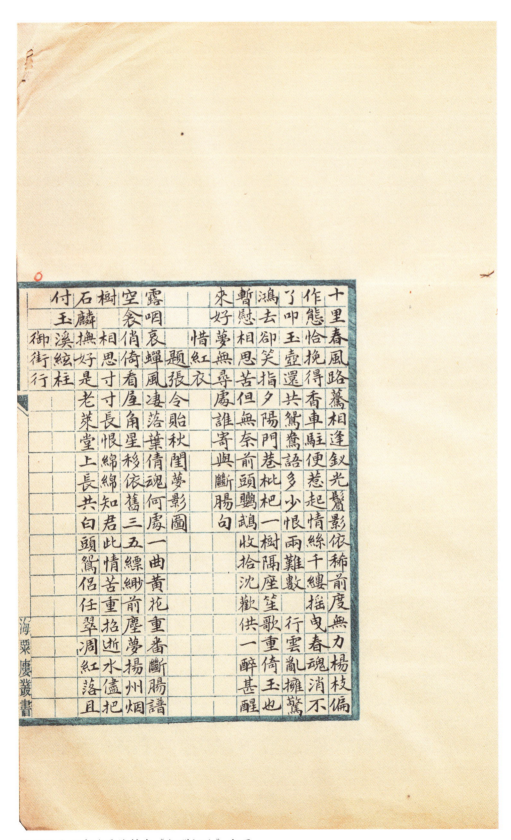

民国二十五年海粟楼钞本《归群词丛》内页

经此大劫之后，太谷学派一度遁入地下传教，并一直遵守周太谷所定下的各项条规，所有著述秘不外传。光绪二十八年（1902），太谷学派第三代传人黄葆年解职南归，于苏州十全街专一讲学，并取周太谷第二代弟子李光炘诗句"牧马归群从此日，化龙池上好相将"之意，将讲舍取名为归群草堂。众人皆称黄葆年为归群先生，弟子则称为归群弟子，归群草堂开学不久，来学的弟子即有百数十家，黄崖教案之后散失在各地的学派遗书又逐渐回到归群草堂。民国三年（1914），安徽阜阳人张德广正式拜黄葆年为师，成为归群弟子，并自民国十三年（1924）始，以搜集学派遗书为己任，以个人财力雇请贫寒弟子精抄精校，辑成《归群宝籍》六十种二百四十三卷，继而再度辗转咨求，又汇辑三十种六十四卷遗书，编成《归群宝籍续编》，两编共保存学派遗书九十种三百零七卷，并分别编纂《归群宝籍目录》《归群宝籍续编目录》各一卷，合抄为《归群宝籍全目》。

二

然而，《归群宝籍》正、续编中，皆未收录《归群词丛》一书。丁亥年春，海粟楼钞本《归群词丛》甫现拍场，吾志在必得，盖因在此之前，吾因收得刘鹗旧藏多件，以往闻刘鹗之名，皆因《铁云藏龟》，以其为第一部甲骨著作之故也，遍检相关资料，始知刘鹗不仅是《铁云藏龟》与《老残游记》等著述的作者，而其小说《老残游记》则更为深入人心，吾于髫龄曾试读之，惜腹笥空空，难窥此书其中秘奥，及长见铁云先生曾为太谷学派之传人，尚是李光炘弟子，并且其家族中丛兄弟、子侄、孙辈等皆有太谷学派弟子，因之对太谷学派大感兴趣，知其秘传兼严禁付梓，故该学派相关著述极为稀见，又知此词集目前仅知福建省图书馆有传钞本，此番得见精钞本出现，岂可放过。好在拍场上几无对太谷学派有兴趣者，如此佳本，竟然让吾轻易得之，欢喜再三。

关于《归群词丛》，福建省图书馆方宝川先生曾经写过详细严谨的考证文章，并且考证出该书为张德广辑于1935至1937年间，理由为《归群宝籍》续编成书于民国二十三年（1934）孟冬，事蒇后张德广仍感叹"先圣先贤遗著，尚惧有有所阙佚。敬冀同门诸子拾遗补阙，再事续辑，以餍学者之望，是又小子所祈祷以求之者也"。1937年抗日战争爆发后未久，张德广去世，因此《归群词丛》既为张德广生前所辑，又未编入《归群宝籍》及续编，则成书当在1935到1937年之间。吾极佩

刘鹗像

叶恭绰像

服方宝川先生之考证功夫，因寒斋此本封面之王謇题识，恰证明方先生此言不虚。

此本封面题记全文为："此大成学派词集也。铜山张令贻先生为予辑得，即属其小史录之，索酬墨币二十五，亦云昂矣。叶遐庵先生选《清词钞》，见其目以为多未著录，亦来函通假，因题卷端，聊供一瓻。丙子维夏佩诤王謇。"末钤"王謇"白方。次又有："《归群词丛》二十卷，就中已刻者仅丛睦一家，求放心斋亦系刘镐仲先生晚年近作，未刊稿，仍须加入旧选中也。敬庐又记。"题记中署款时间"丙子维夏"乃民国二十五年（1936）夏，正是方先生所推断1935至1937年之间。彼时太谷学派尚未有统一名称，周太谷在扬州讲学时，门人皆自称"圣功弟子"，外界称之为"太谷派"或"崆峒派"，张积中讲学黄崖时，人称为"黄崖教"，李光炘泰州讲学时，人称"新泰州学派"，黄葆年于苏州建立归群草堂，时人又称之为"黄门"，至民国十六年（1927）卢冀野撰《太谷学派沿革及其思想》一文，始有"太谷学派"之名出现。王謇题记之年，"太谷学派"之名虽然已经出现，但尚未获得学界统一使用，"大成学派"亦为当时称呼该学派的名称之一。

"铜山张令贻"即张德广，《苏州

史志》1991年第二期有瞿冕良先生《太谷学派人物与苏州的关系》一文，其中有一段简介："张德广（？—1937）字令贻，安徽阜阳人。家本素封，因姨丈程恩培介绍，1914年来苏州拜黄葆年为师，遂家焉。黄卒，张怀念恩师，开始搜辑太谷学派遗书，先后编抄成《归群宝笈》六十种二百四十三卷，《编续》三十种六十四卷，从征集、编订、抄誊、核对、装订以及雇请贫寒学生帮助抄录等，费银三千元，其母亲、兄弟、妻妾各资助之，不足，又鬻故乡田宅以补充之。嗣又续辑《归群词丛》二十种四卷本。同门邓邦述目睹其艰苦卓绝的尊师好学精神，尝赠之以诗：'吾尝坐君斋，楼居颇逼仄。图书架上存，缥缃照颜色。毁家为尊师，此义古难得'。张旋卒于苏州。"刘鹗之孙刘蕙孙先生撰《太谷学派的遗书》一文中，亦讲到张德广耗尽家财抄写遗书之事："皖北多大地主，张氏家庭很有一点钱。张拜门以后，就住在苏州，以搜集学派遗书为事。用统一的纸张和统一的格式，雇同学中贫寒子弟钞写，前后十余年，经有二三十人在家抄，钱不够，就卖田来充工料费，因此住在苏州的亲友们都叫他做'张三疯子'。"

三

根据瞿冕良与刘蕙孙二位先生所言，张令贻雇人抄录之书皆有统一的纸张与格式，而吾得之本却是以"中吴王氏刊海粟楼丛书"绿格稿纸抄写，可知此本应当为王謇特意为张德广提供海粟楼抄书纸所抄，卷中小字极为精整，封面有题"属其小史录之，索酬墨币二十五"，复与二位先生所言张令贻耗尽家财为抄书相合，墨币则指当时流通于中国的墨西哥银圆，因其币面有鹰鸟纹样，故又称"鹰洋"。然此段题记中"张令贻先生为予辑得"一句，令吾颇为不解，吾未检得王謇与太谷学派相关之资料，亦未闻王謇于词学有嗜好，则王謇为何要请张令贻为他辑此词集呢？又或反而思之，张令贻因何故要为并非太谷学派弟子的王謇辑此词集？吾百思不得其解，惟以王謇海粟楼中多藏乡邦文献来作解释。王謇为苏州人，而苏州又是太谷学派重要的传教之地，李光炘、黄葆年、蒋文田等都曾在苏州讲学，尤其是黄葆年的归群草堂影响颇大，民国《吴县志》载"大江南北，从游者数千人"，因此，以苏州为主要传教之地的太谷学派，其著述当然是苏州重要文征之一，因此亦当为海粟楼收藏专题之一。《王佩诤先生事略》曾载："1936年左右，杭州、苏州和上海都相继举办规模宏大的地方文献展览会，用以激发群众维护乡邦文物、图籍及至爱乡爱国之热情。王佩净都是满腔热忱地参与其事。《吴中文献展览会》分图书、金石、书画、画像、史料五个部分，琳琅满目，美不胜收。"以吾揣度，此词集当是张德广继《归群宝籍续编》之后，仍然感叹尚有阙佚，继续搜佚而成，时间当在《续编》完成后一年之内，适逢王謇参与吴中文献展览会，故情张德广录副一册，以便展览之用。

吾称此本为录副之本，一则因其为海粟楼稿纸所抄，二则因瞿冕良先生称原书为"二十种四卷本"，吾得之本却为毛装一册，内页未分卷数，仅于封面题有"《归群词丛》二十卷"字样，大约为移录而来。据方宝川先生所记，福建省馆藏之本为四卷、线装四册，亦非归群草堂原抄，当另有底本，然经比对福建馆藏之本与吾藏之本目录，可知福建馆藏之本当在芷兰斋藏本之后所录，且两本抄录期间，《归群词集》是否经他人再经辑佚，尚不可知。吾虽未见福建省馆原书，然方先生撰文颇详，并列有馆藏该书之目录，与寒斋钞本两相比较，作者、卷数、顺序皆有所不同。

寒斋所藏之本作者为十九人，其中刘挹芬《点红轩词草》分为上、下两卷，余皆每人一卷，合二十卷。福建馆藏之本则作者二十人，每人一卷，作者中多出瞿文镕一人，其词集名称为《瞿伯衡诗余》。方先生文中有相关简介："《瞿伯衡诗余》，亦仅1首。瞿文镕，字伯衡。江苏泰州人。布衣，归群弟子。生卒年不详。《归群宝籍目录》亦未著录其著作。"《瞿伯衡诗余》为何时纳入《归群词丛》中，今已不可考，惟一能肯定者，时间应当在张德广为王謇录副之后。

因卷数不合之故，吾特意将刘挹芬《点红轩词草》浏览一过，不读则已，读则难忍其俊，卷首第一阕为《江南好》："江村好，美味出家园。米粉调蒿搓手印，肉丝叠笋趁头番，价不一蚨言。"吾向素阅词不多，从未见直接以"米粉肉丝"入词者，顿时大为好奇，遂细阅诸词，读罢全卷，以时下流行之语形容刘挹芬，则为一"穷吃货"也，但见其日日叫穷，年年唤贫，但仍然是这也美味，那也好吃，连秧草都可以"醃以盐，味绝佳"，以极接地气也。有趣者尚有《调笑令》："得过且过，未必凤凰如我。彼云中乘顺风，我山中悲路穷。穷路，穷路，我也年年如故。"又有《湘春夜月·咏除夕》："纪岁不从古，怕山深寒尽，新历未曾睹，守旧胸襟算到底，真牢固。难抛掉的穷魔，趁今宵作文送汝，莫换了桃符，爱吾如故。"可谓穷极也。

卷中刘超《味闲居士诗余》中，又意外见有《惜红衣》一阕，副题为《题张

龍川草堂詩餘　　　　　　　　群玉山人著

滿庭芳

心軟如花情濃似水一春總是閒愁金鴨餘香未冷開

睡眼殘黛低羞闌干外鸚哥喚水紅辰日射簾鈎匆匆

人去也相思易老好夢難留把良辰美景一筆都勾風

兩梨花半落掩重門冷淡如秋恨春水無情自綠不共

昔人遊閒愁句下脫二句

人歸路倚無情苦藥欄邊憶送別垂楊南浦怯妨他千

昨夜燈花今朝鵲喜暗裏妾心自數望眼迢迢未識行

里啼鵑聲聲喚得人歸去鮫綃君看取盈盈污淚漬

有誰寄與但春殘老盡花取句是新月驤二句添輝處問前霄

客館淒涼孤燈誰共語看取句下脫二句

海粟廬叢書

令贻秋闺梦影图》，有"露咽哀蝉，风凄落叶，倩魂何处。一曲黄花，重番断肠谱"之句，即疑有妻妾早逝之事，复检得民国杂志《春声》中有时人撰《彭城张令贻侧室韩氏诔》，为读张令贻为副室韩氏小传而悲之所赋，原文甚长，大意为正室不育，故取妾韩氏，韩氏十八岁来归，一索得男，再索得女，继而劳形，竟为不治之症，清磬一声，了兹尘劫，香魂逝于民国三年九月十四日，来归甫三岁也。张令贻极为痛心，绘图以作永念。读此，念及数日前读到《茶梦庵烬余词》及《写麋楼遗词》，陈嘉自沉于江后，高望曾绘《空江吊影图》以作纪念，竟再不愿睹闺人小像，恐画中佳人皆非寿也。

四

王謇于封面题记中称，叶恭绰选《清词钞》，见其目中多有未著录者，故来函通假，是故吾复检《全清词钞》目录一过，仅收录有《归群词丛》中张积中、赵永年、汪全泰、汪全德、刘孚京、刘超、刘怀、吴载勋及王素心九人，余皆未收入《全清词钞》中。叶恭绰（1881—1968）字誉虎，号遐庵、遐翁，晚号矩园，广东番禺人，早年毕业于京师大学堂仕学馆，后留学日本，民国期间曾任铁道部长及北京大学国学馆馆长，1949年后任中国文史研究馆副馆长，于艺术、书画、诗词、鉴赏无不精通，所著有《遐庵诗》《遐庵谈艺录》《矩园余墨》《历代藏经考略》及《交通救国论》等等，所辑有《五代十国文》《清代学者像传合集》《广东丛书》及《全清词钞》。其中《全清词钞》为其辑于1929年至1952年之间，全书共收录词人三千余人，词作八千余首，为收录清词最多之选本。

然《全清词钞》如此浩大之工程，仅凭叶恭绰一人之力，实难完成，彼时参与兹事者五十余人，最后终其事者为陆维钊先生。据是水先生《〈全清词钞〉编纂经过》一文所载，陆维钊晚年谈及此事，颇悔当年选取过严，以致删削过多，原有资料的四分之一尽被删去，虽然很想重新补辑，但年已八十有一，只能寄望于后来者。陆先生又称，当时征集资料，除公私藏家之外，最主要者尚有福建林葆恒，彼时清代词家别集和总集，以林葆恒所藏最为完整。

而据方宝川先生所记，福建省馆所藏之过录本《归群词丛》，原为福州林葆恒所藏，卷端钤有"切庵经眼"和"切庵老人六十以后力聚之书子孙保之"两方藏印，扉页又有林葆恒朱笔所题"辛巳二月十七日阅"八字。林葆恒字子有，号切庵，光绪十九年（1893）举人，曾任驻小吕宋副领事、驻泗水领事，谙于书史，勤于词学，曾于天津组织词社，又于沪上创建沤社，著有《切庵词》，辑有《闽词征》六卷。林葆恒不仅为近代藏书家，以藏词集著称，并且还是藏书世家出身，祖上有过两位大藏书家——林佶和林则徐，两年前吾寻访藏书楼，还特意找到林葆恒旧居一观。方宝川先生于撰文中颇为不解《归群词丛》何以从苏州流传出来，于民国辛巳年（1941）为福州林葆恒所得，并猜测为苏州沦陷期间，《词丛》之原稿因战乱而流出归群草堂，为此时寓居于苏沪的林葆恒所见，得而抄之。

　　上下寻索至此，关于《归群词丛》之故事大致可以讲述圆满矣：《归群词丛》一书当是太谷学派弟子张德广继《归群宝籍续编》之后，于1935至1936年间继续辑佚而成，辑成后适逢王謇主持吴中文献展览会，以乡邦文献之名请张德广录副一册，是为海栗楼钞本；可能此册海栗楼钞本经展览后，为叶恭绰所见，因选《全清词钞》，故来函商借，以供备选，是故海栗楼钞本以词集之名转入叶恭绰处；而叶恭绰编辑《全清词钞》实工程浩大，非众人协力不可完成，友人中藏清人词集最多者为福州林葆恒，二人因《全清词钞》之故，多有往来，互通有无，林葆恒应当是1941年助叶恭绰选编《全清词钞》时，得以见到《归群词丛》，遂再次录副一部携归福州，《翟伯衡诗余》或为此时增入集中，卷数变化亦于此时产生。林葆恒身后，藏书散出，然楚弓楚得，传钞本依然存于福州之地，《归群词丛》最后归入福建省图书馆，为方宝川先生所见，而方宝川先生正是与太谷学派渊缘极深的刘蕙孙先生弟子，此番人与物的相遇，直接促成1997年《太谷学派遗书》的正式出版，太谷学派亦得以光大，造物之妙，焉能不叹，冥冥之中皆有定数，而吾得此书，又何敢不珍重焉。

王謇藏书印"王謇"

柯劭忞未刊稿本
《蓼园文存》五卷

柯劭忞未刊稿本《蓼园文存》五卷　（民国）柯劭忞
撰　柯昌汾辑

民国柯劭忞稿本　一函五册

钤印：北平□□□□□□□□□□

　　此柯劭忞未刊稿本五册，前有门人刘哲序言，据该序称，此稿为柯劭忞三子柯昌汾于民国三十六年（1947）整理编次，欲以付梓。然未知何故，此稿至今未曾正式出版，检柯劭忞未刊著述，其中有《蓼园文集》，吾未见该书原稿，不知是否与此稿同为一书。

　　柯劭忞（1850－1933）字凤荪，又作凤笙、奉生，号蓼园，山东胶县人，光绪十二年（1886）进士，任翰林院编修、侍读，历任湖南学政、湖北及贵州提学使，京师大学堂经科监督署总监督及山东宣抚使，入民国后以遗老自居，为逊帝溥仪侍讲。民国二年（1913），民国政府成立清史馆，请其出任代馆长、总纂，审阅《清史稿》中本纪部分，并撰《天文志》，整理儒林、文苑、畴人等传，其著述有《蓼园诗钞》《春秋穀梁传注》《文献通考注》及《新元史考证》等，其中名气最大者，

柯劭忞像

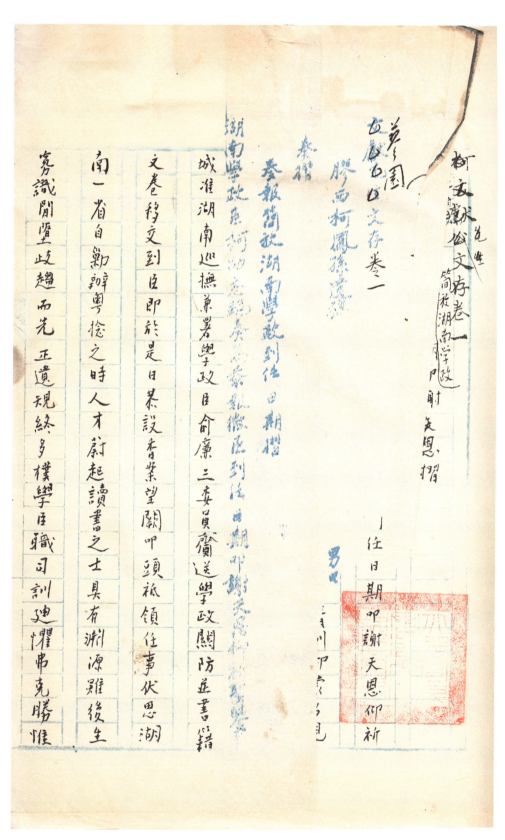

民國稿本《蓼園文存》卷首

则为耗三十年心血，独力编纂之《新元史》。

中国历代众多史书中，纪传体史书居于各类史书之首，清代乾隆年间编纂《四库全书》时，诏定由《史记》至《明史》等二十四种史书为"正史"，自此之后遂有"二十四史"之称，此二十四史皆为集众人之力而成。柯劭忞于史学素有心得，其中又尤喜治元史，任职翰林时，即从《永乐大典》中抄录出许多元史资料，又不断从各私家藏书及元碑拓片等搜集资料，所得甚多。二十四史中的《元史》为宋濂、王祎等负责纂修，虽两次开局，历时三百余天，成书二百一十卷，但因成书仓促，后世学者每病其缺漏谬误甚多，钱大昕曾指其"古今史成之速，未有如《元史》者，而文之陋劣，亦无如《元史》者。"自明朝起即不断有人试图重修，钱大昕、邵远平、魏源、屠寄等皆曾尝试，但最终成就最大者，则为柯劭忞。

柯劭忞所撰之《新元史》凡二百五十七卷，含本纪二十六卷、表七卷、志七十卷、列传一百五十四卷，体例与旧《元史》同，细目与内容则多有修订更正，于民国九年（1920）成书，次年大总统徐世昌颁令将《新元史》列入正史，遂有"二十五史"之说。吾于柯劭忞尤为措意者，不仅因为收得此《蓼园文存》五册，更因其《新元史》稿本亦藏于寒斋，虽非完帙，然所存亦逾百册，足堪宝之。此部遗稿中，亦有涉及《新元史》者，其序跋部分中，有《题抄本元史舆地》："予得之小摊，作者究心元史舆地，极为赅洽，惜仅得此一卷，又不知作者为谁。劭忞记。近人为元史之学者，独沈子培、文芸阁耳，或出二君之手。忞又记。"惜该抄本今已无迹可寻，柯劭忞之疑亦无解惑之期。

为《蓼园文存》作序之刘哲（1880—1954）字敬舆，吉林永吉人，满族正白旗，光绪二十六年（1900）考入北京大学师范科，毕业后曾留学日本，入民国后曾任参议院议员、大总统府顾问以及国史馆副总裁，亦为北洋政府最后一任教育总长，在其任内将九所国立大学合并为京师大学校。北京政府倒台后，刘哲成为张学良手下，曾任东北政务委员会委员、东北边防司令长官公署参议及冀察政务委员会委员等职，并两度出任国民参政会参政员，民国三十六年（1947）出任监察院副院长，1954年以监察院副院长之位客死台湾。刘哲此序并不长，全文五百余字，其中关键者仅三百余字，然所含信息颇多，既有柯劭忞与刘哲师生情谊，亦有《新元史》背后的故事，兼有此遗稿之来龙去脉，现移录如下：

> 先师柯凤荪先生，博古能文章，识流别，学者翕然从风，继配吴夫人，为
> 吴公挚甫女，吴公亦善为桐城古文，夫人幼承家学，故于先生之修《元史》，

民国稿本《蓼园文存》刘哲序言

闻助有足多也。先生为文，不以僻典奇衔人，是其所积者厚，而其所用者纯也。《元史》一出，为世推重，岂偶然哉。清宣统庚戌春，先生任京师大学堂分科监督，哲入校肄业，执经问难，因稍解六经训诂，实先生谆谆教诲之力也。惟是少年同学诸子，令闻广誉，卓然有成者，颇不乏人，而哲自遭世变，忧患百经，未尝闻道，抚今追昔，能无负于吾师耶？岁丁亥，吾师之令嗣昌汾编次先生文存，校对毕，将付剞劂，奉稿以授哲，曰："君固同门，君其叙之。"哲不才，频年奔走国事，靡有暇日，近又忝列监察院副院长，忙于职务，而学日益荒落，何足以知先生，嗟乎！哲既不能如候芭之守太玄，复深愧于韩门之有张籍也。谨志厓略，将因附兹以不朽，抑何幸欤！门人吉林刘哲。

刘哲于序中称"岁丁亥"，又有"近又忝列监察院副院长"，所用笺纸左下角则有"监察院用笺"字样，检其出任此职时间为民国三十六年（1947）十月，未久即赴台湾，而吾得此稿于北京琉璃厂中国书店文化遗产书店，并非自台湾归来者，以此推论，此序当为刘哲赴台之前所书，时间当在1947年底至1949年底之间。

遗稿序跋部分尚收有柯劭忞致刘哲书札一封，言及史馆事："敬舆仁棣大人左右久阔，时切驰思，惟兴居多福为颂。北平学校赖公在学部之时严加整顿，始获改

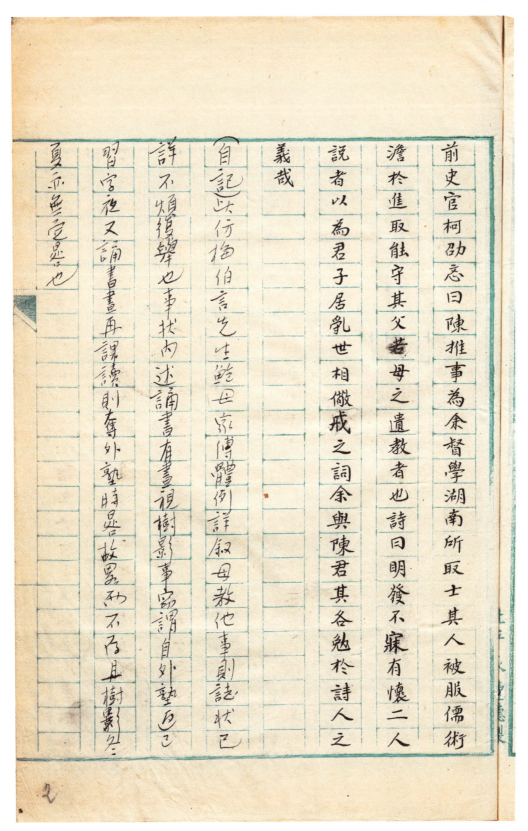

前史官柯劭忞志曰陳推事為余督學湖南所取士其人被服儒術

澹於進取能守其父若母之遺教者也詩曰明發不寐有懷二人

說者以為君子居乱世相儆戒之詞余與陳君其咎勉於詩人之

義哉

（自記）此仿梅伯言先生鮑母家傳體例詳叙母教他事則誌狀已

詳不煩複舉也事狀內述誦書有畫視樹影事密謂自外塾返已

習字祗又誦書畫再課讀則奪外塾時晷故累劫不肯且樹影忽

夏亦無定是也

民国稿本《蓼园文存》内页

观，今学部远在新京，鞭长莫及，若在北平设一学务局，专司各校之事，而以公主持之实，于学务前途大有裨益。一隅管见，未知传达者以为何如也？又国必有史，不能一日废，今史馆自馨航与公去后，无过问者矣。窃谓此事殊关政体，不审公能与政府一言否？手此布临，即颂台安。十一月五日柯劭忞顿首。"此札未署年款，然长春更名新京乃民国二十一年（1932）事，柯劭忞次年八月即去世，此札当书于民国二十一年，柯劭忞八十有二，耄耋之年仍如此关心学政与史志，其情可叹，而研究民国史馆与京师学部者，此札可作史料视之也。

遗稿缘何流落书肆，其间或有许多秘辛，今已无由知之。细审是稿，可见柯昌汾搜辑先人文集颇为用心，关于遗稿名称曾再三思虑，首册首行处可见多番更改痕迹，遗稿最初命名为《柯文献公文存》，后圈去"文献"二字，改为《柯先生文存》。此处天头处又贴有浮签，其右下被人撕去一角，幸无损正文，上有蓝色字迹五行，首行书名为《文献先生文存》，次四行与原稿内容相同，不同者乃格式颇为正规。然浮签之上又有墨笔更改，圈去"文献先生"四字，改以"蓼园"二字，是故此遗稿最终定名为《蓼园文存》，其侧又有小注"首五行照此式缮"，说明此稿之外，《蓼园文存》当另缮有清稿本。浮签次行，上题"胶西柯凤荪遗稿"，下仅见"男昌"二字，且"昌"字仅见上半部分，"昌"字之下已为人刻意撕去，然据刘哲序言所称，此处当为"昌汾"二字，以吾揣测，撕去此角者或为柯氏后人。时局非安，政权迭更，前清翰林之遗稿，尽管深得桐城派真传，然而新时代里却未必会有读书人拍案，更何况开卷连篇皆为奏折，彼时新文化与新文艺已然成为时代的主旋律，谁还会去读前清遗老之奏折。剞劂之事一搁再搁，终于付梓无望，书稿最终散出柯宅，见诸书肆，而吾睹此稿，始知柯劭忞尚有谥号为"文献"，想来应该是私谥。时代已然不同，柯昌汾心里也很清楚，遗稿再三更名，"文献"二字反复取舍，亦足见辑稿者心态在前清与民国间反复摇摆，将奏折置于首卷首篇，则可睹柯昌汾于前清之忠，于先人之孝。

此稿全本五册，以牛皮纸钉作封面，内页有稿纸，有公函纸，亦有各种公、私信笺，笔迹多样，所用笺纸有来自国立北京大学师范大学、明德社编纂馆、卫生部、支社报者，以及颉刚札记用笺等，足见柯昌汾为辑是稿，多方搜求。观乎内容，有奏折、墓志铭、寿序、生圹铭、演讲词、书札及序跋等，其中以墓志铭为最多，墓志铭中所涉人物，多为当时权要及名人，以及名人长辈等等，若以地域视之，则尤多山东籍人士，于今人研究山东地方文献尤有助也。

吾尝读若干篇，其中见有徐坊者，亦藏书家也。徐坊（1864—1916）字士言，又字梧生，号矩庵，晚号蒿庵，山东临清人，宣统元年（1909）京师图书馆创立，缪荃孙与徐坊分任正副监督，鼎革后弃官居于北京，未久又被诏为"毓庆宫行走"，成为溥仪的汉文师傅，谥忠勤，家有归朴草堂藏书，所蓄善本五百余种，其中宋元二十七种，钞本四百余部。徐坊去世后，所藏一度归女婿所有，未久即流入厂肆，傅增湘至张元济信札曾言及此事："徐氏书在定兴所存全售出，得四万六千元，书已到京，然暂不出售，闻拟一总收买此方议价。"吾素于历代藏书家极为关注，得其墓志铭不免细看，然全文中竟然无一字提到藏书，所云无非忠义与孝道，顿时颇为失望。

吾于徐坊墓志中未见提及藏书，却意外于另外两篇墓志中看到有关藏书与读书的记载。其一是天津李士铭（1849—1925），其字子香，一字嗣香，官至户部郎中，有《延古堂李氏藏书目》，著录图籍六万余册，去世后家人将其部分旧藏以六万元售予北京图书馆，三百五十箱碑帖及其他藏书赠予南开大学木斋图书馆。柯劭忞于李士铭墓志中称："自奉俭薄，读书之外澹然无所嗜好，日置一编，以记终日之言行，证其操存疏密，临终神明清湛，尚执笔为细字焉。"然而李士铭毕竟是藏书家，读书之外无所嗜也在情理之中，另一位家藏万卷者，竟然是吾此前从未知者，日照安茂寅，字善甫，弱冠考入济南高等学堂，废科举后求学日本，肄业于法政大学，归来后曾任北京政府审计院佥事，后改任山东国税厅筹备处坐办，调任临海关监督，因得罪权贵遭免职。黎元洪任总统后，欲任其为山东政务厅长兼财政厅长，安茂寅上任不久即弃位而去，"居家十二年，有劝之出者，辄以母老谢。购书万卷，研求义理之学，视荣利泊如也。"吾读此大为好奇，遂检安茂寅相关资料，惜所得甚少，而关于其藏书之事，则绝无记载，然购书能够以"万卷"计者，又岂非藏书家耶？今之籍籍无名，以吾思之，大约原因有三：一者其非权贵宦达之士，二者无著述传世，三者其藏未曾编目也，以致今日无旧迹可征。

有趣的是，柯劭忞偶尔会于某些墓志铭或生圹铭后自语一番，或云铭主如何，或云文辞如何，辑此稿者将这些自语亦移录于侧。福山王季寅墓志铭后，有记："顾将奕奕有神，石坞为不死矣。自记。"石坞为王季寅字，曾得左宗棠器重，官至浙江粮储道，鼎革后侨居青岛、烟台。蓼园先生作此文时，尚为生圹铭，彼时王季寅尚在生，故有此语。待柯昌汾辑稿时，王季寅已于民国十四年（1925）冬去世，故生圹铭改为墓志铭。又有《陈母左孺人家传》，柯劭忞于文后自记："此仿梅伯言先生《鲍母家传》体例，详叙母教，他事则志状已详，不烦复举也。事状内述诵书有'昼视树影'事，窃谓自外塾返已习字，夜又诵书，昼再课读，则夺外塾时晷，故略而不存，且树影冬夏亦无定晷也。"又有《郑母张夫人墓志铭》，其后记云："欲仿梅郎中，未能及之，予固梅先生弟子也。又，将零事叙入铭内，此是义法。"看来蓼园先生的确是心属桐城派，能娶桐城派殿军人物吴汝纶之女为妻，亦赏心乐事也。

由此自记，可知蓼园先生于文章一事极为用心，不因已享盛名而自得其满，遗稿中书札部分有至哈同夫人信函一封，亦见蓼园先生对于文章、名声之慎重。其札内容如右：

嘉陵夫人左右，久仰贤夫妇高名，远隔南北，无从晋谒。敬启者，顷接北平徐君石隐来函，始知命撰碑文，属潘君语舲来言。潘君业已自撰，又托徐君书之，而皆假劭忞之名。劭忞自揆浅陋，然不欲他人冒名代撰文字，事关名誉，不得不与夫人言之。务乞刻石时，何人所撰，即用何人姓名，切勿书贱名为幸。专此干渎，即侯（候）崇祺。徐君来函并抄呈，统希鉴察。柯劭忞顿首。廿七日。

哈同（1847—1931）为犹太裔英国人，早年来到中国，娶中国籍妻子罗俪蕤，先以地产起家，后又开办洋行，遂成巨富。其妻罗俪蕤亦传奇人物，自称是中法混血，因信仰佛教，取法号迦陵，又作嘉陵，曾出资二十万元刊印全套《大藏

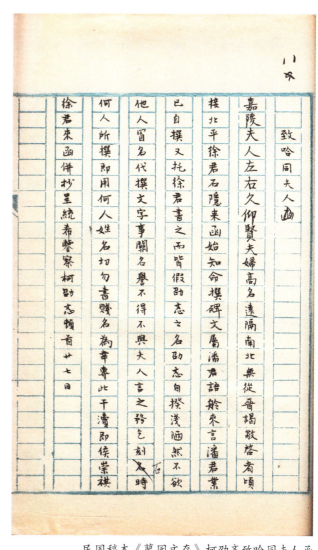

民国稿本《蓼园文存》柯劭忞致哈同夫人函

姬觉弥像

经》四十帙，是为《频伽精舍校刊大藏经》，为近代出版的首部铅字本《大藏经》。哈同夫妇于光绪三十年（1904）建起沪上最大私家花园爱俪园，俗称哈同花园，占地两百余亩，园中仿大观园式设计，亭台楼阁，景点不下二十处，素有"小颐和园"之称。两人晚年参与大量慈善事业，成为"远东第一首富"同时，亦有着慈善家的美称，于文化事业亦多有扶持，曾在园中设立孤儿院，又创办频伽精舍、仓圣明智大学、华严大学和广仓学宭，为许多文化活动提供研究之所与活动经费。

柯劭忞致哈同夫人信仅记日期，未署年月，哈同去世于民国二十年（1931），故此札当书于是年。在罗迦陵主持之下，哈同葬事轰动沪上，其请来前清最后一科状元刘春霖任"鸿题大人"负责点主，又请来同科榜眼朱汝珍、探花商衍鎏任"襄题大人"，三甲齐聚，骤成谈资。整件丧事的具体操办人为哈同花园的大管家姬觉弥，而姬觉弥正是柯劭忞信中所称"潘君语舲"者。姬觉弥（1887—1964）原姓潘，名翥云，一度改为潘林，最终以姬觉弥行世，江苏睢宁人，曾任哈同洋行收租员，得哈同赏识而成为爱俪园总管、哈同洋行经理，爱俪园中许多文化事务背后皆有其身影，1949年移居香港。姬觉弥改名之事，吾曾见过三种说法：一种是因其为罗门弟子，与罗迦陵有姐弟之称，姬觉弥三字为罗迦陵为其所改；第二种说法，是其无意间发现自己与仓颉同一天生日，而传说仓颉姓姬，故从姬姓；第三种说法，则源于周文王灭掉姚姓潘国后，将潘地封于季伯，故潘姓为姬姓分支，姬觉弥改潘为姬，亦算追古之情。

寒斋有姬觉弥旧藏及批校之《注真三十二篆体金刚经》，上钤"佛佗长寿"及"觉弥"，又略有与其相关之旧物，故对其颇为留意，曾见有记载称，姬觉弥自己学问不够，又喜附庸风雅，故常年雇人居于爱俪园中代为作书绘画，而署以己名。今见此札，姬觉弥亲自撰文而署以他名，揣其心态，颇觉有趣。溥仪虽是逊帝，但在民间天威尚存，柯劭忞贵为帝师，能够得其撰写墓志，当然荣耀，尤其是与皇室渊源甚深的哈同夫人，于前清有功名者尤为措意，故其点名让姬觉弥请柯劭忞撰写墓志，实为情理之中。然姬氏缘何不曾通传，即使出瞒天过海之术，两下隐瞒？以吾度之，前清末科三甲皆已应事，姬觉弥若真前往相请，柯劭忞未必会不同意。姬氏长年雇佣代笔替其书法绘画，无非在意一个"名"字，然此名皆小名而已，能够为帝师代笔才是盛名，以姬氏行事风范，绝非但行好事不留名者，吾以小人之心揣度，他日文章传世，姬氏大可云曾为帝师代笔，名气则更上一层矣。

究竟姬觉弥如何盘算，今已不得而知，柯劭忞于此事极为不悦，遗稿中又有致徐石隐书札一通，亦言及此事："石隐先生左右，奉手教，敬悉一是。潘君语於弟未面其人，并不知有哈同作传一事。弟虽不学，然旁人冒名代撰文字，则窃以

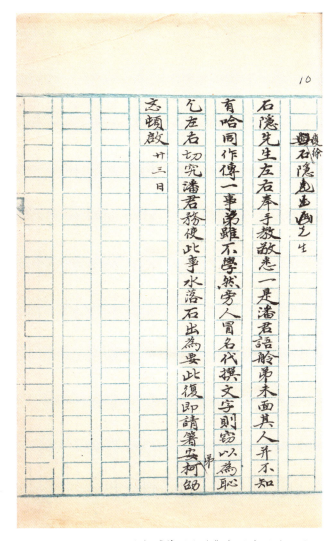

民国稿本《蓼园文存》柯劭忞致徐石隐函

为耻。乞左右切究潘君，务使此事水落石出为要。此复。即请箸安。弟柯劭忞顿启。廿三日。"此札早于致哈同夫人札数日，想来蓼园先生思前想后，不肯就此了之，定要澄清，所在意者，亦为一个"名"字。此事不久，柯劭忞以八十三岁高寿驾鹤仙去，若非东窗事发，姬觉弥大可在蓼园先生身后大肆宣扬代笔之事，也许早在其瞒天过海时，就已经算定柯劭忞来日无多，将来无由对证，而吾好奇者，姬氏后来是如何向哈同夫人解释兹事呢？

廉泉批校《吴梦窗甲乙丙丁稿》四卷《补遗》一卷 徐恕批校《梦窗词甲乙丙丁稿》四卷《补遗》一卷《札记》一卷

《吴梦窗甲乙丙丁稿》四卷《补遗》一卷 （宋）吴文英撰

清咸丰十年（1860）杜氏曼陀罗华阁刻本 廉泉批校并补抄 一函一册

钤印：岫云藏书（白方）

《梦窗词甲乙丙丁稿》四卷《补遗》一卷《札记》一卷 （宋）吴文英撰

清光绪三十四年（1908）无著庵刻本 徐恕批校 一函两册

钤印：徐彊簃（白方）、衰残知迫死，不忍负青编（白方）、徐恕手校（朱方）、春宵无梦不钱唐（白方）、虞琴（朱方）

清代是继宋代之后的又一个词学高峰，大江南北先后形成各种词派，且各有推崇，浙西词派推崇姜夔、张炎，阳羡词派推崇辛弃疾，常州词派推崇温庭筠、周邦彦，最晚出现的临桂词派则推举吴文英。而吴文英历来是一位颇具争议的词人，其字君特，号梦窗，晚年又号觉翁，四明鄞县人，大约生于宋开禧三年（1207），卒于咸淳五年（1269），生平事迹鲜见于史料记载，除却留传至今的三百余首词作外，别无著述可征，可见其身份，只能以"词人"名之。

吴文英最早词集名《霜花腴词集》，取其词作中"霜饱花腴，烛消人瘦"句，该首词作词牌名为《霜花腴》，据称是吴文英自度曲。与吴文英

廉泉批校《梦窗词》封面

清咸丰十年杜氏曼陀罗华阁刻本
《吴梦窗甲乙丙丁稿》书牌

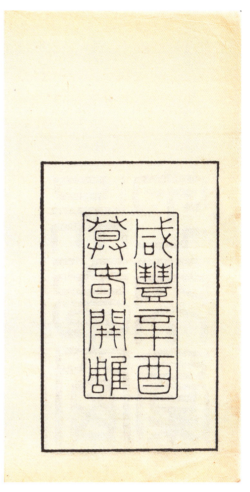

清咸丰十年杜氏曼陀罗华阁刻本
《吴梦窗甲乙丙丁稿》牌记

同时代的词人周密《草窗词》中有《玉漏迟·题吴梦窗霜花腴词集》一阕，可证当时吴文英词作已有结集，其集名即《霜花腴词集》。张炎撰《词源》时，序中称："旧有刊本《六十家词》，可歌可诵者，指不多屈；中间如秦少游、高竹屋、姜白石、史邦卿、吴梦窗，此数家格调不侔，句法挺异，俱能特立清新之意，删削靡曼之词，自成一家，各名于世。"《六十家词》刻于宋末元初，说明吴文英词集至少在宋末元初曾经付梓，惜今无传本存世。

然而进入元、明两代，不仅吴文英词集不见流传，连《六十家词》亦失传，直至明末毛晋刻印《宋六十家词》，始由旧钞中辑出吴文英词稿残卷，先刻成丙、丁二稿，后刻成甲、乙二稿，合称《梦窗四稿》，序云："余家藏书未备，如四明吴梦窗词稿，二十年前仅见丙、丁二集，因遂授梓，盖尺锦寸绣，不忍秘诸枕中也。

141

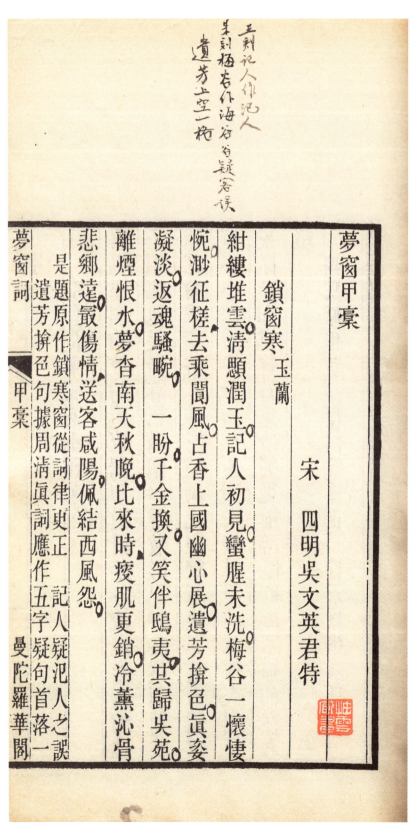

清咸丰十年杜氏曼陀罗华阁刻本《吴梦窗甲乙丙丁稿》卷首

今又得甲、乙二册，……或云《梦窗词》一卷，或云凡四卷，以甲乙丙丁厘目。或又云：四明吴君特从吴履斋诸公游，晚年好填词，谢世后，同游集其丙丁两年稿若干篇，厘为二卷。"此序中毛晋有一误会处，以为"丙、丁"二字系指纪年，后经四库馆臣指出，此"丙、丁"二字无关纪年，疑是吴文英早年随时写就，并未整理，后来哀集旧作时，得一卷即为一集，序以天干而已。

毛晋木刻像

毛晋所刻问世后，《梦窗词》地位始得提升。嘉庆年间，常州词派兴起，周济极为推崇吴文英，在选辑《宋四家词选》时，将周邦彦、辛弃疾、吴文英和王沂孙列为宋词四派之代表，此为吴文英在晦隐五百年后，首次以领军人物身份立于词坛。与此同时，吴中词派代表人物戈载辑选《宋七家词选》，所选词作中亦以吴文英数量最多。沈曾植于《菌阁琐谈》中论及此，称："自道光末戈顺卿辈推戴梦窗，周止庵心厌浙派，亦扬梦窗以抑玉田。近代承之，几若梦窗为词家韩、杜。"然而尽管同时得到常州、吴中两大词派看重，此时词界对于吴文英之推崇仍然未达高峰，直到临派词派的兴起，始将梦窗词以及围绕梦窗词所进行的校勘等学术活动推向顶峰。

谈及临桂词派，则无法绕过代表人物王鹏运与朱祖谋，两人对于梦窗词别有情钟，光绪二十五年（1899），王鹏运邀请朱祖谋

王鹏运像

一同校勘《梦窗四稿》，彼时该书坊间通行之本除毛晋汲古阁本外，尚有咸丰十年（1860）杜文澜曼陀罗华阁刻本，二人遂以毛本、杜本对勘，并商定校词五例，即正误、校异、补脱、存疑、删复，此举直接在晚清民国期间带起词集校勘之风，而

廉泉藏书印"岫云藏书"

于梦窗词之校勘，则为众多词集校勘中的热点，更有甚者，后之校梦窗词者，皆依循此五例，一如朱祖谋所称："深鉴戈氏、杜氏专辄之敝，一守半塘翁之例。"王、朱二人对于《梦窗词》的校勘非止一次，尤其是朱祖谋，其校勘活动前后历时二十年之久，不断有新的发现与心得，每有新获，即重校付梓，是故二人合校之《梦窗词》前后有过三次刊刻。

光绪二十五年（1899）己亥，该书首刻于王鹏运四印斋。光绪三十年（1904）甲辰，王鹏运以四印斋初刻本重新校刻，是为第二刻。光绪三十四年（1908）戊申，朱祖谋以四印斋初印本重新校勘付梓，是为该书第三刻无著庵刻本。三次刊刻中，前后两刻今皆可得见，寒斋亦有收藏，惟其中第二刻四印斋复刻本殊不易见。据黄永年师称，甲辰年四印斋复刻本书版刻好未久，王鹏运即去世，此套书版仅刷出两部样本，分别为况周颐、缪荃孙所得，朱祖谋重刻时，并不知王鹏运已有复刻本，故依四印斋初刻本重校刻。永年师在《跋四印斋初刻本〈梦窗甲乙丙丁稿〉》中云："忍寒师彊村入室弟子，尝为述吴词版本，乃不及戊申之刻。盖彊村假得明写一卷本刊入《丛书》后，戊申本遂见弃置。乙亥本未收入《四印斋所刻词》中，传世止初印若干册则而已。其后况蕙风用所得甲辰样本景印传布，琉璃厂书铺又获甲辰原版刷印，前数年京中尚有新印本。乙亥、戊申两版迄未见重印，殆灰灭已久矣。"跋中所称彊村假得明写一卷本刊入《丛书》，系指朱祖谋从涵芬楼借得明万历年间张廷璋所藏旧钞《梦窗词集》，遂以此为底本，参以汲古阁本重加校订，于民国十一年（1922）刊入《彊村丛书》，此为朱祖谋之三校本，其在本集之后又补词八十余阕，并撰《梦窗词集小笺》附后。三校之后，朱祖谋仍未停止对梦窗词的校勘，继续校订增补，去世后由弟子龙榆生辑入《彊村遗书》，是为朱祖谋四校本。

永年师所云数本中，寒斋有幸收得其中两种，且皆有批校，足见彼时校勘《梦窗词》风气之浓，其一为廉泉批校兼补抄咸丰十年（1860）杜氏曼陀罗华阁刻本，一为徐恕批校光绪三十四年（1908）无著庵刻本，两位皆藏书家，并不以词名世，却不约而同批校梦窗词，无疑是为当时风尚所染。廉泉（1868—1932）字南湖，号惠卿、南湖居士，别号岫云山人，室名有帆影楼及小万柳堂，江苏无锡人，光绪二十年（1894）举人，官礼部郎中，曾参与"公车上书"，入民国后隐居不仕，精诗文，善书法，嗜金石书画，光绪二十八年（1902）与俞复、丁宝书在沪上合办文明书局，是为中国第一家新式书局，曾出版数十种新式教科书及铜版画册，又刊行有大量笔记，于学术研究尤有价值，如《说库》《清代笔记丛刊》《笔记小说大观》等。其妻吴芝瑛（1868—1933）字紫英，号万柳夫人，吴汝纶侄女，幼承家学，尤擅书法，邑人誉为诗、文、书"三绝"，秋瑾遇害后，即由其为之收殓下葬，并于家中建悲秋阁以志永思，著有《帆影楼纪事》。

廉泉夫妇二人隐居之所名"小万柳堂"，于杭州西湖、沪上万航渡各建一处，然因夫妇二人皆轻财好义，致家资日薄，最终不得不变卖产业用以抵债。钱海岳《廉南湖丈诔》记："公履行纯素，濩落不开产业，久游累负，别墅既先后易主，鼎彝书画亦易米散尽。然犹为先哲故友编刻遗书。"廉泉一度拟将小万柳堂以抑值售予樊增祥，并托沈曾植传达己意，樊增祥因于筹款艰难，作诗婉谢，廉泉只好将小万柳堂另售他家。友人靳云鹏闻知后，慨然将小万柳堂赎归赠还，然而不久，仍以贫鬻去。小万柳堂为友人出版之文集，有邓潆《霁盫集》，孙道毅《寒厓集》，柯劭忞《蓼园诗钞》等，其他还刻有桐城姚鼐《惜阴轩文集》及《小万柳堂丛刊》等。

廉泉所批该书之底本，为杜文澜刻曼陀罗华阁本《吴梦窗甲乙丙丁稿》，丙戌年秋得于海王村拍场，此本版心下刻"曼陀罗华阁"，前有牌记"咸丰辛酉暮春开雕"，开卷为四库馆臣所撰提要，次刘毓崧序、杜文澜序。杜文澜（1815—1881）字小舫，一字筱舫、憩园，别署香舟主人，浙江秀水人，官江苏布政使，其人嗜金石，富收藏，工倚声，善书法，著有《艺兰四说》《曼陀罗华阁琐记》及《词律校勘记》等。杜文澜序末陈述刊刻因缘："后人补辑之甲乙丙丁四稿，仅附刻于汲古阁《六十家词》集中，无单行本，因摘出校勘付梓，以广其传焉。"又于《凡例》中说明以何本而校："毛子晋汲古阁刊本失于勘校，脱落舛误甚多，此四稿别无宋刻何校，因就各家选集逐阕核对。"

未知何故，廉泉所得仅甲、乙二稿，丙、丁二卷阙如，遂以红格稿纸补抄于后，又附《梦窗补遗》，并于丙稿首页首行题"丙丁稿均依王刻四印斋本钞补"。细审其批校，多有"王刻才表作财表"，或"朱刻才表作缠表"等句，可知廉泉并非单以王鹏运四印斋本作为对校之本，同时尚有朱祖谋所刻之本一并对校，然朱祖某曾四校梦窗词，两度付之剞劂，前刻有无著庵本，后刊有《彊村丛书》本，未知此处所据为何本。王鹏运与朱祖谋曾商定校词五例：正误、校异、补脱、存疑及删复，然廉泉仅依其中校异、补脱及存疑三例，其中十之八九皆为"某刻某字作某字"，偶有补脱某字，存疑处仅一例，于《八声甘州·姑苏台和施芸隐韵》"辇路凌空花荫，粉冷濯妆池。歌舞烟霄顶，落景沈晖。　别是青红阑槛，对女墙山色。

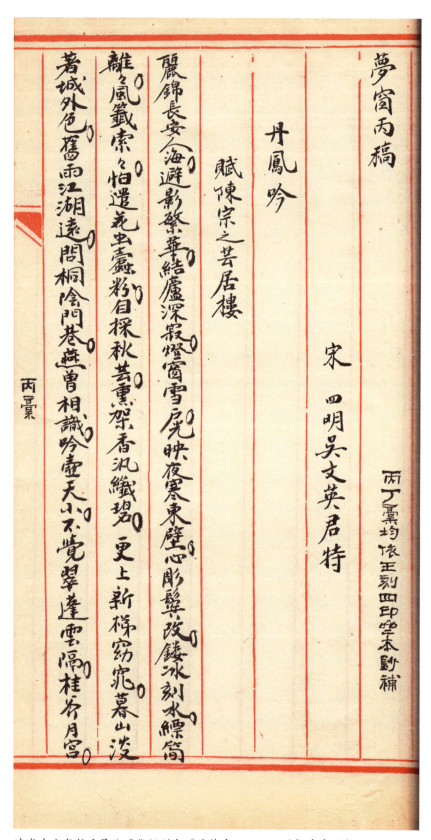

夢窗丙稿

丹鳳吟

賦陳宗之芸居樓

宋　四明吳文英君特

丙丁稿均依王刻四印齋本勘補

麗錦長安人海避影繁華結廬深寂燈窗雪屍映夜寒東壁心彤鬢改鏤冰刻水縹緗

離離風籤索索怕遺芸蟲蠹粉自探秋芸薰架香汎纖碧更上新梯窈窕暮山淡

著城外色舊雨江湖遠問桐陰門巷燕曾相識吟臺天小不覺翠蓬雲隔桂杳月宮

丙稿

清咸豐十年杜氏曼陀羅華閣刻本《吳夢窗甲乙丙丁稿》廉泉補抄

146

碧淡空眉"处。此句天头处有墨笔识"王刻'凌空花'作'凌空九'。九疑作就，荫作险，落景作乐景，空眉作宫眉"。检徐恕所批朱刻无著庵本，此处已更作"辇路凌空九险，粉冷濯妆池。歌舞烟霄顶，乐景沈晖。　别是青红阑槛，对女墙山色。碧淡宫眉"。因廉泉此本全书皆校某字之异同，思辨处仅此一例，颇觉突兀，故吾一度怀疑此句并非廉泉所思，乃自别处移录而来，以吾此前所读廉泉相关资料，亦未有见其擅长填词一说。近年吾偶读词集，尤喜其中有批校者，皆因由批校可见人性情，廉泉此校中规中矩，着实看不出性情，远不如徐恕所校看得精彩。

徐恕（1890—1959）字行可，号彊簃，湖北武昌人，早年留学日本，喜藏图籍、印章及铜镜等，曾居南浔嘉业堂二年，尽读其所藏，民国间曾执教于武昌图书馆专科学校，教授版本目录之学，所讲源流清晰，条目有序，被辅仁大学教授余嘉锡所欣赏，引荐入辅仁大学、中国大学执教，藏书处有箕志堂、藏棱庵及知论物斋，藏书近十万册，尽捐公馆。今人研究徐恕文章亦多，然多论其收藏与治学，未闻有论其嗜词者，是故吾得是书，亦颇觉新鲜。徐恕所校之本为光绪三十四年（1908）朱祖谋刻无著庵本，版心下刻"无著庵校刊"，书牌页为《梦窗词甲乙丙丁稿四卷补遗一卷》，后有牌记"光绪戊申之岁九月归安朱氏校刻"，次为诸刻序跋，有毛晋、杜文澜、刘毓崧、王鹏运、朱祖谋等，次为目录，《札记》末有朱祖谋尾跋，"经始于丁未仲春，越岁戊申五月刊毕"。

细审是书，徐恕校此集远比廉泉用心，字体端正，墨分二色，天头处以墨笔记所思、所悟、所感，地脚处以朱笔记某字之异同，卷首钤有徐恕多方藏印，其中有朱方"徐恕手校"，侧有朱笔题"以王半塘三校本勘对"。吾知王半塘于《梦窗词》曾经有过两刻，却不知尚有三校，惜吾与四印斋复刻本无缘得见，难以比勘，无法得知此第三校是在复刻之前，抑或复刻之后。细阅朱笔小字，可见王半塘三校所引之书尚有曼陀罗华阁本，以及《铁网珊瑚》《词综》《词律》《词谱》《词汇》《词录》《词系》《词旨》《绝妙好词》《阳春白雪》等。其中《词系》为秦巘所著，秦巘字玉笙，号绮园，约卒于咸丰、

徐恕像

147

清光绪三十四年无著庵刻本《梦窗词》书牌　　　　清光绪三十四年无著庵刻本《梦窗词》牌记

同治之间，藏书家秦恩复之子，该书撰成之后未曾付梓，其稿本凡二十四册流落至北京师范大学图书馆，于1983年为唐圭璋先生所见，1996年始由北京师范大学出版社首次出版。《词系》的撰书年代已无可考，然其中所引资料有道光二十四年（1844）始刊刻之《碎金词谱》，可知撰书时代至少在此之后。光绪二十五年（1899）王鹏运首刻《梦窗词》之后，仍然不断遍索群籍中与之相关者，近人所著之未刊书稿，亦能被其罗置斋中，足见其用心之苦，用力之勤，喜好梦窗词者多矣，而肯为梦窗如此下力者，恐仅见王鹏运及朱祖谋二人矣！

　　而依徐恕所校，《甲稿》中有《解连环》数阕，"古陶洲十里。　翠参差、淡月平芳甃。砖花滉、小浪鱼鳞起"处，朱笔记曰："'十'字下旁注《铁网珊瑚》

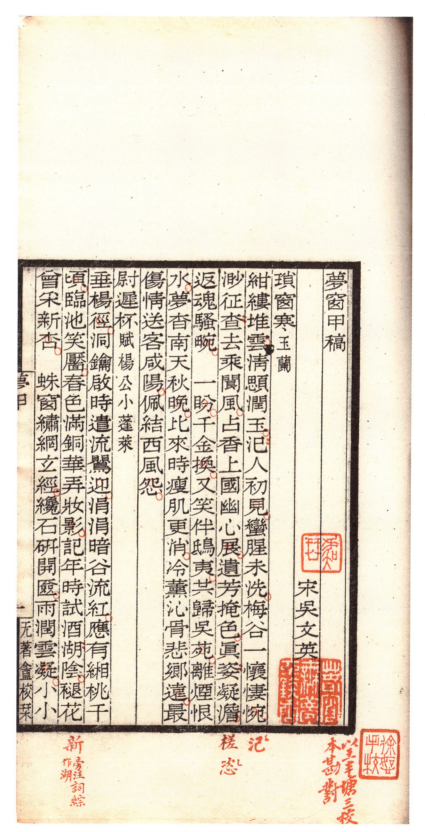

梦窗甲稿

宋吴文英

琐窗寒 玉蘭

紺縷堆雲顋潤玉泝人初見蠻腥未洗梅谷一懷悽婉
渺征查去乘闌風占香上國幽心展遺芳掩色真姿凝濬
返魂騷睌一盼千金換又笑伴鷗夷共歸吳苑離煙恨
水夢杳南天秋晚此來時瘦肌更消冷薰沁骨悲鄉遠最
傷情送客咸陽佩結西風怨
尉遲杯賦楊公小蓬萊
垂楊徑洞鑰啟時遣流鶯迎涓涓暗谷流紅應有緗桃千
頃臨池笑魘春色滿銅華弄妝影記年時試酒湖陰褪花
曾采新杏 蛛窗繡網玄經纜石研開匧雨潤雲凝小小
事甲 无著盦校菜

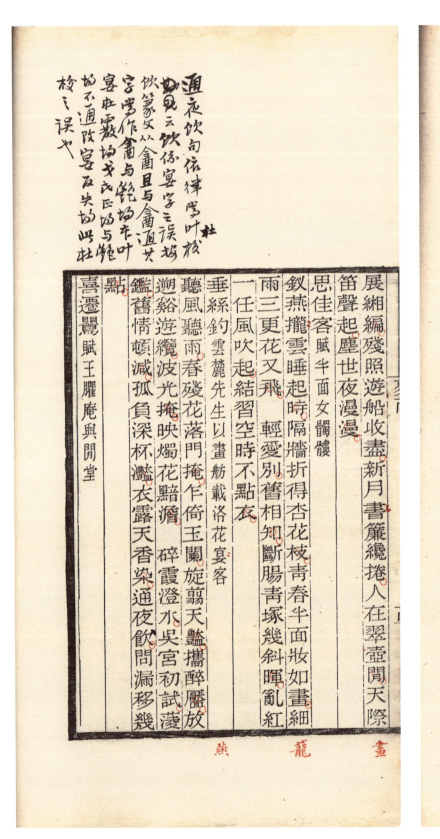

清光绪三十四年无著庵刻本《梦窗词》徐恕批校

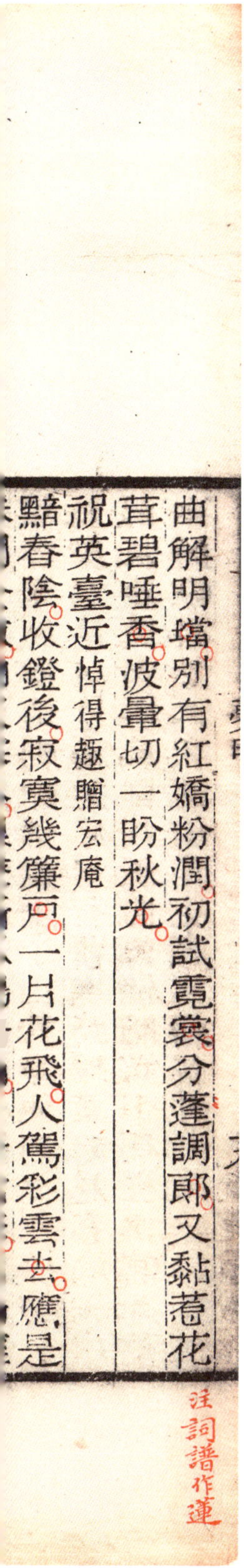
曲解明璫別有紅嬌粉潤初試霓裳分蓮調郎又黏惹花
茸碧唾香波暈切一盼秋光
祝英臺近 悼得趣贈宏庵
黯春陰收鐙後寂寞幾簾戶一片花飛人駕彩雲去應是
汪詞譜作蓮

作‘千’。‘小’字下旁注《铁网珊瑚》注‘细’”。既有旁注，可知所据之半塘三校并非来自刻本，极有可能为王半塘亲笔批校之本，惜此本今亦不得见，否则两相比勘，即可知此第三校是否为以四印斋复刻本为底本之再校。永年师称四印斋复刻本仅刷出两部，未知是否此为其一。

大约为便于区分之故，徐恕分记于天头、地脚之处，不仅朱、墨二色相异，字体亦有所不同，朱笔为工整小楷，墨笔则较显随意之行楷。细读墨笔所记，可知徐恕着眼点在于词律及叶韵，又多引周邦彦《清真词》与之相比较，例如《浪淘沙慢·赋李尚书山园》处，眉批：“此调《清真集》有二首，《晓阴重》一首，与此词用韵俱同。其一则‘裂’字‘说’字‘□’字不叶，‘更醉蹋’句清真一首叶一首不叶，当是偶合。”或如“‘非昔’句清青作平不叶，惟叶梦得有叶者”。又有《喜迁莺·且约访蔡公甫》处，眉批“此调梦窗词互见，后调换□四首叶韵，独此首不叶。《词律》收玉田一阕，亦叶。‘否’字于《董》韵无可通，□讹”。凡此种种，可见徐恕乃是有意识在词人之间做横向比较，看不同词人填同一词牌，叶与不叶，是如何处理。

而徐恕之着眼点又不仅仅在于词律与叶韵，亦有延续乾嘉以来传统校勘家之思辨与考证。甲稿中《贺新郎·上元》处眉批：“《校勘记》既云‘蛾’字不误，此处似不应作‘娥’。‘娥’作‘蛾’校勘所引虽亦有本，然梦窗词赋上元之夕试灯夜凡七，用‘素娥’者五见，且此词‘素娥城阙’与《丁稿·六丑》‘素娥宫阙’辞意正同，似从《词综》为是”。丙稿中有《垂丝钓·云麓先生以画舫载洛花宴客》，眉批为：“‘通夜饮’句依律当叶。杜校云饮系‘宴’字之误。按‘饮’篆文从‘酓’，且与‘酓’通，其字当作‘酓’，与艳韵本叶宴。杜‘霰’韵，戈氏《正韵》与‘艳’韵不通，改‘宴’反失韵，此杜校之误也。”吾读至此，通体皆汗，此段眉批虽短短不足百字，然若不通训诂，则无出此言，藏书之根柢在于学问，而非大力，徐恕此校为一力证也。

徐恕藏书印"徐恕手校""徐彊籍"

　　徐恕旧藏在其生前即开始捐赠，先是五百箱图籍捐予中国科学院武汉分院，当时武汉分院受书后，曾给予徐恕二万元奖金，徐恕称："我是捐书，不是卖书"。随后将此二万元购《武英殿聚珍版丛书》一套赠归分院，1959年徐恕去世后，后人秉承父志，将家中所存图籍尽数捐给公馆。据统计，今时湖北图书馆中徐恕旧藏，有经部15000册，史部25000册，子部13000册，集部19000册，丛部21000册，其中善本、批校本、钞稿本近万册。以此数据看至少可以看出两点：一者，徐恕所藏重点在于经、史二部，正是传统藏书家所讲求的正经、正史之路数，集部并非徐恕所藏之重点；二者，徐恕以乾嘉遗风校勘《梦窗词》，正是其厚积薄发，以学问为藏书根柢之表现。

　　读罢徐恕所校，虽已知其精通词律音韵，吾却仍然无法将其视为词人，亦不觉其有词人之性情，吾所见者，乃一学者，词之为物，乃其研究之对象也。寒斋略藏词集，词人批校之词约略几十部，凡词人批校词集，字句之正误外，多有议论感慨，或激昂，或悱恻，或低回，七情尽露，读者略有心，即可钩沉出若干不见著录之往事。徐恕为何去批校梦窗词，以吾度之，当为晚清民国兴起之词集校勘风所披，而彼时之词集校勘风，又以校勘《梦窗词》为热点。旧春阅市，见有《晚清民国词籍校勘研究》一书，欣而购读，作者王湘华，爬疏整理，颇为详实，意外读到第五章为《晚清民国梦窗词校勘研究》，其中讲到彼时校勘《梦窗词》者，除王鹏运、朱祖谋外，尚有郑文焯、张寿镛、陈洵、杨铁夫等，且各有著述，另外尚有王国维、胡适、夏承焘、龙榆生等，都曾对《梦窗词》下过工夫。人数之众，看来彼时对于《梦窗词》研究，足可以称之为显学，徐恕当亦受此感染，以自己独特之视角对此集予以校勘。今人研究此集者，郑文焯、杨铁夫等人著作可资参考，徐恕之横向比较，亦弥足珍贵也。

沈汝瑾写本《鸣坚白斋传钞未刻词稿》十三卷

《鸣坚白斋传钞未刻词稿》十三卷　　（清）沈汝瑾辑

沈汝瑾鸣坚白斋钞本　沈汝瑾题记　佚名批校　鸣坚白斋黑格抄书纸

一函十册

钤印：绮堂（朱方）、沈汝瑾字石友号口垫（朱方）、张道彭（白方）、王懋宣（白方）、桑园珍藏（朱方）

此沈汝瑾鸣坚白斋写本，一函十册，前有目录，首行题《鸣坚白斋传钞未刻词稿》，凡十三卷，因该书书名直接写明为鸣坚白斋所传钞，然书根之处却直接写作如题，故不应该作寻常钞本视之，然又未便径自称为稿本，颇有可能为沈汝瑾辑后未刻之书，又不能将吾之判断予以确凿，故以写本称之。

该部未刻词稿计有朱敦儒《樵歌》三卷、李曾伯《可斋词》六卷、吴潜《履斋诗余》一卷、杨泽民《和清真词》一卷、夏元鼎《双溪词》一卷、李弥逊《筠溪乐府》一卷，皆宋人所撰词别集也。沈汝瑾（1858—1917）字公周，号石友，自号钝居士、听松亭长，江苏常熟人，淹贯群籍而不遇于时，以诸生终老，足迹亦未出吴、越间，富收藏，尤喜收藏砚台，室名有鸣坚白斋、笛在

沈石友画像

153

明月楼，所著有《沈氏砚林》《鸣坚白斋诗集》。

沈石友最为人知者有二，一为收藏各种名砚一百六十余方，二为与吴昌硕交游三十余年，《鸣坚白斋诗集》亦为其临终前嘱托吴昌硕为之付梓，吴昌硕序之曰："石友既卒之六月，萧君中孚囊其遗诗三巨册走上海，述其易箦遗言，属为点定，并为之序。……吾与石友论交，为岁壬午，今三十余年，石友生戊午，吾生甲辰，以齿论，石友固兄事吾，征其学识，吾窃愧之。此三十余年中，彼此踪迹不常合，但岁必有诗相赠答，其诗具存集中。石友不遐弃我若是，我今何忍负其期愿耶。"该诗集凡十二卷补遗一卷，由吴昌硕题签，另有沈焜序及俞钟銮跋语，近人钱钟联《梦苕庵诗话》曾评价其诗，称为"吾虞近百年诗人，沈石友汝瑾先生当为第一流"，又有"学诗寝馈于杜甫者三十年，又上溯汉、魏，下逮宋、元，自病宽廓，收束于半山、后山。晚岁爱读《离骚》《国风》，变化精深。"吾于诗词颇为外行，亦未曾读到此集，一度怀疑钱仲联"百年第一流"之称大有人情在内，因为钱先生母亲为沈汝瑾堂妹，然而近年一篇署名邹涛的文章令吾疑惑尽消。邹涛于日本见到吴昌硕致沈汝瑾手札若干，其中两通所言皆请其代笔撰文之事，而所代撰之文，正是西泠印社引以为豪的《西泠印社记》。兹事已得业界承认，应无可疑，吴昌硕于诗书画印皆有盛誉，能得其认可，并请为代撰，想来文采不在缶庐之下，被钱先生誉为百年第一流，如是想来，应该不会有误。

沈汝瑾以藏砚赋诗闻名，《文献家通考》亦未收录其人，今人研究藏书及藏书家者，鲜有涉及斯人，然《中国古籍版刻辞典》中收有"沈汝瑾"条，著录其钞本有《海虞钱氏家乘》《桐庵笔记》等十一部，以吾思之，喜抄书者，未有不藏书也，且寒斋恰好得其旧藏两部，一为其所批校乾隆二十年（1755）鲍氏知不足斋本《归潜志》，另一部则为此《鸣坚白斋传钞未刻词稿》，则沈汝瑾被誉为诗人、书画家同时，亦当以藏书家视之。

此集以乌丝栏抄书纸抄就，版心下刻篆书"鸣坚白斋"四字，前有题记一页，惜为残篇，仅余最后一页，未知此前尚有一页或是数页，尚喜有落款及钤印，可证来历："所和不及方千里之工，刻本世未见，为可贵耳。此从泉唐丁氏钞得，一瓻之惠，不可忘也。钝居士记。"署款下钤有"绮堂"朱方，当为其别号，此号他处未见记载。然该书又有两册首页钤"沈汝瑾字石友号口埜"朱文方章，"口埜"之号亦他处未见载。此二印未知是否出自吴昌硕之手，二人交游三十余年，死生相托，期间吴昌硕曾为沈汝瑾治过数印，《篆刻年历》中最早记载者有光绪十五年

（1889），所治为"沈瑾"二字正方白文印，该印与"公周"正方朱文印为二面印，嗣后又陆续治有"鸣坚白斋""老钝"等，惜吾藏鸣坚白斋旧藏中皆未见有。

此篇题记虽为残篇，寥寥三十余字，却是其藏书及交游活动之物证，"泉唐丁氏"即钱塘八千卷楼，乃晚清四大藏书楼之一，沈石友曾自谓"闭门索居，人不乐予近，予亦不乐人近，惟与旧相知者酬唱简牍往来而已"，且足迹不出吴越间，可见其性情孤僻，交友之慎，然为得到稀见之本，仍愿往藏书多处一行，此亦见八千卷楼当年所藏，的确多珍罕未传之本。是日窗前阅是书一过，卷中所收六家词中，朱敦儒《樵歌》三卷有朱笔批校，然字迹与钞本笔体颇不相类，与卷前题记亦有不同，当非沈汝瑾所校，疑是此本自鸣坚白斋流出后，曾经另一嗜词者所藏。该书首页除沈汝瑾藏印外，尚有张道彭及王懋宣印，张道彭曾为天津文史馆馆员，王懋宣即北洋军阀王怀庆，病逝于天

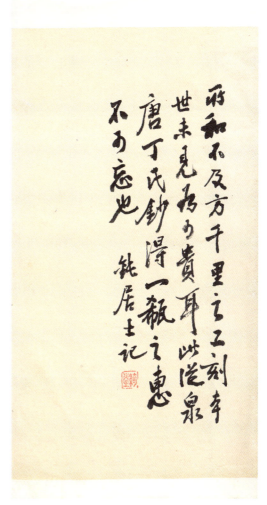

清钞本《鸣坚白斋传钞未刻词稿》沈汝瑾题记

津，二人皆与天津相关。沈汝瑾育有三女一子，长女早卒，次女及幼女皆守寡，惟有一子，却庸碌无文，娶里中县吏家女为妇，极为粗鄙，夫妇二人皆为沈石友所不喜，曾有诗记之："种树莫种蔷薇花，娶妇莫娶胥吏家，胥吏女妇无礼节，蔷薇花落为荆棘。"沈石友去世后，彩云易散琉璃脆，鸣坚白斋所藏悉被其子售卖一空，此本或为彼时经其子售至北方，又经书贾卖至天津者。

细审该书批校，颇为仔细，误者正之，脱者补之，天头处所记，多为某字在

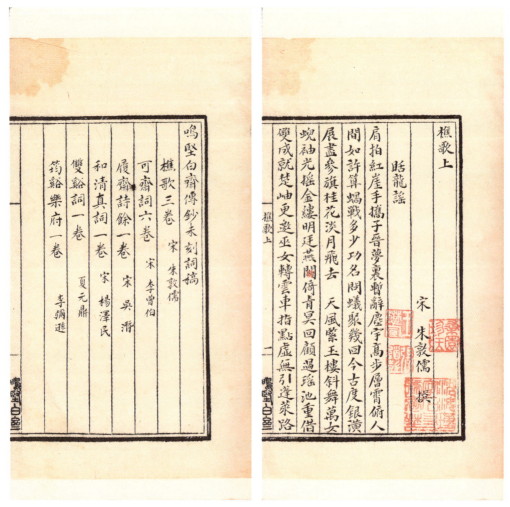

清钞本《鸣坚白斋传钞未刻词稿》目录　　　　清钞本《鸣坚白斋传钞未刻词稿》卷首

他书中作某字，所引之书有《花草粹编》《花庵词选》《词综》《词律》《拾遗》等，可知此人不仅嗜词，同时亦藏有颇多与词相关之书，且于朱敦儒词颇有体会，时有判断，如《樵歌》中卷有《桃源忆故人》数阕，其中有"接羅倾倒海云飞"句，天头朱笔记"疑是離字"。检今时之点校本，此句第二字有作"罗"者，有作"离"者，亦有作"羅"者，由此可知该字早佚，而八千卷楼所藏钞本中，此字作"羅"。吾未检批校者所引诸书中，该处各作何字，然亦觉得此处作"离"字较为合适。

卷中又有抄录时笔误之字，皆被批校者以朱笔覆正字其上，如"聞"抄作"间"者，"河"抄作"何"者，"盃"抄作"盆"者，仅以朱笔改笔划误处，于全字无改。寒斋亦藏有多部刻书家所校之书，如鲍廷博、卢文弨等，因刊刻流布之

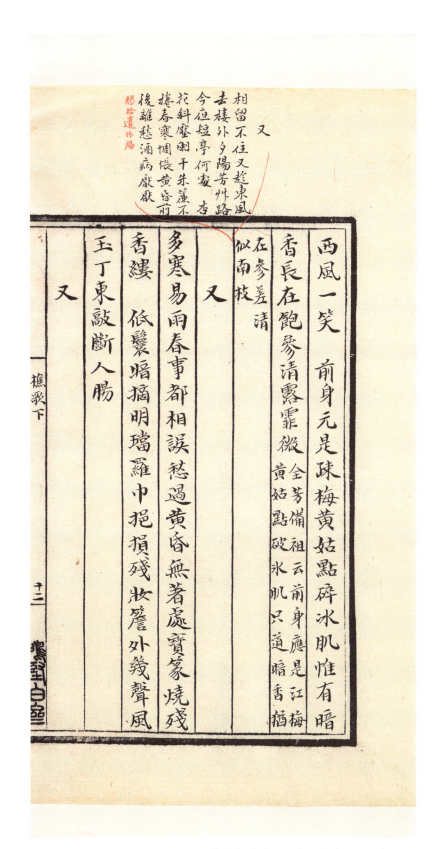

又

相留不住又惹東風
去樓外夕陽芳件路
今庭短亭何處杏
花斜鏖閣干朱簾不
捲春寒惆悵黄昏前
後離愁酒病懨懨

愁拾遺作腸

西風一笑　前身元是疏梅黄姑點碎冰肌惟有暗
香長在飽蔘清霑霏微　全芳備祖云前身應是江梅
黄姑點破冰肌只道暗香猶

又

在蔘羞清
似南枝

多寒易雨春事都相誤愁過黄昏無著處寶篆燒殘
香縷　低鬟暗摘明璫羅巾挹損殘妝鬢外殘聲風

又

玉丁東敲斷人腸

蕉歌下

十二

需，故于笔划之误极为在意，此本目录前题为《鸣坚白斋传钞未刻词稿》，故曾疑校此书者有意将之付梓。

今检《中国古籍善本总目》，此六家词确无刻本存世，其中朱敦儒《樵歌》、李曾伯《可斋词》、吴潜《履斋诗余》、杨泽民《和清真词》及李弥逊《筠溪乐府》著录有清钞本，此五家中，李曾伯、吴潜、杨泽民及李弥逊四家皆有丁丙跋本，仅夏元鼎《双溪词》不见著录，所录之同名词集乃宋人冯取洽所作。然吾好奇者，丁丙之钞本又自何来?《善本总目》所著录，此六家词集既无刻本，亦无元、明钞本，虽《可斋词》有云轮阁及双照楼钞本，《和清真词》有劳权及赵氏小山堂钞本，然皆为清代，则南宋至清末六百年间，此六家词隐晦无闻，想来丁丙得书之日，该是何等欣喜如狂。

沈汝瑾卷前题记残篇中，首句为"所和不及方千里之工"，当是评论杨泽民《和清真词》。《清真词》为宋人周邦彦词集，其字美成，自号清真居士，为北宋后期著名词人之一，其词集又有《片玉集》《清真长短句》《清真诗余》等称谓。

沈石友故居

沈汝瑾藏书印"绮堂"

吴文英《梦窗词》沉寂至明末始渐为人知，而周邦彦《清真词》在当世即广为传唱，且和者众多，和词结集者除杨泽民外，尚有方千里《和清真词》，毛晋于《宋六十家名家词》中《和清真词跋》中称："姜成提举大晟乐府，每制一调，名流辄依律赓唱。独东楚方千里、乐安杨泽民有《和清真全词》各一卷，或合为《三英集》行世云云。"然未知何故，《三英集》似乎并未行世。

杨泽民《和清真词》于光绪二十一年（1895）由江标据彭元瑞知圣道斋所藏《汲古阁未刊词》本，刊入《宋元十五家词》，此为六家词集中，吾于《善本总目》中检得之唯一刻本，而《善本总目》之所以著录一部清末刻本，乃是因为卷中有郑文焯等人批校及跋语。而夏元鼎之《双溪词》，则连钞本亦阙如。夏元鼎字宗禹，号云峰散人，又号西城真人，宋嘉定间曾入武将幕，出入兵营，后弃世入道，隐于衡山，自称在祝融峰得仙人点悟，撰有《崔公入药镜笺》《悟真篇讲义》《阴符经讲义》等。其人虽擅诗词，却语多烟霞铅汞气，多为押韵协律之通俗句，然其亦有至今脍炙人口之句，"踏坡铁鞋无觅处，得来全不费工夫"即出自夏元鼎《绝句》，该诗前两句为"崆峒访道至湘湖，万卷诗书看转愚"，此二句不流行，看来自有其因，吾亦不喜也。

将此六家词集汇为一书者，未知是丁丙抑或沈汝瑾，从书题揣测，当以沈汝瑾所辑可能性较大。自宋以降，未刻词稿远不止此六家，辑该书者又是以何为标准来作选择，以吾揣测，其中原因或多少与嘉兴有关，乡贤之故也。此六人中，朱敦儒虽为洛阳人，晚年却是在嘉兴度过；李曾伯为河南沁阳人，南渡后寓居嘉兴；吴潜是安徽宣州人，却多次往来嘉兴，与姜夔在此相会，嘉兴名楼"烟雨楼"之最早记载，即出自［至元］《嘉禾志》中吴潜《水调歌头·题烟雨楼》；而夏元鼎，虽晚岁隐居南岳衡山，籍贯却是浙江永嘉，更加可以说明该书之汇辑，嘉兴是不可忽视之因素。然杨泽民为江西乐安人，李弥逊为江苏吴县人，吾尚未检得二人与嘉兴之关系，还盼四方识者有以教我。

吴眉孙、陈运彰、况维琦题记《小苏潭词》五卷

《小苏潭词》五卷　（清）谢学崇撰

清道光刻本　吴眉孙题记　陈运彰、况维琦跋语　一函两册

钤印：凭霄阁藏书记（朱方）、况维琦（白方）、又韩（朱方）、蒙安长寿（白方）、况（朱方）、崇（白方）、椒石（朱方）

　　《春游社琐谈》尝记谢学崇事颇详，作者张伯驹自云早年于厂肆购得《小苏潭词》六卷，署名蕉南旧史，初不知何人所作，后读黄润甫《清词综》，有谢学崇词作两阕，即从《小苏潭词》中所摘录，始知蕉南旧史即谢学崇之别号。又云："近郭啸麓《清词玉屑》卷二云：'昨于汪鹅龛斋头见南康谢椒石学崇《小苏潭词》，盖市间希见之本'。椒石为桂林中丞启昆子，由翰林出为开归道，坐事镌级去官。于吴下僦得小园，为蒋氏绣谷交翠堂故址，是谢氏晚年固尝卜居吾吴。《小苏潭词》当即刊之吴中，而百年来流传亦不甚多，故郭君有市间希见之感也。其卷二《桃坞琴言集》皆寓吴时所作，多写吴中风物。卷五《潜石蛮吟集》有《临江仙》咏秋柳云：'一霎西风吹瘦影，丝丝短发谁怜？夕阳楼角渐无蝉。舞衣非旧榭，

清道光刻本《小苏潭词》书牌

160

小蘇潭詞卷一

宋翔鳳風集　　　蕉南舊史

探春

鸚鵡

屈戌春長鞦韆畫靜睡起朝雲無力翠袖闌翾珠簧宛轉似說分明消息未放閒鈴索早喚醒香魂岑寂莫教紅豆拋殘相思曾種南國休問旅懷飄泊甚隴樹蠻花飛夢難覓曉月雕籠斜風金翄便是承恩顏色漫悔聰明誤祇雷與正平狂筆待懺迦文雪衣人又非昔

陈运彰藏书印"蒙安长寿"

羌笛又遥天。　摇落江潭如此树，丹枫紫桂依然。那关录别梦魂牵。未曾攀折尽，已不似当年。'此词当作于罢官后，缠绵凄惋，殆难为怀焉。"此为吾首次见人谈及《小苏潭词》者，因其称流传不多，市间稀见，故将作者及书名摘录于小册，冀他日冷摊相遇，切勿错过。

此亦廿年前之旧事矣。曩时资讯不如今日容易得之，兼师问无门，只好于各书中搜集相关信息，偶见有谈及古书难得者，或记某书前后版本之异同者，片言只字，遇则摘录，彼时之如饥似渴，今日思之，略有唏嘘，今人多有唾手可得之物，昔年却费尽艰辛，然今人却混然未知往日之艰，又何言珍惜。

谢学崇（1784—？）字仲兰，号椒石、崇之，别署蕉南旧史，江西南康人，嘉庆七年（1802）进士，改庶吉士，授编修，嘉庆十三年（1808）充会试同考官，官至归德府知府，后因事去官，著有《亦园诗剩》及《小苏潭词》。谢学崇之父谢启昆（1737—1802）字良璧，号蕴山、苏潭，由科举入仕，官至布政使、巡抚，为官清正，政绩卓著，颇受乾隆赏识，兼治学有方，著述等身，尤通方志之学，所修《南昌府志》《广西通志》等影响深远，曾被梁启超誉为"省志楷模"，又著有《小学考》《树经堂集》《西魏书》《广西金石录》等，为乾嘉时代著名学者。何林夏先生曾考谢启昆字号，称其南康故居相传为苏东坡游历之所，故名苏步坊，坊中有井，曰苏步井，乾隆二十五年（1760）谢通籍后，出大兴翁方纲门下，某日翁方纲过南康，取慕仿东坡之意，将谢氏苏步井命名为"苏潭"，并作《苏潭铭》以志之，谢氏亦记云："苏潭之名，翁覃溪师因此坊而赠也。"嗣后谢启昆丁忧回籍，于乾隆四十五年（1790）迁居南昌，在城南置一小园，园中凿有小池，亦名"苏潭"，并颜其斋曰"苏潭书屋"，自是始以"苏潭"为号，其诗集亦称《苏潭草》。何林夏先生尚考得，晚年谢启昆追怀家乡，特意作《苏潭图》以寄情思。

《苏潭图》绘成之后，谢启昆于嘉庆二年（1797）遍请师友题识，计有翁方纲、秦瀛、梁山舟、冯星实、陆璞堂、钱大昕、姚鼐、钱裴山、阮元、吴兰雪等十人，其中翁方纲诗云："此是苏潭发源处，苏斋从此理诗囊。竟换覃溪擘窠字，同结苏门一瓣香。"姚鼐诗云："先生小园堂数弓，聚书万卷花萼红。……因怀苏步作苏潭，更著新图写昔抱。"秦瀛题云："苏潭何名？先生之师阁学翁公所号先生者也……翁公既以苏潭号先生，先生遂取以自号。"阮元题云："谢蕴山前辈启昆自南康迁居南昌，别业有池，翁覃溪先生名之为'苏潭'。先是覃溪先生视学江西，曾名南康苏步坊之井曰'苏潭'，故蕴山前辈即以自号，且绘《苏潭图》属况维琦藏书印"况""又韩"

题。"

　　然《苏潭图》应当先后绘有两幅，因梁章钜有诗名《谢蕴山中丞启昆〈苏潭图〉卷为椒石同年作》，诗云："前图奚（冈）作后者方（薰），花木点缀平泉庄。方画精能奚画逸，不使寻常铅赭笔。是年嘉庆岁丁巳，弹指星霜三十四。……十人题字二人在。琴歌酒赋思当年。"可知嘉庆二年之后越三十四年，即道光十一年（1831）年，奚冈所绘《苏潭图》尚在谢学崇家中。

　　谢学崇有子名谢质卿，亦工词，其字蔚青，号稚兰，与谢章铤相友善，《赌棋山庄词话》有"谢学崇、谢质卿词"条，称："往余在关中，颇有文酒过从之乐。然能诗者多，谈词者颇少。惟南康谢蔚青兵备质卿长于倚声，见予词，辄以为弗及，匿其稿不肯出，故予亦未见其全也。……蔚青为蕴山启昆中丞之孙，椒石学崇观察之子，其词学盖得于庭训。观察著《小苏潭词》六卷，多成于罢官之后。"谢章铤谓《小苏潭词》有六卷，张伯驹亦称六卷，然孙殿起《贩书偶记》却称："《小苏潭词》五卷，蕉南旧史撰，道光四年刊"。寒斋所藏亦为五卷，每卷各有其名，卷一《宋鹣翾风集》，卷二《桃坞琴言集》，卷三《南鸿秋语集》，卷四《绣谷云心集》，卷五《潜石蛩吟集》，正文前无目录，有其自序一页，有"束发就塾，闲习声诗，撘唐醵宋，未涉藩篱"语，又有"敝帚自珍，壮不如人。知我谯我，庶几阳春"云云，末署蕉南旧史，未识年款，卷五之后，亦未见跋语。

　　谢学崇晚年居苏州，是故其词集一派吴下风光，桃花坞、绣谷园皆苏州名胜，开卷读之，如入百花园，其词颇多咏物之作，咏物之中又尤多各色花卉，约略计之，有牡丹、寒梅、秋海棠、绣球花、桂花、夹竹桃、美人蕉、荷花、茉莉、水仙、菊花、珍珠兰、素心兰、栀子花、牵牛花等，又有菱、芡、柿、橙、樱桃、银杏、油菜花、佛手柑，以及春雨、秋声、雁影等，甚至一物而多咏，足见其一生爱好是天然，于大自然中无物不爱，倘若可选，或许谢学崇最想做者乃逍遥园丁耳。因谢章铤称其词多作于解组之后，不无生意婆娑之感，语多凄音苦节，故吾于集中有意寻检此类词句，虽亦有之，却远较园中百花、四时景物为少，笔底亦见闲散，卷五略多交游怀人之作，据其所述，园中有仙鹤蹀步，月下有姬人侍坐，虽是罢官归林下，却仍然是富贵散人，并无太多凄凉悱恻，或许谢章铤与吾心境不同，故读来各入其眼。吾颇惜《小苏潭词》之流传非广，卷中每多妙语也，俯仰古今等句，足见其于宦海风波之后，并无留恋，世态人情皆已堪破，不如精心侍弄花草，得真自在。卷五有《虞美人·七夕戏成三首》："神仙到底仍无味，离合须人记。世间

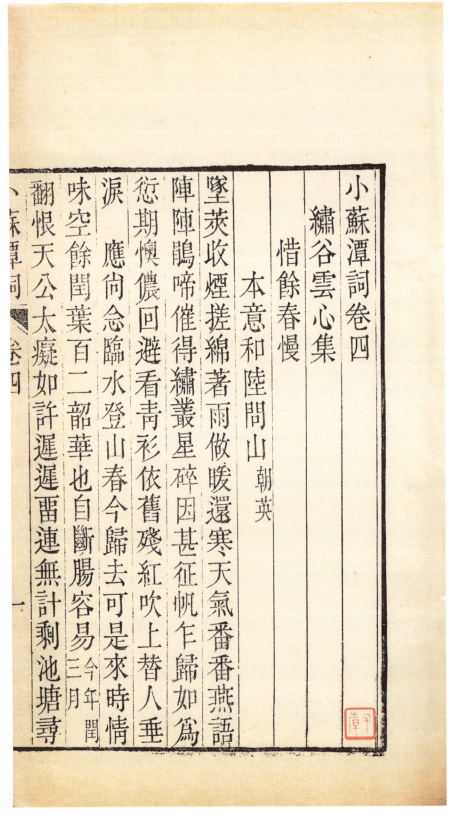

小蘇潭詞卷四

繡谷雲心集

惜餘春慢

本意和陸問山 朝英

墜茨收煙搓綿著雨做暖還寒天氣番番燕語

陣陣鵑啼催得繡叢星碎因甚征帆乍歸如寫

慇期懊儂回避看青衫依舊殘紅吹上替人垂

淚 應尚念臨水登山春令歸去可是來時情

味空餘聞葉百二韶華也自斷腸容易三月

翻恨天公太癡如許遲遲雷連無計剩池塘尋

痴女共骏牛，多少朝云暮雨不知愁。　银河倘有桑田日，便可搴裳涉。天孙应许诉天公，赊取年年今夕五更钟。"能赋此句者，无怪乎宦海难平。

谢章铤又云观察有自序，称"痴语如梦，廋言若狂，后有知我，为引百觞者，其在此矣。"此序未见于吾藏之本，甚惜，还盼他日觅得《小苏潭词》之六卷本，可睹完帙。然吾藏此本亦足堪宝之，以其曾为吴眉孙、况维琦旧藏也，前有吴眉孙题记，末有陈运彰、况维琦跋语，又附谢学崇手泽二纸。吴眉孙为民国时期银行家，原名清庠，字眉生，一作眉孙，号寒芋、芋叟，后改名庠，江苏丹徒人，生年不详，卒于1961年。民国初年，吴眉孙曾任梁士诒秘书，时寓居北京，收得洪宪帝制、张勋复辟文献颇多，藏书处有惜往日斋，聚书数万卷，且精于版本校勘、词章音韵之学，晚年居沪境况窘迫，卒于沪，所著有《元遗山词编年笺校》《古代名人日记选》《绿么韵语》等，皆未刊行，仅《寒芋词》有油印小册传世。王謇《续补藏书纪事诗》记吴庠事，称其善校雠，所藏前人钞本极多，因境遇艰难，所藏数十箱以八千金售予书贾，其诗云："蓄姬方朔饥欲死，卖赋相如孰与钱？校抄辛苦成底事，换得袁氏头八千"。吴庠亦苦中作乐，尝赋《沁园春·卖书》："自我得之，自我失之，何用慨然。况天荆地棘，时忧兵火，桂薪玉粒，屡损盘餐。炳烛微明，巾箱秘本，能得余生几度看。私自喜，喜未论斤称，不值文钱。"

吴眉孙题记书于戊寅年，即民国二十七年（1938），所述为一段失而复得之故事："《小苏潭词》五卷，南康谢椒石学崇作。椒石为蕴山中丞子，其南康故里在苏步坊，翁覃溪先生题赠'苏潭'二字，泐铭池上，秦小岘先生为作记。蕴山中丞为绘《苏潭图》，图后失去，为屠琴坞太守所得，椒石乞还，语详江都黄春谷先生《梦陔堂诗》注。名其词为《小苏潭》，盖以此。戊寅孟夏捡阅记之。眉孙。"题记中屠琴坞太守为屠倬（1781－1828），其字孟昭，号琴坞，又号潜园，浙江钱塘人，嘉庆十三年（1808）进士，官至江西袁州知府，善绘事，精篆刻，著有《是程堂集》《耶溪渔隐词》。据该题记所述，谢启昆倩人所绘《苏潭图》一度自谢家流出，为屠倬所得，后又被谢学崇乞还，归来谢宅。吾读此题记，颇觉有趣，盖因《苏潭图》之去归，与其谢学崇所居绣谷园之流传颇有类似。

绣谷园据云曾为陈圆圆流寓苏州时，筑楼梳妆之处，顺治四年（1647）为举人蒋垓购得，造园以作读书隐居之所，某日园丁锄草，偶于园中发现巨石，石上刻有"绣谷"二字，笔锋瘦硬，体势遒劲，疑出唐代书法家手笔，遂以此石颜其园，称"绣谷园"，并作《绣谷记》，日与宾朋觞咏其间。蒋垓去世后，绣谷园在十年间

清道光刻本《小苏潭词》吴眉孙题记　　清道光刻本《小苏潭词》陈运彰、况维琦题记

三易其主，成为异姓之居。约四十年后，蒋垛有孙名深，字树存，博学好古，某日哀集先世遗文，得读大父《绣谷记》，遂依所记，访得园之旧址，见墙颓瓦废，大兴感触，于是购回该址，重新造园入住，绣谷园遂复归蒋姓，蒋深亦因之而号绣谷，并颜其诗集为《绣谷诗钞》，又延王石谷为绘《绣谷园图》，蒋氏姻亲严虞惇作《重修绣谷园记》，记云："夫天下之物，显晦有时，而废兴有数。绣谷之石，晦数百年，而孝廉得之；孝廉之园，废数十年，而树存复之。以是知天下无物可久，而惟文字可以传于无穷。"蒋深之后，绣谷园再度转手，嘉庆中归叶观潮，道光时归谢学崇，旋又归婺源王凤生，至咸丰十年（1860）太平天军至，阊门内数条街巷市肆皆被焚为灰烬，绣谷园遂不复存。

绣谷园归谢学崇时，虽距离蒋垛造园大约一百七十余年，然流风余韵尚在，谢学崇在蒋氏故园中起居颇为适意，《小苏潭词》卷中亦有相关词作，卷二有《壶中天》一阕，小序颇长，兼有意趣："寓旁小园为蒋氏绣谷交翠堂故址，虽门邻阛阓阓，井灶湫偪，飞楼曲榭，已非旧观，而叠石偃翠，蒔花成行，方池游鳞，清莹可鉴，雕笼蓁鹤，嘹空入云。方春和时，脱巾曳履，踞盘石上，煮茗读书，意致翛远，有城市山林之适，我恨不见古人，犹古人不及见我也。"颇有"恨古人不见吾狂耳"之意，其词则有"百年谁是主"句，想来谢学崇亦明白自己仅为过客耳。该卷又有《自题小照》四首，分别为忆母《望云图》、怀父《捧砚图》、叹己《吴门归棹图》、归隐《绣谷栽花图》，每词前皆有小序，略述生平。关于绣谷园归谢氏，此前各处记载仅称"道光时归谢学崇"，此处则记"予于庚辰春解组，至孟冬方挐眷南下，赁庑吴门，浮家泛宅，写此以志岁月。"可知其罢官为嘉庆二十五年（1820），是年三十六岁，次年改元为道光元年（1821），入住绣谷园当是道光初年事。壮年解组，若无感慨几无可能，绣谷园往事历历，栽花放鹤同时，谢学崇亦感慨良多："所居桃花坞绣谷园，为蒋氏交翠堂故址，松桧依然，琴尊屡易，雪泥鸿爪，俯仰迹陈，后之视今，亦犹今之视昔尔。"凡此种种，读来略见心迹。

梁章钜《浪迹续谈》亦记绣谷园旧事，称康熙三十八年（1699），尤侗、朱彝尊、蒋仙根等于绣谷园中作送春会："王石谷、杨子鹤为之图，时沈归愚尚书年才二十七，居末座。乾隆二十四年，又有作后己卯送春会者，则以尚书为首座矣。先是，蒋氏将售是宅，犹豫未决，卜于乩笔，判一联云：'无可奈何花落云，似曾相识燕归来'，而不解其义。迨归叶氏，而上语应，后叶氏转售于谢氏，谢氏又转售于王氏，而对语亦应。一宅之迁流，悉有定数，亦奇矣哉！"

《苏潭图》之递藏若此，绣谷园之流传若此，聚散分合，物恋旧主，冥冥中似有天意，而寒斋所藏谢学崇词集与手迹亦若是，该书卷末有陈运彰及况维琦跋语各一，略述此中因缘。况维琦字又韩，别署小蕙风、凭霄，有《小蕙风词稿》及《凭霄画语》，为晚清四大词人之一况周颐长子，曾问业于姜筠、何维朴，幼承庭训，擅倚声，精绘事，民国间曾任圣约翰大学中国文学系教授。陈运彰为况周颐入室弟子，与况维琦时相唱酬，今时之拍场，时见两人合作之旧物，想见彼时雅聚之频密。陈运彰跋称："又韩善搜奇，既获此书，竟又得谢氏手书，信所谓真眼者。它日有缘，或更遇蕴山墨迹邪。壬辰重九　运彰题记。"末钤"蒙安长寿"白方。况维琦跋曰："闽郭氏尝见《小苏潭词》，诧为孤帙，固知此本难得。顷阅肆，觏一葬书残稿，冠以此序，椒石真迹也，因留之附装卷末。"末钤"况"字小朱方。

陈、况二人题识之后，即谢学崇墨笔书序两纸，所用笺纸为绿格稿纸，版心下有"白云山房"，因知谢学崇尚有此斋名，然此序并非《小苏潭词》序言，乃谢

周礼墓大夫掌凡邦墓之地域为之图令国民族葬正其位一谓之

昭穆以三代上尝堪舆家言也或孝钟卜其宅兆而安厝之即康

政惟葬事大故必卜之傚礼家人物土郊云物秋也

葬者乃葬之甲日也其忌于书荒穆里义葬於谓南章室之

东曰及百年当与夫我墓遂近荷识乱为形家漠友宏

道色书生指其葬地当世为上乞闻佻近父老曰牛眠山污中又

以其次世世二千石坤舆说示死主着電孫夫和之至羊祜析

贺之微邦碟龙弓之隐自岑以障方衍削り世異吕家书

黄帝葬山園及五言和墓请书玉階已此栽五

学崇为姻亲玉峰先生所著《堪舆秘笈》所撰序言，序中有称："玉峰亲家天资恬裕，笃行粹修，中岁弃官，胼茧涉历。既以妥□□□克尽孝慈，又复周览燕齐吴越荆楚，凡山隰形胜，兆域废兴，目识心营，若有神会，载历寒暑，综贯百家，著为《堪舆秘笈》一书，诚教孝之苦心，济人之仁术也。"序言落款为"道光丙戌秋九月姻愚弟谢学崇"，末钤"崇"字白方及"椒石"朱方。玉峰先生未知何人，所撰《堪舆秘笈》亦未知曾否付梓，依题跋所记，况维琦得见此物时，乃"葬书残稿，冠以此序"，嗣后取其序而置其书，则看重椒石手迹，而忽略葬书残稿，或亦不信神鬼之言者。而此刻茶烟渐袅，五卷阅罢，谢学崇暂居绣谷旧园，《小苏潭词》且栖我处，未知他年持卷重温绣谷园往事者，又何人哉？

谢学崇藏书印"崇""椒石"

袁荣法题记《新镌古今大雅北宫词纪》六卷《新镌古今大雅南宫词纪》六卷

《新镌古今大雅北宫词纪》六卷　（明）陈所闻选　陈邦泰辑

明万历三十二年（1604）序陈氏继志斋刻本　袁荣法题记　一函八册

钤印：袁荣法（白文连珠印）、於氏子闇收藏（白方）、熙载平生珍藏（白方）、阮元经眼（白方）、玉霜簃珍藏书画之印（朱方）

《新镌古今大雅南宫词纪》六卷　（明）陈所闻选　陈邦泰辑

明万历三十二年（1604）序陈氏继志斋刻本　一函八册

钤印：袁荣法（白文连珠印）、於氏子闇收藏（白方）、熙载平生珍赏（白方）、阮元经眼（白方）、玉霜簃珍藏书画之印（朱方）

　　某年秋，京剧四大名旦之一程砚秋旧藏再度现身嘉德拍场，此《新镌古今大雅北宫词纪》及《新镌古今大雅南宫词纪》即在其中。该批旧藏上拍前不久，程砚秋旧藏千余册戏曲钞本以550万元售归北京大学图书馆，一度引起媒体热议，吾虽略知程砚秋亦藏书，有藏书室名玉霜簃，却未料及玉霜簃藏书质量竟然如此不俗，颇感意外。程砚秋（1904—1958）原名承麟，满族正黄旗人，后改汉姓，初名程菊侬，又改为程艳秋，字玉霜，取"艳于秋者厥为菊"之意，1932年，有感于时局之变，再次更名为程砚秋，取"砚田勤耕秋为收"之意，并将字"玉霜"更为"御霜"以明志，其书斋"玉霜簃"亦随之更为"御霜簃"，有友人问何以故，答曰欲从此以后，无论舞台上还是生活中，皆不再以"艳"悦人，而要以砚石自

程砚秋

喻，耐经磨炼。事实亦证明程砚秋确如秋菊御霜，于日军侵华期间深居田园，拒绝登台为日本人粉饰太平。

此《北宫词纪》与《南宫词纪》尚未睹原书，仅于图录中见到书影时，吾即心下大喜，决意将其拿下，因早年曾在《西谛书话》中读到郑振铎购此书极为不易，几经拼凑始得完书，故记忆深刻。郑振铎写到："初收的几部，但求其少烂板断板而已。后乃进而求其初印无缺字者，但终不免每卷均有缺页、并页之处。《北宫词纪》卷五及卷六的目录中，间有各附插图一页的。得之，已为之惊喜不置。不意最后乃获初印的《北宫词纪》和《南

明万历三十二年序继志斋刻本《新镌古今大雅北宫词纪》书牌

宫词纪》各半部，《北宫词纪》卷首并有词人姓氏三页，插图四页，但其中仍有并页之处。数年之后，复得一初印的残本，恰好配成全书。其《南宫词纪》卷四的第四十九页、第五十页，各本皆缺者，复于别一本里凑齐之。于是，这部百衲衣似的《南北宫词纪》，乃终于成为一部完整无缺的本子了。像这样完整的《南北宫词纪》，恐怕是很少见的，可能是人间无上的本子也。不讲版本之学的人，其能想像得到，一书之求全求备，乃艰苦至此乎？"

就该书而言，寒斋书缘似乎不错，西谛先生笔下如此难得之本，寒斋竟然先后收得《北宫词纪》一部、《南宫词纪》两部，可谓完璧。此本全书两函十六册，《北宫词纪》《南宫词纪》各一函八册，其中《北宫词纪》恰如西谛先生所记，卷六目录间附有插图一页，然此"一页"准确说来应当为"两个半页"，因其分别刊刻于目录第一页的B面，以及目录第二页的A面，两页平铺时，合为一帧完整插图，图中所绘乃一仕女倚栏独坐，轻抚香腮若有所思，眉目间若颦若笑，曲栏杆外，则

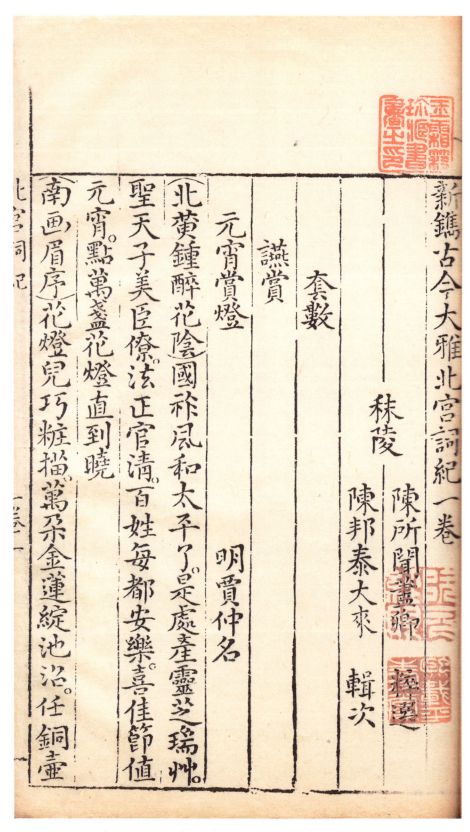

新鐫古今大雅北宮詞紀一卷

秣陵　陳所聞蓄鄉
　　　陳邦泰大來　輯次

套數

諢賞　　　　　　　明貫仲名

元宵賞燈

〔北黃鍾醉花陰〕國祚鼠和太平了是處產靈芝瑞艸

聖天子美臣僚法正官清百姓每都安樂喜佳節值

元宵點萬盞花燈直到曉

〔南畫眉序〕花燈兒巧粧撋萬朵金蓮綻池沼任銅壺

北宮詞紀

一三二一

芍药星斗，流水月圆，望而有闺怨之意，仕女衣着发式皆明人装束，与清代人物小像截然不同。因西谛先生言及卷五，故亦翻去卷五目录处，惜插图阙如，然未知何故，此卷之残损程度远较其他卷帙为重，最末数页虽经修补，但仍有部分文字残佚，故有人以墨笔小楷精心描补缺处，以成全书。初以为此卷为配本，然卷中又有朱笔圈点，与他卷笔墨相同，当出自同一读者，故又似不当为配本。

吾曾猜测此为袁思亮旧藏，因程砚秋得此本，乃袁荣法所赠，而袁荣法又得袁思亮旧藏，以此推论，此本出自刚伐邑斋极有可能。袁思亮（1879—1939），字伯夔，一字苏孙，号蘉庵，湖南湘潭人，光绪二十九年（1903）举人，继而荐礼部未售，未久清廷废除科举，兴办新式学堂，遂纳赀为道员，因出资兴学获朝

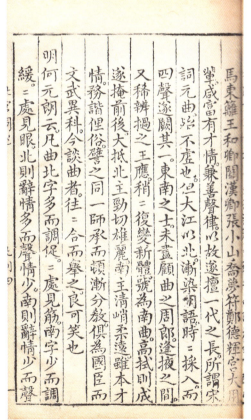

明万历三十二年序继志斋刻本　　　　　明万历三十二年序继志斋刻本《新镌古
《新镌古今大雅北宫词纪》序言　　　　今大雅北宫词纪》序言"渐染胡语"

廷嘉奖，又因大臣举荐，任农工商部郎中丞参上行走。民国二年（1913），乡人熊希龄出任北京政府内阁总理，聘其为印铸局局长，袁世凯复辟后，辞官隐居沪上，与叶景葵为邻，日以讲求版本为悦。郑逸梅曾有文章记其人，称："性和厚，爱文士若骨肉，无贵介习，士林称之。顾其人体肥硕，权之得二百数十磅。而诗笔超旷，长于比喻而恣谐谑，绝类东坡。友好戏以昔人'郎似桐花，妾似桐花凤'故例调侃之曰：'诗似东坡，人似东坡肉'。凡识思亮而想象其神情，无不为之喔噱。"

袁氏藏书渊源有自，先世藏书最著名者乃道咸间袁芳瑛（1811—1859），其卧雪庐所藏之富且精，令时人惊叹不已，李盛铎称："袁漱六之藏书，其盛为二百年来未有。"叶昌炽则于日记中记："光绪壬辰十一月初四日，至木斋寓，长谈袁漱六藏书之富，恬裕、丽宋、海源三家皆不能及。"晚清四大藏书楼中有三家不能及之，吾难以想见其盛况，惜卧雪庐所藏并未延至袁思亮这一代，袁芳瑛因替曾国藩运书返乡，病逝途中，所藏经其子售于书贾，后运至琉璃厂火神庙，引得京师一众爱书者皆食指大动，缪荃孙尝记当时情景："光绪壬申袁漱六前辈卧雪庐藏书来厂肆火神庙，名钞日校，触目琳琅。而价极昂，荃孙境又极窘，无计得之，又不能自已，心跃跃然，目炯炯然，逐日蹒跚书城之侧，寝食俱废。"袁思亮之父袁树勋曾任山东巡抚、两广总督，家有潜庐藏书及《潜庐藏书目》，自云："先君子赍志以殁，楹书数百卷留奔后人。洎树勋十五六，朝暮出入里塾，途中见列肆有旧书必购归，渐次积聚。至戊子庚辛数载之中，遂增前十之六七。自近岁泰西石印之法行，书值少廉，寒士购之亦少易，树勋所得书院奖银，尽付书库。"

及至袁思亮，藏书处有刚伐邑斋，伦明《辛亥以来藏书纪事诗》及王謇《续补藏书纪事诗》中皆有赋及，伦明所赋为："一苏斋变两苏斋，可惜双龙不获偕。东坡微笑昌黎哭，世綵堂空失所依"。王謇所赋为："雪松书屋继卧雪，拾经楼续观古堂。长沙自有传家业，小叶小袁孰比量。"不佞移录两首纪事诗于此，因所记皆与寒斋略有因缘。伦明诗中"东坡微笑"，指南宋嘉定六年（1213）施宿所刻淮东仓司本《施顾注苏诗》，该书于书界中可谓"神书"，乃现存最早东坡诗集，曾经安国、毛晋、徐乾学、宋荦、揆叙、翁方纲、吴荣光、叶名澧、潘仕诚、邓邦述等名家收藏，嗣后辗转归于袁思亮刚伐邑斋，不料某日不戒于火，绛云之炬移来袁宅，刚伐邑斋所藏泰半化为灰烬，袁思亮于众书中独惜此本，痛心疾首几欲以身殉书，家人遂拼死于火中抢出此书，幸而各册虽书脑书脊等处受损严重，却于正文

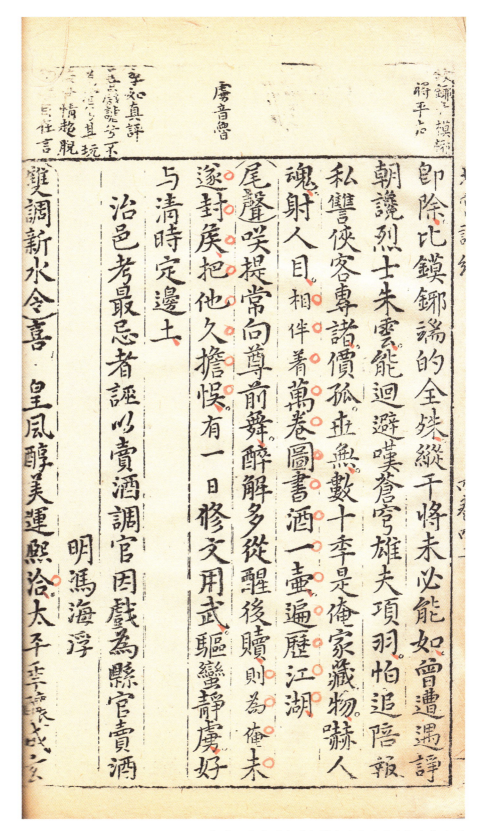

明万历三十二年序继志斋刻本《新镌古今大雅北宫词纪》内页

明万历三十二年序继志斋刻本《新镌古今大雅北宫词纪》版画

影响不大，是书过火而不毁，皆云如有神物护持，遂成书界之神话。近百年过去，人事变迁，袁思亮旧藏《施顾注苏诗》如今分藏三处，被人戏称是"两岸三地"，其中第四十二卷《和陶诗》得东坡移爱，归来寒斋，为吾梦中安神之物，此即吾与袁思亮之小因缘也。

袁思亮隐居沪上后，又筑起雪松书屋继续藏书，王謇诗注称："寓上海，筑雪松书屋，藏宋元本极多，若正德本、活字本《太平御览》等数种已不称上驷矣。其从子帅南，于二十年前往香港，尽携雪松书屋书以行。"诗中"小袁"指袁思亮从子袁荣法，其字帅南，号沧洲，幼而早孤，由母亲王氏悉心教育，民国二十六年（1937）日寇侵华，时有世交前辈劝其出任伪职，皆严辞拒之，又取韦苏州"孤抱莹玄冰"之意，将室名取作"玄冰室"，闭门侍母读书，以明其志，所著有《湘潭袁氏家集》《沧洲诗稿》《玄冰词》《湖南词征》及《唐宋词曲宫调经见表附考略》。民国二十八年（1939）袁思亮去世，雪松书屋所藏尽归玄冰室，民国三十七年（1948），王氏弃养，袁荣法举家赴台，玄冰室中所藏约百分之五随行，以为避秦之遣，此百分之五中，除版本精绝者外，多为乡贤著述。1976年夏，袁荣法在台北去世，后人尊嘱将玄冰室中携往台湾者，除先人手泽之外，悉捐台湾"中央图书馆"。

吾与袁荣法之小因缘，即此《北宫词纪》与《南宫词纪》也，其中《北宫词纪》卷前有袁荣法墨笔题记一页：

> "御霜自旧都来，篝灯话廿年来事，相与黯然者久之，因成蝶恋花一阕为赠，即奉正可：
>
> 唐马冲泥风细细，路转平桥，杨柳和烟醉。一带阑干斜照里，尊前替写歌中字。　　莫道年时如隔世，却恐新来，都是凄凉意。唱彻哀弦心自碎，人间多少荒山泪。
>
> 御霜来时以蜜果梨膏见贻，今濒行矣。遂举此帙奉貽，并录小词如右。戊寅十月初八日沧洲记于沪壖之玄冰室灯下。"

戊寅为民国二十七年（1938），御霜即程砚秋。程砚秋四十岁生日时，袁荣法曾作《临江仙》为之贺寿，词云"忆昔我童君未冠，青衫绿鬓嵯峨"，可见二人相识极早。检《程砚秋史事长编》，时见二人书信往来，《长编》1938年11月29日记载，"袁帅南先生于砚秋离沪前夕，赠予砚秋《北宫词纪》一函，并题词书首"，下附《蝶恋花》原词及前后题记，又记"砚秋率秋声社在沪演出，从10月26日至12月1日，共演37天，40场，最后应上海难民救济协会之请加演义务戏三场，即北返。"

《程砚秋史事长编》所云《北宫词纪》，即吾得于嘉德之本。该书内容兼收元、明两代作者散曲三百二十余套，计元人五十六家，作品约八十篇，余皆明人作品，题材颇广，分为宴赏、祝贺、栖隐、送别、旅怀附悼亡、咏物、宫室、美丽、闺情等类，每类之下再按宫调排列，而描写男女相慕者尤多。卷首刻有"陈所闻荩卿粹选，陈邦泰大来辑次"，二者皆明代南京人。陈所闻字荩卿，嘉靖二十五年（1546）举人，曾任玉山知县，解职后寄情山水，在南京与李登、王元坤等成立"白社"，诗酒唱和，又曾为徽州剧作家汪廷讷刻刊戏曲，除该书外，陈所闻尚创作有《金门大德记》《相仙记》《金刀记》《诗扇记》传奇以及《王子晋缑岭吹笙》等杂剧，今均不传，仅存目而已。陈邦泰即刻书者，有继志斋书坊，其刻书活动大致在明万历中期，所刻多为明人剧作，如汤显祖《紫钗记》、张凤翼《红指记》、沈璟《红蕖记》等，亦有少量元人杂剧，如马致远《汉宫秋》、白朴《唐明皇秋夜梧桐雨》等，所刻之元、明两代剧作，有出处可查者现存二十八种，多收于《古本戏曲丛刊》及《六十种曲》中。

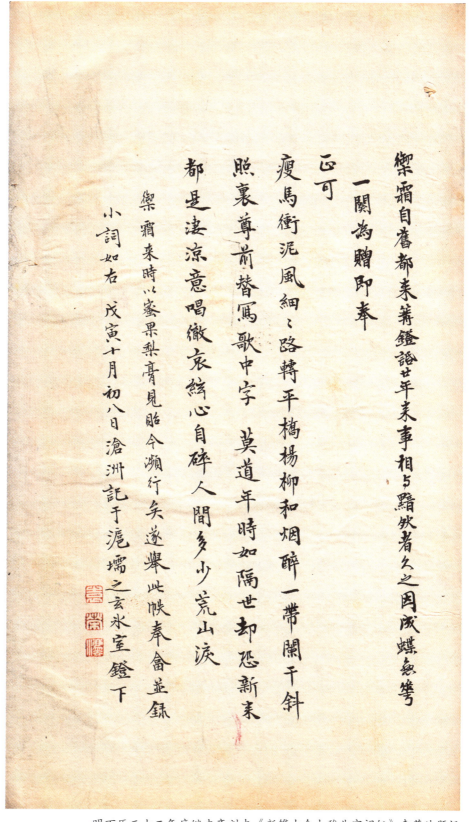

御霜自舊都来籌鑑謟廿年来事相与黯然者久之因成蝶戀箏

一闋為贈即奉

正可

瘦馬衝泥風細～路轉平橋楊柳和烟醉一帶闌干斜

照裏尊前替寫歌中字 莫道年時如隔世却恐新来

都是凄涼意唱徹哀絲心自碎人間多少荒山淚

御霜来時以蜜果梨膏見貽今瀕行矢遂舉此帙奉畬並錄

小詞如右 戊寅十月初八日滄洲記于滬壖之玄冰室鐙下

明万历三十二年序继志斋刻本《新镌古今大雅北宫词纪》袁荣法题记

程砚秋藏书印"玉霜簃珍藏书画之印"

该书牌记已佚，然前有万历三十二年（1604）龙洞山农及朱之蕃序言，可知大概刻书时间，序言略述辑选该书之背景，以及辑选原则："北曲昉自金元，摹绘神理，殚极才情，足抉宇壤之秘。逮至国朝，作者无虑充栋，大都音节既乖，鄙俚复甚。试观《雍熙乐府》等刻，囊括虽多，然合典刑者，才什一耳，至有三四名家，又未具载，不佞惜焉。同社陈荩卿氏慨慕胜国诸君子遗风，新声力追大雅，凡古今词娴而法不失矩矱者，悉采入梓，成若干卷，命曰《词纪》。"朱之蕃序言后有《凡例》数页，列明入选标准，须"语意俱高为上，短章辞既简，意欲尽，长篇要腹饱满，首尾相救。造句必俊，用字必熟，文而不文，俗而不俗。要耸观听，格调高，音律和，衬字无，平仄稳。"倘若以此标准来视今文，十之八九皆遭摒弃，则文学之发展，退乎？进乎？吾无语矣。

此书虽刻于明代万历年间，书版却一直保存至清代仍有刷印，吾得之本即入清之后所刷者，即郑振铎先生所云之后印本。清代避讳远较明代禁严，不仅帝王名号需要避讳，连孔丘之"丘"字亦常缺笔，又因相对汉族而言，满族为异族，故"胡"字亦须避讳。该书书版因刻于明代，故清代所避之字皆如常，入清所刷者，遇避讳处，书版则或挖或改，与初印本之清整迥异。《凡例》中有"所用胡乐嘈杂"，此处"胡"字剜去，却并未补刻，惟余一空白。又有"大江以北，渐染胡语"，此处"胡"字亦剜，刷印者或欲以他字代替，惜模糊不清，未辨何字。李一氓先生亦曾藏《北宫词纪》后印本，对该书之喜好却与西谛先生绝然不同，称该书"翻来翻去，实非一部好书"，认为后之刷印该书者，于当时之避讳实际敷衍而已，凡例中"胡"字虽然剜去，正文中却每见"胡""蛮夷""戎狄"等字。如此视之，后之刷印该书者，的确极为潦草。卷五又有马致远《还京乐》，其中"不惟皓齿明眸"句中，"惟"字为墨等，然此字并非避讳字，故该墨等何意，未可知也。

《南宫词纪》与《北宫词纪》为姊妹篇，合称为《南北宫词纪》。《南宫词纪》所收大多为明人所作之南曲，亦偶见元人所作，卷一至卷三为套数，卷四至卷六为小令，亦按题材分为美丽、闺怨、咏物等类，类下按宫调排列，卷前有万历三十三年（1605）秣陵俞彦识语，次为《刻南宫词纪凡例》，称"北曲盛于金元，南曲盛于国朝。南曲寔（实）北曲之变也。"此"国朝"指朱明也。正如李一氓所言，后之刷印于前朝避讳敷衍而已，此处并未做任何剜改。《凡例》又声明"纪内点板，皆依前辈旧式，如娇莺儿、四块金之类，考订未确，不敢妄点"，足见陈所闻、陈邦泰二人之认真。

　　此本又有"於氏子闿收藏""熙载平生珍赏""阮元经眼"及"玉霜簃珍藏书画之印"诸记，足见递传有序。於氏子闿未识何人，熙载则为清道咸时期篆刻家吴让之，与阮元同为仪征人，可知该书在清中期曾经递传于江苏仪征一带，今则暂居京城，为吾持卷。因《凡例》列明悬格特严，不免读时心生恭敬，卷中有朱笔圈点，未知当年识者何人，又不免于圈点处多望两眼，孰料于行间一眼看到"万卷图书"四字，心下又是一喜。近年因写书跋事，翻书每较往年为细，已因此读到数位未见记载之藏书家，如撰《楼山堂集》之吴应箕等。细读此曲，却是元人施君美《梁州第七·咏剑》："金错落盘花扣挂，碧玲珑镂玉妆束，美名儿今古人争慕。弹鱼空馆，断蟒长途，逢贤把赠，遇寇即除。比镆铘端的全殊，纵干将未必能如。曾遭遇诤朝逸烈士朱云，能回避叹苍穹雄夫项羽，怕追陪报私仇侠客专诸。价孤，世无，数十年是俺家藏物。吓人魂，射人目，相伴着万卷图书酒一壶，遍历江湖。"壮则壮矣，实与藏书无涉，吾于十八般兵器皆为陌路，读罢略有所失，又哂自己太过痴迷。

　　数卷读完，日已向暮，三月谷雨时节，楼下紫藤传香细细，念及数日前有花解语唤彩鸾者，建议吾至虎坊桥阅微草堂处求紫藤分株，回来移植，谓"可续四库佳话也"。

袁荣法藏书印"袁荣法"

吴梅题记《吴吴山三妇合评牡丹亭还魂记》二卷《或问》一卷

《吴吴山三妇合评牡丹亭还魂记》二卷《或问》一卷

（清）陈同、谈则点评　钱宜参评

清康熙三十三年（1694）钱氏刻本　吴梅题记　一函四册

钤印：灵鹍（朱方）

　　此吴梅旧藏《吴吴山三妇合评牡
丹亭还魂记》上下卷，后附《或问》一
卷，一函四册，第四册封面有其庚戌八
月题记，是年为宣统二年（1910），时
吴梅廿七岁。吴梅（1884－1939）字瞿
安，一字灵鹍，晚号霜厓，江苏吴县人，
历任东吴大学、中央大学、北京大学教
授，民国二十六年（1937）"八一三"沪
战爆发，吴梅取道湖南迁至云南，殁于
旅次，四十六年后归葬苏州。吴梅一生
痴迷于曲，毕生著述多与曲相关，尝作
传奇十四种，又撰有《诗录》《词录》
《曲录》《曲学通论》《词学通论》
《南北词简谱》《顾曲麈谈》《中国戏
曲概论》以及《奢摩他室曲从》等，不
仅著作等身，门下桃李亦众，最著名者
有任中敏、唐圭璋及卢前等。

吴梅像

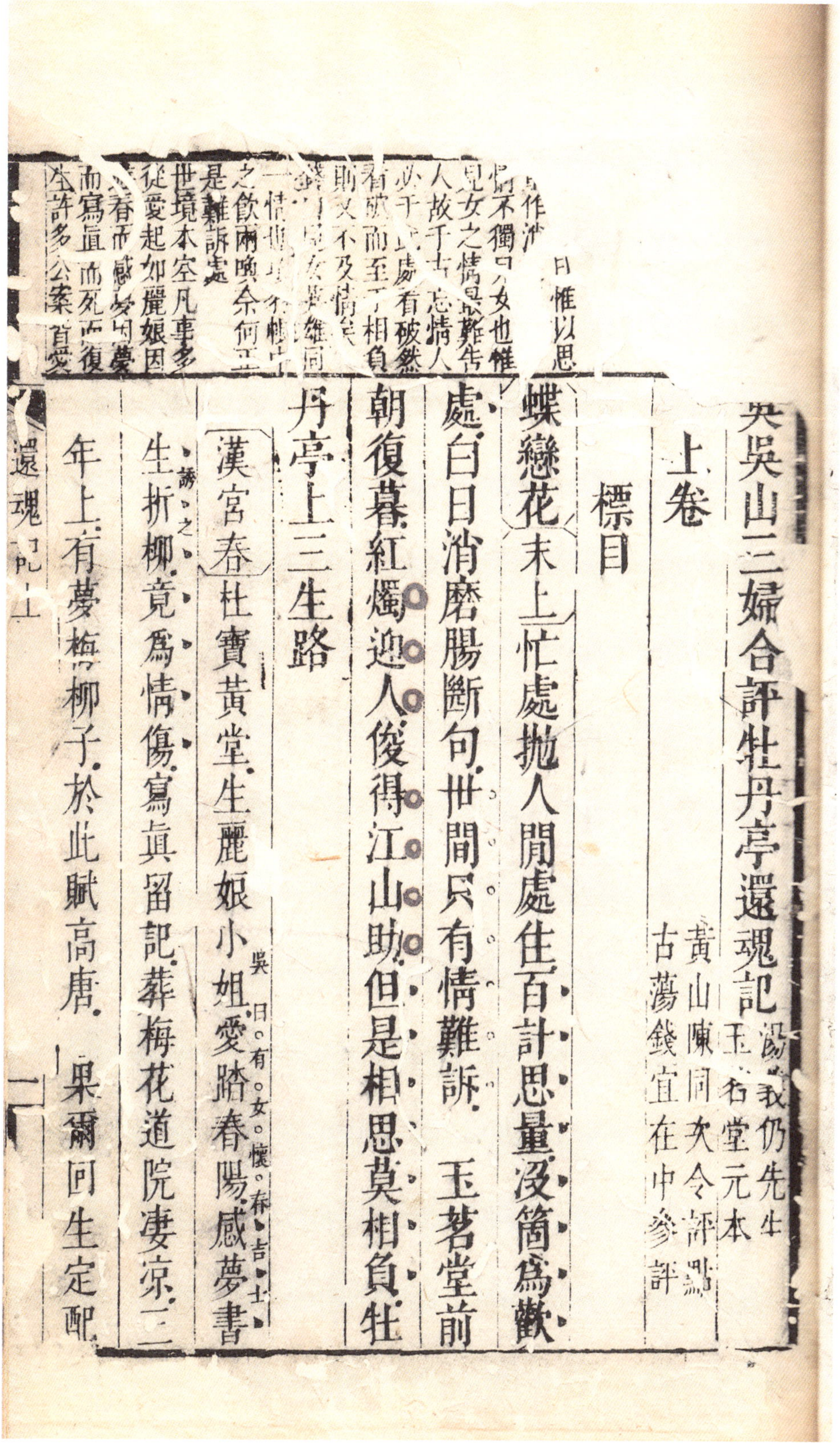

吳吳山三婦合評牡丹亭還魂記

湯義仍先生　玉茗堂元本
黃山陳同　次令評點
古蕩錢宜　在中參評

上卷

標目

蝶戀花（末上）忙處拋人閒處住百計思量沒簡為歡
處白日消磨腸斷句世間只有情難訴　玉茗堂前
朝復暮紅燭迎人俊得江山助但是相思莫相負　牡
丹亭上三生路

漢宮春（杜寶黃堂生麗娘小姐愛踏春陽感夢書
生折柳竟為情傷寫真留記葬梅花道院凄涼
年上有夢梅柳子於此賦高唐　果爾回生定配

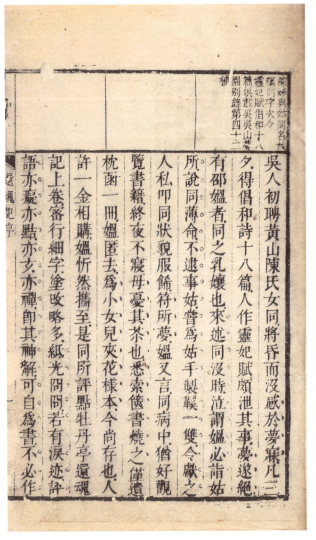

清康熙三十三年钱氏刻本《吴吴山三妇合评牡丹亭还魂记》内页

吴梅虽以曲学大师著名，藏书亦颇具规模，苏精先生《近代藏书三十家》中有吴梅奢摩他室，可见其藏在苏精先生心目中，至少可列前三十位。其藏书室有奢摩他室及百嘉室，两室各有专藏。"奢摩他"为梵语"止寂"音译，有禅定之意，奢摩他室主要以收藏戏曲、传奇类为主，至民国十七年（1928）时室中聚书六百余种，其藏曲之富，一时无两，其中又多有精品，如元刻《琵琶记》，曾经黄丕烈、翁同龢、端方等递藏。又因版本不同，往往有一书而收数本者，以作校勘研究之用。吴梅对己藏亦颇自负，于日记中称"所有传奇曲目，泰半在奢摩他室矣"。百嘉室则为专收明嘉靖本而设，门生卢前曾记："'奢摩他室'者，先生斋名，在苏州蒲林巷，室居厅左偏。厅后有'百嘉室'，以藏百种嘉靖本而得名。先生尝选印所藏书本曲籍，凡一百五十种，曰《奢摩他室曲丛》，以是知奢摩他室者，多于百嘉室。"晚清民国时期，收藏嘉靖本为一时风尚，除吴梅有百嘉室外，以收藏一百部嘉靖本而为名号者，尚有陶湘之百嘉室，邓邦述之百靖斋等，近代又有黄裳先生，曾治小印"黄裳百嘉"以明心意。然或因财力不足，吴梅之百嘉室并未达成心愿，郑振铎尝记其人其事，称"他榜其书斋曰百嘉室，意欲集合一百种明嘉靖刊本于此室，但似乎因为力量不够，一百种的嘉靖本始终没有足额。"

吴梅虽出身书香门第，早年却并不宽裕，因父亲早亡，母亲为生计故，不得不吴梅藏书印"灵鹣"

将祖上藏书变卖，据《瞿安日记》载，其收书始于光绪二十六年（1900）前后，大约十年，聚书即得两万余卷，其中尤多曲籍，其遗嘱中亦曾详述聚书之事："余生寒俭，无意藏弆，而朋好中颇有嗜旧刊者，朝夕薰染，间亦储存一二。始则乾嘉校订诸本，继及前代珍秘诸书。架上日丰，箧中日啬，饕餮不继，室人交谪，此境习以为常也。嗣后授徒北雍，闻见益广，琉璃厂、海王村、隆福寺街，几无日不游，游必满载后车。自丁巳以迄壬戌，六年所得，不下二万卷。航海南归，插架益富，而宋元旧椠，仍不敢搜集。一则财力不足；二则京兆贵官，沪滨大贾，室中必有一二种以昭风雅，余无暇与之争胜也。"吴梅对于所藏并不秘密，且乐于分享，为让更多人能够看到奢摩他室中珍本，瞿安先生于宣统二年（1910）将吴梅村《临春阁》《通天台》与自著《暖香楼》合为一册，命名为《奢摩他室曲丛》第一集付梓行世，此为其首次编刊曲集，民国十一年（1922）又选刻《古今名剧选》，数年后又选择一百五十二种交付商务印书馆，计划分期影印《曲丛》。

然兹事未葳，却逢"一二八"事变，涵芬馆被日军轰炸，存于馆内的《曲丛》部分底本亦遭焚毁，数十年心血毁于一旦，吴梅痛心疾首，反复念及，日记中载："二十年奔走南北，仅此数卷破书，苟付劫灰，吾心亦灰矣！"又于《饮虹簃所刻曲》序言中称："三十年搜集苦心，一夕烈焰荡灭者十五。嘉靖间倭乱，恐无斯酷也。"并感慨"藏之愈富，亡之愈速"，甚至将兵厄归之于戏曲，在致郑振铎信中称"曲者不详之物也"。也许因为涵芬楼之劫彻底催毁其藏弆信念，不久瞿安即将所藏曲籍撰成《瞿安藏曲目》，并有散书之意。

此《吴吴山三妇合评牡丹亭还魂记》未知是否彼时散出，吴梅墨笔题记为："陈、谈评语久已亡佚，吴山《或问》中小记之。今上方评句皆钱氏笔也。末后又有洪之则跋一首，兹不载，想是脱简。洪为昉思女，早寡，与冯又令善，吴山、昉思有通家之谊，故称吴山为叔。是书世鲜别本，当时颇风行，今罕见矣。《昭代丛书》曾经采录，仅刊序跋及《或问》十七则而已。庚戌八月得之护龙街博古斋。长洲吴梅识。"末钤"灵鹣"朱方。是年吴梅任东吴大学提调，事务较为清闲，暇时攻读词曲，阅肆购书，《奢摩他室曲丛》第一集即为此时付梓。

该书为清初钱塘布衣吴人前后三位室人对《牡丹亭还魂记》之点评合集，吴人，又名吴仪一，字舒凫，因所居曰吴山草堂，故又字吴山，其三位室人分别为黄山陈同、清溪谈则及古荡钱宜，其中陈同为其未婚妻，将欲过门时病殒，其字次令，酷爱诗书，尤喜读《牡丹亭》，曾赋七绝："昔时闲论《牡丹亭》，残梦今

三婦評本牡丹亭　四終

陳談評語久已亡佚吳山或問中亦記之今上方評句
皆錢氏筆也末後又有洪之則跋一首竝不載想
是脫簡洪為昉思女早寡亦馮又令善吳山昉里有
通家之誼故稱吳山為叔是書世鮮別本當時頗風
行今罕見矣昭代叢書曾經采錄僅列序跋及或問
十七則而已康戌八月得之護龍街博古齋

長洲吳梅識　[印]

清康熙三十三年钱氏刻本《吴吴山三妇合评牡丹亭还魂记》吴梅题记

知未易醒。自在一灵花月下，不须留影费丹青。"康熙四年（1665），陈同一病不起，母亲忧其耗神，竟将箧书一举烧之，陈同惟将一册《牡丹亭》悄悄藏于枕下，日夜相伴。陈同病逝后，乳娘受托前来面见吴山，将陈同亲手所制鞋交于吴山，并述临终事，又称陈同私匿枕下之《牡丹亭》，现为乳母小女之夹花样本，吴山以一金相许，请乳母转赠此本，始见该书上卷多有眉批、夹注，"密行细字，涂改略多。纸光冏冏，若有泪迹"，惜仅有上卷，而下卷不存。

康熙十一年（1672）吴吴山娶谈则为妻，谈则字守中，亦出身书香门第，著有《南楼集》三卷，适吴山后偶见陈同评点本《牡丹亭》，顿时爱不释手，与陈同遂成神交，又仿陈同意补评下卷，然下卷点评完毕之后，以闺阁之名不便闻于外为由，并未付梓，仅于闺中出示给外甥女一观。三妇评点本前附有谈则小记，称："适夫子游茗云间，携归一本，与阿姊评本出一版所摹。予素不能饮酒，是日喜极，连倾八九瓷杯，不觉大醉，自晡时卧至次日日射幔钩犹未醒。斗花赌茗，夫子尝举此为笑噱。于时南楼多暇，仿阿姊意评注一二，悉缀贴小签，弗敢自信矣。积之累月，纸墨遂多。"此段读来，谈则性情顿现，其豪而雅，竟然令吾想起易安居士，而想起易安居士时，却是一句"九万里风鹏正举，风休住，蓬舟吹取三山去"。

恰如《牡丹亭》中所唱者，良辰美景奈何天，赏心乐事仅三年光阴，谈则亦病逝，与陈同泉下相会去也，又阅十余年，吴山于亲友催促劝说下，续娶钱宜。钱宜字在中，据称来归时仅粗通文墨，不堪晓文义，然聪明好学，以三年之期学完《文选》《古乐苑》《唐诗品汇》诸书。某日开启箱笼偶见陈同、谈则点评之《牡丹亭》，遂"怡然解会，如则见同本时，夜分灯炧，尝敧枕把读。"与陈同、谈则二人不同者，钱宜出身非书香门第，故并不忌讳闺阁文字不传于外，反而力主刊刻陈同、谈则之评，并愿典钗以充梨枣之资。吴山感其情切，遂应此事，于康熙三十三年（1694）刻成《吴吴山三妇合评牡丹亭还魂记》上下二卷，除陈同、谈则点评之外，钱宜亦"偶有质疑，间注数语"，后又附钱宜《或问》十七篇，厘为一卷。

吾检寻该书资料至此，不禁将注意力由三妇转向吴吴山，是何等因缘，让其连遇三位如此有情有义兼有文采之佳室。吴山序称："念同孤冢埋香，奄冉十三寒暑，而则戢身女手之卷，亦已三度秋期矣。怅望星河，临风重读，不禁泪潸潸下也。"钱宜续记："此夫子丁巳七月所题，计予是时才七龄耳，今相距十五。稔二姊墓树成围，不审泉路相思光阴何似。若夫青草春悲，白杨秋恨，人间离别，无古无今。兹辰风雨凄然，墙角绿萼梅一株，昨日始花，不禁怜惜，因向花前酹酒，呼陈姊谈姊魂魄，亦能识梅边钱某，同是断肠人否也？"一部《牡丹亭》，四位痴情种，怅恨绵绵延续廿余年，叫人如何不感。然依旧时语境，钱宜所记语颇不祥，有断肠薄命之谶，其称丁巳年才七龄，可知生于康熙九年（1670），《吴吴山三妇合评牡丹亭还魂记》刻于康熙三十三年（1694），是年钱宜二十五岁，嗣后再未见记载，未知卒于何年，惟《郎园读书志》中略有踪迹可寻。

《吴吴山三妇合评牡丹亭还魂记》之点评原稿本一度为叶德辉所得，《郎园读书志》卷十六有跋语一篇，起语为"此吴仪一《吴山三妇人所评还魂记》真迹"，继而详记图章印文，续称"此书朱印累累，皆吴山印记。其书确为本人旧藏，朝夕披阅之本。……然其印有'吴鳏叟'之称，则是钱宜亦久不在室，红颜薄命，有同慨焉。"然钱宜命运毕竟较陈同、谈则二人稍好，生前至少育有一子，三妇合评本卷末有钱宜《还魂记纪事》，称"甲戌冬暮刻《牡丹亭还魂记》成，儿子校雠讹字，献岁毕业"，惟刻书时钱宜亦仅廿五岁，其子当尚在髫龄也。《或问》卷末有其跋，文末称"因顾谓儿子向荣曰：凡读书一字一句，当深绎其意。"可知其子名向荣。

叶德辉所得因系原稿本，故未得读吴山序言及若干小记，颇不解陈同何以在未适吴山之前，先评吴山之书，误以为三妇点评底本原为吴山所有，又因上卷为陈同评点，下卷为谈则评点，各分一卷，揣测似是三妇相处一室而分派者，却又自语"然亦无此评书之法"，是故郎园先生得出结论："窃疑吴山好事，因前二妇故去，搜其遗箧，得此一书，而属人过录藏本之上，或即钱氏为之亦未可知。"郎园先生识此书时，正值辛亥年八月，武昌起义第七天，彼时四郊多垒，其人弦诵依然，郎园先生妻妾成群，想来其中当无如吴氏三妇者，吾亦无。

吾实俗人，得睹是书，惟沉迷于三妇之情痴，于杜丽娘、柳梦梅爱情故事之起伏、词曲章句之华彩全无兴趣，远不若吴梅先生之潜心研究。灵鹣先生封面题记所称洪之则，为戏曲家洪昇之女。洪昇（1645－1704）字昉思，号稗畦，曾创作《长生殿》，与汤显祖《牡丹亭》、王实甫《西厢记》、孔尚任《桃花扇》并称为中国古代四大名剧。洪之则出身于戏剧名家，据称为洪昇知音，曾手校《长生殿》。冯又令即冯娴，知县冯仲虞之女，嫁于诸生钱廷枚，著有《和鸣集》《湘灵集》，为清初蕉园诗社成员之一，尝自云"吾与吴氏三夫人为表妯娌"。此本洪之则跋语已佚，冯又令跋尚存于最末一页。彼时钱宜刻书前，尝于梦中见丽娘不语回眸，醒后

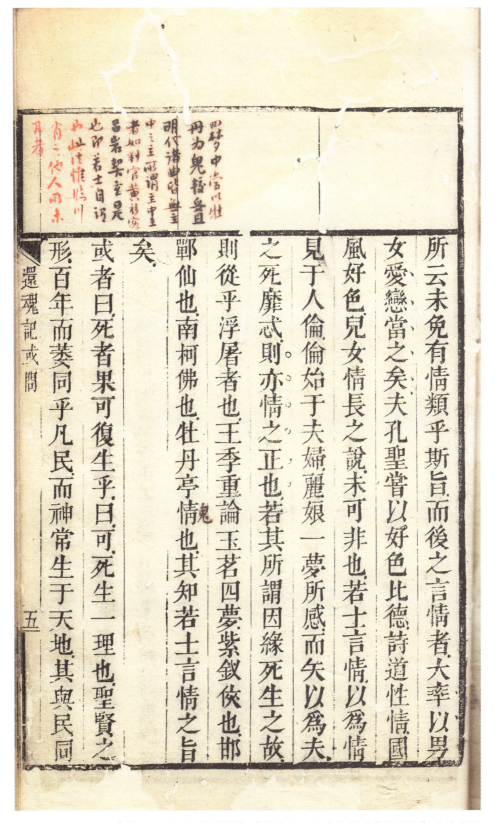

所云未免有情類乎斯旨而後之言情者大率以男

女愛戀當之矣夫孔聖嘗以好色比德詩道性情國

風好色見女情長之說未可非也若士言情以爲情

見于人倫倫始于夫婦麗娘一夢所感而失以爲夫

之死靡忒則亦情之正也若其所謂因緣死生之故

則從乎浮屠者也王季重論玉茗四夢紫釵俠也邯

鄲仙也南柯佛也牡丹亭情魂也其知若士言情之旨

矣

或者曰死者果可復生乎曰可死生一理也聖賢之

形百年而蔡同乎凡民而神常生于天地其與民同

明代諸曲皆無至

丹为鬼猶旦旦

中之主既謂主中聖

者如判官黃衫等

呂喦梨童是

也印若士自語

山仙使惟臨川

肯言他人耳朱

耳者

依照梦境绘成丽娘小像，并赋诗一诗："暂遇天姿岂偶然，濡笔摹写当留仙。从今解识春风面，肠断罗浮晓梦边。"冯又令跋语即为丽娘小像而作，其云："今观钱夫人为杜丽娘写照，其姿神得之梦遇，而侧身敛态，运笔同居中法；手搓梅子，则取之偶见图第一幅也。昔人论管仲姬墨竹梅兰，无一笔无所本，盖如此。"复观之小像，果真姿神娴静，如梦中人，钱宜以粗通文墨始，至擅长丹青终，想见其好学若此。

此本灵鹣先生手泽除封面外，尚有《或问》第五页眉端朱笔眉批："四梦中当以《牡丹》为'鬼'较妥，且明代诸曲皆无主中之主。

清康熙三十三年钱氏刻本《吴吴山三妇合评牡丹亭还魂记》版画

所谓主中之主者，如判官、黄衫客、吕岩、契玄是也，即若士自谓如此法，惟临川有之，他人所未及者。"此语盖因钱宜文中引王季重对"临川四梦"之评语："王季重论玉茗四梦，《紫钗》侠也，《邯郸》仙也，《南柯》佛也，《牡丹》情也，其知若士言情之旨矣。"灵鹣又于正文中"《牡丹》情也"处，以朱笔于"情"侧书一"鬼"字。未读吴梅此语，尚不觉王季重之评有甚不妥，然一字之正，顿觉熨帖，"侠、仙、佛、鬼"四字，皆非人之人，并列一处，望之齐整，而"情"字乃无相之法门，立于"侠、仙、佛"侧，颇不类也。是故读《牡丹》者众矣，而吴梅先生独得其心。

佚名批校民国钞本
《挂枝儿》不分卷

《挂枝儿》不分卷　绿窗主人辑

民国续修四库全书馆钞本　佚名批校　《续修四库

全书总目》黑格抄书纸　一函一册

续修《四库全书》实乃好事多磨。自光绪十五年（1889）翰林院编修王懿荣最早上疏奏请后，翰林院检讨章梫于光绪三十四年（1908）再次提出增辑《四库全书》，然因时局不稳，正值多事之秋，故虽有多人附议，续修之事并未实施。入民国后，金梁奉命编撰文华、武英二殿陈列古物目录，于民国八年（1919）建议校印《四库全书》，并编纂《四库》后出书目，然时局依然不称，兹事仍然未有进展。民国十三年（1924），商务印书馆为纪念建馆三十周年，提出影印《四库全书》，并以印书盈利作为续修《四库全书》之经费，此语既出，响应者众，纷纷献计，然随着商务影印计划的流产，各种主张渐渐声息。民国十六年（1927），奉天地方

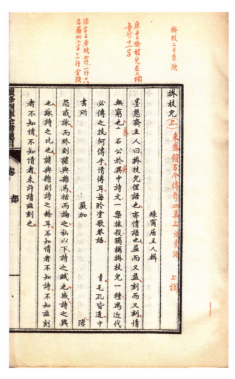

民国续修四库全书馆
钞本《挂枝儿》卷首

191

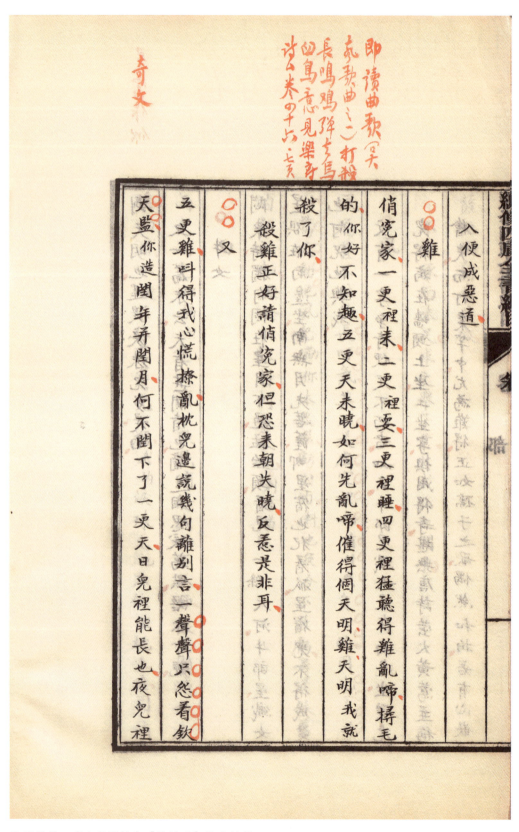

民国续修四库全书馆钞本《挂枝儿》佚名批校

政府筹备影印文溯阁《四库全书》，伦明再次提起续修之事，并在当地正式成立文溯阁《四库全书》校印馆，除拟议影印、校雠外，还决定续修《四库全书》，并请伦明辑成《续修总目》一万多种，作为续修基础，但由于影印之事半途而废，续修之事再次不了了之。

民国十四年（1925），日本政府与当时的段祺瑞执政府成立东方文化事业总委员会，利用日本退还的庚子赔款续修《四库全书》，于1931年完成书目拟定，计划收书2.7万余种，并聘请学者撰写提要，1942年太平洋战争爆发，日本方面财政拮据，无力继续支付庚子赔款，撰写提要之事遂止。1945年抗日战争胜利后，《续修四库全书总目提要》书稿由中国科学院图书馆收藏。

关于续修的收书范围，几经商议，最后定下主要范畴，包括《四库全书》未收书，以及乾隆以后新出各书，又因乾隆修书时轻视有关生产技艺者，兼摒弃戏曲、小说，排斥明人著述，故此类书皆在重点收录范围之内，又有敦煌遗书、外国人以汉书撰写之著述等等。范畴既定，先后受聘撰写提要者计八十七人，均为知名之士或学有专长者，如《易》类之柯劭忞、尚秉和，《诗》类之江潮、张寿林，《礼》类为胡玉缙，河渠、舆地两类为余绍宋。戏曲类总体负责人为傅惜华，具体撰写人则有傅惜华、孙楷第及董康三位，其中主要撰稿人则为孙楷第。

此民国钞本《挂枝儿》两卷，以"续修四库全书总目"黑格抄书纸抄就，字迹精整，绝非俗手，朱笔点校，系出行家，以"续修四库全书"及"精通戏曲"两点综合视之，吾颇疑此本批校出自傅惜华、孙楷第、董康三者之一，然具体何人则不敢深揣。其实彼时藏书而又喜集曲者，尚有奢靡他室主人吴梅，亦为曲中行家，然寒斋收有吴梅旧藏数部，其中有带其题记者，字迹与此大不相类，故此本批校不可能出自吴梅之笔。然董康墨迹寒斋亦有收藏，与此书之笔体颇不相同，故董康亦当在排除之列。

《挂枝儿》为明代冯梦龙编辑整理之两部明代民歌总集之一，另一部为《山歌》，此二书可代表明代民歌之最高成就。冯梦龙（1574—1646）字犹龙，别署龙子犹、墨憨斋主人、顾曲散人、姑苏词奴、绿天馆主人等，江苏长洲人，虽少有才名，然仕途路阻，五十七岁始补岁贡生，任丹徒县训导，四年后升福建寿宁知县，秩满离任后归隐乡里。冯梦龙一生都在搜集、整理及创作通俗文学，除此两部民歌集外，尚著有白话小说集《喻世明言》《警世通言》《醒世恒言》，该三书与凌蒙初《初刻拍案惊奇》《二刻拍案惊奇》合称为"三言二拍"，至今仍是书店之常销

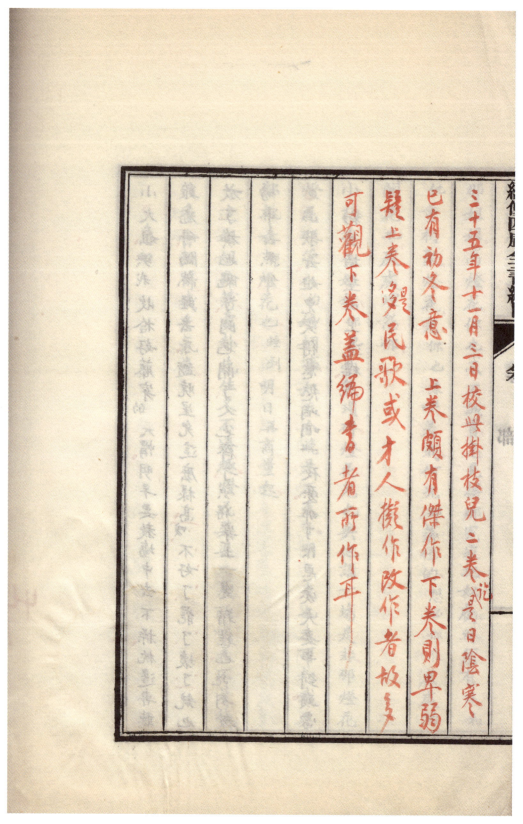

民国续修四库全书馆钞本《挂枝儿》佚名题记

书，又创作有《双雄记》《万事足》等，改编他人传奇十余种，合刊为《墨憨斋定本传奇》。

冯梦龙所创作、编撰之书，今人称之谓通俗文学，然在当时，此类文学作品皆被正统士大夫所鄙视，视为不能登大雅之堂之作，冯梦龙执于此端，其性情则可见，其曾于《情史序》中明确提出"立情教"主张："我欲立情教，教诲众生。子有情于父，臣有情于君。推之种种相，俱作如是观。"是故后人研究冯梦龙，每以"情教"二字加以阐述。友人则多以"畸士"或"狂人"称之，董斯张称其"虎阜之阳，雀市之侧，其中有畸士焉"，王挺撰挽联为："学道毋太拘，自古称狂士。风云绝等夷，东南有冯子"，冯梦龙在《警世通言》序中亦自称"海内畸士"："冯子名梦龙，字犹龙，东吴之畸人也"。于当时而言，"畸人"多指放荡不羁、不受礼法约束者，然冯梦龙对"畸人"之定义另有解释，其在《情史》中将世人分"至人""下愚""常人"及"畸人"四种，而四者之不同在于："至人无梦，其情忘，其魂寂；下愚亦无梦，其情蠢，其魂枯；常人多梦，其情杂，其魂荡；畸人亦梦，其情专，其魂清。"此段论人之语，与张宗子论人之"不可无癖"，可谓异曲同工之妙。

挂枝儿原本为明万历年间北方盛行之民歌小调，又称"打枣竿"或"打草竿"，流传至南方后称为"挂枝儿"或"挂真儿"，颇似今日之流行歌曲，人人传唱，其内容大约分为三类，一者男女私情，二者性事描绘，三者讽刺世相。明沈德符《万历野获编》记载："比年以来，又有《打枣竿》《挂枝儿》二曲，其腔约略相似，则不问南北，不问男女，不问老幼良贱，人人习之，亦人人喜听之。以至刊布成帙，举世传颂，沁人心腑。"虽后人考证，沈德符所称"打枣竿"与"挂枝儿"为二曲，实为同曲异名，然其所形容受欢迎之盛况，却是不二之事实。冯梦龙《挂枝儿》刊行后，以"洛阳纸贵"来形容不为其过，钮琇《觚賸》中有记："梦龙文多游戏。《挂枝儿》小曲与《叶子新斗谱》皆其所撰。浮薄子弟，靡然倾动，至有覆家破产者，其父兄群起讦之，事不可解。适熊公在告，梦龙泛舟西江，求解于熊。"

然《挂枝儿》究竟于何年成书并付梓，并未见有确切记载，后人考证有多种说法，大致集中于明万历四十年至天启初年之间，《中国古籍善本总目》记载该书最早刻本为"明末刻本，存九卷"。全书原为十部：私部、欢部、想部、别部、隙部、怨部、感部、咏部、谑部及杂部，前八部之命名，皆围绕一个"情"字。冯梦龙编撰这些歌曲时，附有大量批语于后，最长者将近八百字，足可以短文视之，这些批语或标明出处，或说明传播途径，或点主题，或发感慨，不一而足。寒斋所藏此本中，又有佚名批校者，因冯梦龙之批语再发感慨，颇见个性。

此本究竟于何年自何途径来到寒斋，作价几何，今已记忆模糊，似乎是购于琉璃厂某肆。抄书者颇为谨严，原本模糊不清或者阙笔处，并未擅自理解而增润，如页首第四行某字，仅录"亠"，此字下半部分当是原书已阙，故依样描绘，然朱笔批校者当另有别本，将该字补为"袁"字，又于首行"挂枝儿"书名下补"（上）"，以及"来凤馆古今传奇四集上 弦索调 上栏"一行。此页天头处又有三行小字，其中之一为"原书挂枝儿在上栏，每行十一字"，可知原书版式为二截楼本。检《言言斋古籍丛谈》，周越然曾藏《来凤馆精选古今传奇》一部，汇辑者自称邀月主人，全书计四集，每集分上下，此四集分别为：忠考集、风怀集、情侠集、弦索调，又称全书每半叶分上下两截，下截剧本，又称"此书未见诸家藏书目录，未知人间尚有类似之第二本否？"朱笔批校者所据以对勘之本，或与言言斋所藏本同出一源。然周越然称汇辑者为邀月主人，此本首页第二行却题"绿窗居主人"，未知孰是。

《挂枝儿》新出点校本，坊间流传极多，各大小书店皆以常销书视之，早年吾亦约略读过，然吾乃俗人，未觉其妙，心下仍宗《诗经》之"抱布贸丝"为上，同为村妇，亦有雅俗之分。如今千帆过尽，心境已转，再读挂枝儿，竟也觉出其意趣来。有竹夫人与汤婆子相骂一首，言辞间煞是热闹，隐约记得曾有人以此二物出做对联，已觉极妙，却未曾想到二者还可对骂。《清稗类钞》曾载乾隆南巡至天宁寺时，闻说某住持不守清规，遂质问住持是否有妻，住持称有两个，夏拥竹夫人，冬怀汤婆子。想来该住持看过《挂枝儿》亦未可知。又有一曲名《鸡》者，词曰："五更鸡，叫得我心慌慌撩乱，枕儿边说几句离别言。一声声只怨着钦天监，你造闰年并闰月，何不闰下了一更天？日儿里能长也，夜儿里这么样短。"数日前读完谢学崇《小苏潭词》，其中有"银河倘有桑田日，便可褰掌涉。天孙应许诉天公，赊取年年今夕五更钟"，为之赞叹再三，深觉其想象力之宏大，此首《鸡》之埋怨钦天监不肯闰一夜者，其想象力则可谓深远矣。古人之奇思，每令吾心生羡慕，亦映射出吾之愚钝。然情之诉为文字，要得感人，必先得一个"贪"字，须有种种不满足，深受求不得苦，才能生出奇思。批校者先得吾心，在此曲天头处批以"奇文"二字，又于"一声声只怨着钦天监"句加以圈点。

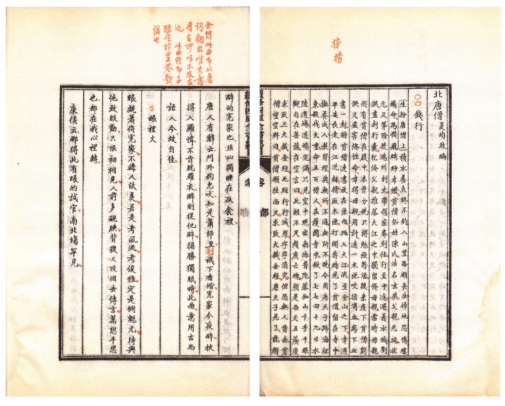

民国续修四库全书馆
钞本《挂枝儿》内页

民国续修四库全书馆钞本
《挂枝儿》末附《北唐僧》

　　校是书者，当非仅仅藏书家而已，必定精通词曲之学，以其校字句之异同、脱讹之时，亦有对曲律、叶韵之评点，兼有注明某句自某处化出等等，斯人又有自己之独立见解，每于冯氏所见不同者，直书眉端，并不匍匐冯梦龙盛名之下。《醉归》曲云："俏冤家，夜深归，吃得烂醉，似这般倒着头和衣睡，何以不归。枉了奴对孤灯，守了三更多天气。仔细想一想，他醉的时节稀，就是抱了烂醉的冤家也，强似独睡在孤衾里。"冯梦龙称其："唐人有辞云'门外狗儿吠，知是萧郎至，刬袜下香阶，冤家今夜醉。扶得入罗帏，不肯脱罗衣，醉则从他醉，犹胜独眠时。'此曲意用古而语入今，故自佳。"校是书者于此处朱批云："余谓此曲即从唐词翻出，唯其意用古，所以不及古也。此曲格即子犹作，非里巷歌谣也。"如是者尚有卷下之《蚊》，冯梦龙批语称"语语喻妓，大堪咀嚼"，校书者则眉批"四首殊牵强，而云'大堪咀嚼'，过矣。"

　　此本后又附《北唐僧》及《北回回》数纸，其中《北唐僧》作者署名为"夏均政编"，《北回回》未署作者，或为彼时参与《续修四库全书》者因其难得而一并抄之。校是书者于此二文亦一并校之，并注明《北唐僧》中军师大人为徐世勣。吾

197

于曲极为外行，无以知此二曲意义何在，若有方家研究而告我，则深谢之。校书者于《挂枝儿》正文与《北唐僧》之间空白处，记有跋语一段："三十一年十一月三日校此《挂枝儿》二卷讫。是日阴寒，已有初冬意。上卷颇有杰作，下卷则卑弱，疑上卷是民歌或才人拟作、改作者，故多可观，下卷盖编书者所作耳。"其所谓"编书者"，或即卷首之"绿窗居主人"。而下卷诚如其言，多有卑弱之作，且录一首，以兹证明：

> "小丫头，偏爱他，生得十马蚤，顾不得他，油烟气被底腥臊，那管他臀高奶大掀蒲脚，背地里来勾颈，捉空儿便松腰。若还惊醒了娘行也，那时双双跪到晓。"

顾千里、符葆森跋石研斋精钞本《栖碧词》三卷

《栖碧词》三卷　（清）秦恩复撰

清精钞本　顾千里、符葆森题记　一函一册

钤印：千里（朱方）、顾广圻印（白方）、广陵符子（白方）、南樵（朱方）、南（白方）

　　癸未年春于嘉德拍场上得此《栖碧词》三卷，前有顾千里墨笔题诗一页，该诗著录于《顾千里集》卷三，诗名《题秦澹生太史栖碧词二首》，全诗如右："旧谱新词写碧罗，年年传遍雪儿歌。阿谁取入丛谈续？山抹微云本事多。阳春属和数心知，黄九偏难得并时。苦索赏音到狂客，文通善恨（谓子屏）长康痴。"此本诗后署款"元和顾广圻拜题"，钤以"千里"朱方及"顾广圻印"白方。

　　顾批黄跋皆为国家一级文物自不待言，嗜书者无不宝爱之。此本以两至三万元底价上拍，底价之低，有如陷阱，以吾思之，此等绝佳之物断无可能便宜到手，故心理价位颇高，然而令人意外者，开拍当日，吾似乎仅争一口，即听得落槌声响，此本入吾囊中。得书当日，吾颇为不解，一者该书缘何如此受冷，落槌价居然不到三万元；二者虽然顾批、黄跋齐名，然自晚清民国以

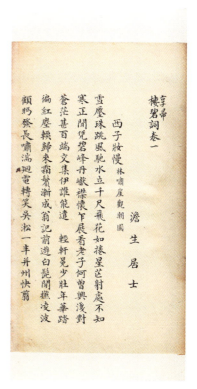

清钞本《栖碧词》卷首

来，藏书家多以收黄跋为傲，鲜有以收顾批自矜者，殊不解其因。因虑及此，狂念顿生，何不效张钧衡收黄跋之气慨，吾来做集顾批之第一人，以收顾批若干部笑傲江湖哉！然该念起之易，收亦易，此后经年，带有顾批之书虽亦偶见于拍场，然其书价扶摇直上，已不是吾等可以想象，好在此念于破灭之前不曾对人言明，尚未成众书友之笑柄。

一

曩时拍得此书，入眼仅"顾千里"三字，并不曾留意该书究竟为何人所撰，内容如何，拍卖图录称此本为"澹生居士撰《栖碧词》"，然澹生居士是谁，其词作究竟如何，吾皆未曾深思。今日芒种，适逢周末，得浮生日闲，将此本细翻一过，始意识到此本之价值，当不仅仅在于顾千里之题记。

澹生居士即清乾隆、嘉庆时期扬州藏书家秦恩复（1761—1844），字近光，一字淡生、澹生，号敦夫，晚号狷翁，乾隆五十二年（1787）进士，官翰林院编修，壮年引退，得阮元聘至诂经精舍主讲，嘉庆十四年（1809）主讲乐仪书院，嘉庆二十年被聘入都校刊《全唐文》。秦恩复以藏书、刻书闻名，有藏书处石研斋、五笥仙馆。《清史列传》有其小传，与黄丕烈同附于鲍廷博之后，可见撰稿者将秦恩复与鲍廷博、黄丕烈同视，其传称："读书好古，所居五笥仙馆蓄书万卷，丹铅不去手，尤精校勘。延顾千里于家，共相商榷，手校刊陶弘景《鬼谷子注》、卢重元《列子注》及《隶韵》诸书，时号'秦板'。"《清儒学案》亦有其小传，述及藏书事："笃志好古，蓄书万卷，丹铅不去手，校勘精审，深究《录》《略》。自编《石研斋书目》，于宋以降，板刻烛照数计，涧薲称其'可为撰目录之模范'。所刻《列子》《鬼谷子》《扬子法言》《骆客王集》《李元宾集》《吕衡州集》《奉天录》《隶韵》《词林》《韵释》诸书，行于世，并称善本。"

两段记载皆主要述及秦恩复藏书及刻书事，《清儒列传》还专门讲到秦恩复精通目录之学，顾千里赞其为"撰目录之模范"，此誉不可谓不高。此语出处，乃顾千里所撰《石研斋书目序》："盖由宋以降，板刻众矣，同是一书，用较异本，无弗夐若径庭者，每见藏书家目录，经某书、史某书云云，而某书之何本漫尔不可别识。然则某书果为某书与否，且或有所未确，又乌从论其精觕美恶耶？今先生此目，创为一格，各以入录之本，详注于下，既使读者于开卷间，目憭心通，而据以

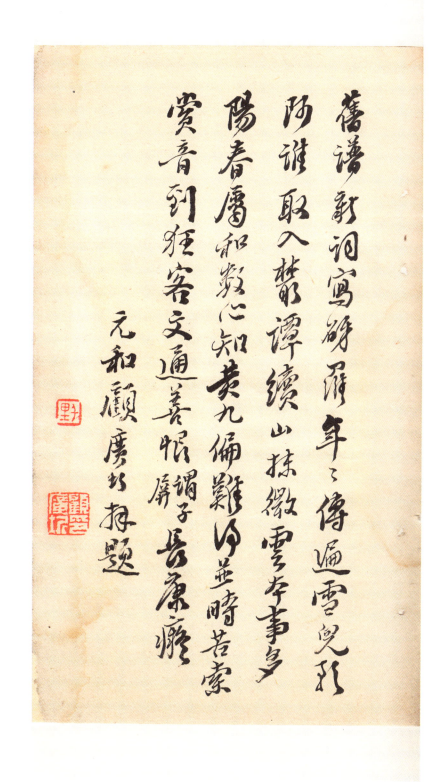

舊譜新詞寫辞羅年~傳遍雪兒形
阿誰取入聲譚續山抹微雲本事多
陽春虒和数人知黄九偏難~並時若索
賞音到狴客文通善帳屏謂子長康癡
元和顧廣圻拜題

考信，遂不啻烛照数计。于是知先生深究《录》《略》，得其变通，随事立例，惟精惟当也。"《石研斋书目》除顾千里序言外，另有江藩序言一篇，称坊间多有藏而不读、以多为贵者，而秦恩复不仅藏而读之，且一字之误，必求善本以正，"若太史之兀兀穷年，盖亦鲜矣。"

石研斋乃秦恩复延用其父秦黉堂号，秦黉（1722—1794）字序堂，号西岩，自号石研斋主人，乾隆十七年（1752）进士，官至湖南岳常澧道，曾于扬州旧城堂子巷修建藏书室，颜以"石研斋"，所著有《易诗书三经传说钩提》等，另有《石研斋主年谱》。秦氏一门可谓书香世家，秦恩复受父亲影响，性喜藏书，其子秦巘亦得家风所披，藏书同时，于词学深有研究，曾利用家藏诸书，撰成《词系》。秦巘（1792—1853）字玉笙，号绮园，道光元年（1821）举人，《江都县续志》有其小传："巘举道光辛巳顺天乡试，考取景山官学教习。以不乐仕进，弃去。尝壮游万里，以亲老归。著有《意园酬唱集》《思秋吟馆诗文词集》，里人符南樵葆森为之序。其外，复有《词旨丛说》《官谱录要》《逸调备考》《词系》诸书。工丹青，兼善医术。任侠好义，能急人之难。晚年遭洪杨之乱，避居北郭外祖墓侧。同年雷侍郎以诚督师扬州，聘参戎幕，辞弗就。卒年六十有二。"

二

《江都县续志》中的这段秦巘小传极为重要，盖因传中提及符葆森，而此顾千里题诗之《栖碧词》一册，即由秦巘抄录而出示符葆森者。符葆森原名符灿，后改名葆森，字南樵，江苏扬州人，生卒年不详，曾于咸丰元年（1851）中举，豪于诗酒，广有交游，曾师事姚莹，与张维屏、朱琦等相友善，著有《寄鸥馆诗稿》《寄鸥馆辛壬诗录》等，又集乾隆、嘉庆、道光三朝诗者二千余家，选录诗作八千余者，辑成《国朝正雅集》，每人之下系以小传，并辑录相关诗评。符葆森一生未仕，穷困潦倒，曾寄居于北京崇实宅，由崇实出资于咸丰六年（1856）将《国朝正雅集》付梓。

寒斋所得之顾批《栖碧词》曾经近人重做装池，是故品相颇艳，首页即为顾千里题诗及钤章，此页背后亦有两段题跋，皆出自符葆森之笔，其一为："玉笙先生命森重阅尊先公词稿，三复三馀，曷胜景仰。森以后生末学，妄参鄙见，想为识者所哂。中取未刊词约四十章，可都一卷，拟撰后叙一篇，附诸册末，翼分千古。俟稍暇制成，当呈教也。时道光乙巳小暑后五日。江都符葆森敬读并识。"下钤"广陵符子"白方。其二为："森所妄取者，以'南'字小印别之。质诸大雅，不知以为然否。又识。"末钤"南樵"朱方。

由符葆森题记两则，可知此本为秦巘向其出示，并请其重新审定者。题记书于道光乙巳，即道光二十五年（1845），恰是秦恩复去世之第二年，故题记中有"尊先公"三字。今检秦恩复著述，仅见《石研斋集》及《享帚词》，并不见著录有《栖碧词》，然而个中原因，恰是此本之妙。此本第一页为顾千里及符葆森亲笔题记，第二页为江藩撰《栖碧词序》，第三页始为正文，首行原题"栖碧词卷一"五字，后由墨笔圈去"栖碧"二字，侧注"享帚"，可见《享帚词》作为底稿时，曾有《栖碧词》之名。此页次行作者处题"澹生居士"，即秦恩复也。然将词稿《栖碧词》改为《享帚词》者，究竟是秦巘，还是符葆森，则已不得而知矣。

然而，无论是秦巘还是符葆森，又为何将《栖碧词》改为《享帚词》，则可尝试推敲一二。今检各处资料，《吴县志·艺文考》中有"蒋承训《栖碧词》（字澹人）"，《清词综补》则收有蒋承训词作一首，下注"字澹人，长洲人"，余外无征。以吾揣测，蒋承训或与秦氏父子为同时人，其字相近，词集又同名，虽一处扬州，一处苏州，两地距离并不遥远，清代词学中兴，各地词社纷纷成立，词人之间往来亦极为频繁，而秦巘曾壮游万里，符葆森则广有交游，故与蒋承训或识其人，或闻其名，皆极有可能，为避同名之嫌，秦巘或者符葆森遂将此集更名为《享帚词》。

秦巘与符葆森之交游，虽然史料记载无多，但仍可从吉光片羽中，知其二人于道光年间之词坛极为活跃。徐穆曾为王茨《受辛词》题词，词后注曰："道光年间，秦玉笙孝廉曾招同人为淮海词社，分调拈题，一月一会，刻有《意园酬唱集》行世。会中诸人，如君之尊人及王西御、金雪舫、箑伯昆仲、符南樵……，一时文酒之讌甚盛。"文中所列人名，有二十一人之多，可见彼时词社之盛况。况周颐《惠风词话续编》中收有徐穆词作，词后附徐穆后记："吾扬言词学，以秦氏为山斗。西岩先生有《词学丛书》行世。令子玉生孝廉有《词系》，未刻。道光季年，曾联淮海词社，不下二十人。见存者，仅穆而已。刻有《意园酬唱集》，收入郡志。"此段后记中有一小误，刊刻《词学丛书》者为秦恩复，而西岩先生为秦恩复父亲秦黉之号。《近代词人考录》则载秦巘为"淮海词社领导人。有《思秋吟馆词集》五卷，秦氏石研斋钞。符葆森、秦耀曾、芮达分别题识，符葆森作叙，况周颐题词《百字令》，南京图书馆藏。另《词系》二十四卷。"虽仅检得相关信息若此，但已知秦巘为当时扬州词坛领袖人物，而相与往来颇密者，符南樵为其一也，秦巘词作《思秋吟馆词集》亦请符南樵为之序，可见二人相交之厚，以此种种推论，则秦巘请符南樵重阅《栖碧词》，为情理之中矣。

三

此本符葆森题记之后，正文之前，有《栖碧词序》一页，撰者江藩，惜未署年款，然此序颇为重要，故将全文移录如下：

> 敦夫先生浏览经史，博综群书，以余事作诗余，奉白石为圭臬，守玉田为金科，读先生之词者，咸曰数调寻宫，谐音协律，乃大江南北第一词家。然尚非深知先生之词者也。不合律而作词，盲词哑曲而已，至于按谱审音，又岂可遂谓尽词曲之能事哉。盖词之病有四：一曰语句粗豪，如坡翁之雷大使舞也；一曰情辞鄙亵，如顺庵之杂以教坊猜谜也；一曰贪用故实，如放翁之掉书袋也；一曰专求工丽，如梦窗之八宝楼台也。先生之词放逸而不粗豪，言情而不鄙亵，征典而不炫博，华赡而不琐屑，是可采撷全芳，嗣响淮海矣。同里江藩作。

此序并非江藩亲笔，其字体与正文同为精正小楷。就交游而言，符葆森与秦巘是同一辈人，江藩、顾千里则与秦恩复为同一代人，三人年龄相差无几。江藩（1761—1830）字子屏，号郑堂，又号水松、节甫，别号竹西词客，扬州人，受业于余萧客、江声，得惠栋之传，博综群经，尤深汉诂，旁及九流二氏之书，无不披阅，著述有《周易述补》《炳烛室杂文》及《扁舟载酒词》等，其著述中影响最为深远者，则属《国朝汉学师承记》无疑，该书八卷，阐述清初至嘉庆间学者五十七人之撰述、学术思想及师承渊源，为研究清代学术史之重要著述。

江藩于此序中总结秦恩复词作特点，谓"奉白石为圭臬，守玉田为金科"，此恰是浙西词派之最大特点，标举姜夔、张炎，

棲碧詞序

敦夫先生瀏覽經史博綜群書以餘事作詩餘奉白

石為圭臬守玉田為金科讀先生之詞者咸曰數調

尋宮諧音協律乃大江南北第一詞家然尚非深知

先生之詞者也不合律而作詞盲詞啞曲而已至於

按譜審音又豈可遂謂畫詞曲之能事哉蓋詞之病

有四一曰語句粗豪如坡翁之雷大使舞也一曰情

辭鄙褻如順巷之雜以教坊猜謎也一曰貪用故實

如放翁之掉書袋也一曰專求工麗如夢窗之八寶

樓臺也先生之詞放逸而不粗豪言情而不鄙褻徵

典而不炫博華贍而不瑣屑是可採擷全芳嗣響淮

崇尚醇雅、清空。江藩在评论秦恩复词作同时，亦鲜明提出自己的词学观点"词之病有四"，并直指词坛四位大家：苏东坡之粗豪、康伯可之鄙亵、陆游之掉书袋以及吴文英之专求工丽。他人读此序不知会生何感，在吾则颇为触目。康伯可与陆游词作如何暂且不论，想苏东坡与吴文英为词坛巨擘，门下隔世弟子之众，闻江藩此语定当哗然。以江藩之汉学家身份，立身典籍考据，不喜性情太过流露夸张之语，似乎也在情理之中。然江藩亦有倚声之好，撰有词集《扁舟载酒词》，顾千里为之序，总其词特点为"清真典雅，流离谐婉，追《花间》之魂，吸《绝妙》之髓"。令人啼笑皆非者，张丙炎亦有评《扁舟载酒词》之语，偏将江藩与吴文英并列而论："先生研究声律，穷极窈渺，寄之倚声，是集当与《梦窗甲乙稿》《白石道人歌曲》相颉颃，不仅辞句流美而已。"

江藩有号为"竹西词客"，可见其颇喜倚声之事，其虽无专门的词话，但时于序跋或诗词小注中表达自己的词学观点，以及对各家词作的看法，《栖碧词序》即为其一。又有《半毡斋题跋》中跋《词源》者："玉田生词，与白石词齐名。词之有姜张，如诗之有李杜也。姜张二君，皆能按谱制曲，是以《词源》论五音均拍，最为详赡。窃谓乐府一变而为词，词一变而为令，令一变而为北曲，北曲一变而为南曲，今以北曲之宫谱，考词之声律，十得八九焉。"此段点评不脱其汉学家本色也。类似者尚有《满江红·雪夜渡江北上》词后按语："予细读姜词，玩其音节，第二句五字当用上声，始为合律，不拗歌喉矣。"如是等等，无怪乎《续修四库全书提要》在提及江藩词时，称"惜并为经术所掩也"。

在《栖碧词序》中，江藩似乎对于梦窗词颇为不喜，然在其词作《梦芙蓉》小序中，又是另一番景象："此吴梦窗自度曲也，词家绝无继声者。夏日泛舟湖上，独酌荷花中，不觉大醉，醒时已四鼓矣，遂填是词。明日入城，乞庄生吹笛按谱，有不叶者，改易数字，音节和谐，幸不失邯郸故步。相对痛饮，极欢而散。"子屏视梦窗词之工丽为病，然又效其体而度曲，未免有些矛盾，或者在其看来，梦窗词之音律与辞藻为两回事，故爱其音律而弃其辞藻也。今人研究江藩，几乎已成为显学，而此序于他处均未见记载，则研究江藩者，可将此序作佚文视之。

四

江藩与秦恩复之交游，由叶昌炽《藏书纪事诗》可窥一斑，因叶氏将二人合咏一诗。其诗为："宾客淮南比小山，玉台擩染到慈鬘。空谈龙脯终挥斥，陆贾装空粤海还。"该诗前两句咏秦恩复，其中慈鬘者，秦恩复之妾室也，善绘事，《江都秦太史姬人端木氏墓志铭》载："公名之曰守柔，字之曰慈鬘。玉台或列奇书，金屋每张宝绘。才经擩染，即若肆娴。"后两句咏江藩，典出阮元《高密遗书序》："甘泉江郑堂子屏，嘉庆初入京师，予荐馆王韩城师相家，终落魄归。饥驱至岭南，余延纂《广东通志》，书成归扬州。子屏随手挥霍，虽有陆贾装无益也。"江藩有藏书室半氈斋、炳烛室，据云曾蓄书八万卷，在为秦恩复撰《石研斋书目序》中，江藩亦谈及自己所藏："藩昔年聚书与太史（谓秦恩复）相埒。乾隆乙亥、丙子间，频遭丧荒，以之易米，书仓一空。自我得之，自我失之，夫复何恨？然师丹未老，强半遗忘，所弃秘笈，至有不能举其名者，惜未编目录以志之也。"

江藩与秦恩复交游始于何时，未见有具体记载，吾检得嘉庆十四年（1809）二人曾同修《嘉庆重修扬州府志》，然此时二人皆是已近知命之年，则两人交游当远远早于此年。《扁舟载酒词》中收有数篇与秦恩复唱和之作，如《薄倖·过红如旧院有感索澹生太史同作》《望梅花·月香以胭脂水画红梅数朵嫣然可爱芝山澹生皆有题咏邀予同作》《龙山会·九月十日秦澹生太史招饮即席作》以及《斗百草·题澹生太史少壮三好图行看子》等，而《扁舟载酒词》全书收词仅五十余首，江、秦二人往来唱和之频繁，可想而知。

寒斋所得之《栖碧词》乃戋戋小册，除去顾千里、符葆森题记及江藩序言，正文仅二十三页，收录词作五十余首，原本厘为两卷，后经人改为三卷，未知是否符葆森所为。而江藩与秦恩复唱和之作，大多能在此集中找到对应之篇，如《薄倖·和江子屏过红如别院作用贺方回调填》《望梅花令·吴余山以胭脂画梅索题》以及《龙山会·九月十日招集同人为展重阳之会同江郑堂作》等，此外尚有《玉簪凉·雨后见新月有感和江子屏作》，可见二人时常一同赴会、访友，颇有默契。

五

谢章铤《赌棋山庄词话》中有论《享帚词》者，篇幅颇长，首段未及月旦而先述其藏书事迹，云此集有秦恩复《自序》："仆家有藏书二万卷，辟屋三楹，坐卧其中，暇则吟讽以资笑傲。"又记阮元序："道光丙申，秦家不戒于火，凡宋元精

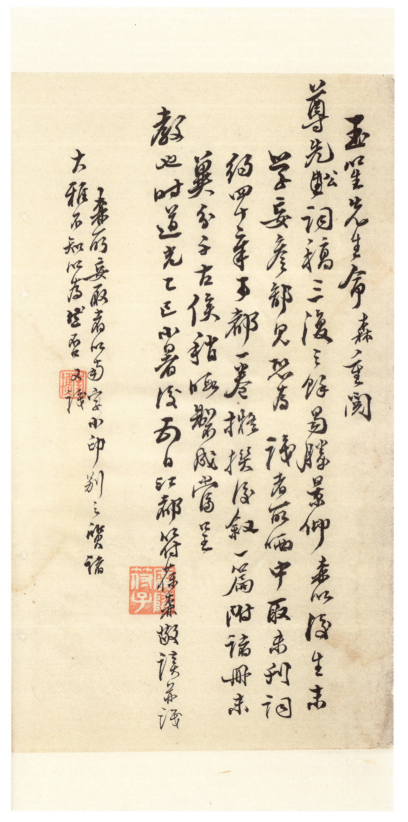

清钞本《栖碧词》符葆森题记

刻及传钞秘籍，悉归煨烬，词板亦毁，此重刻也。又记秦恩复曾刻《词学丛书》，校录颇精。惜寒斋所得之本，此二序皆阙如。藏书故实之后，谢章铤引《享帚词》数首，又于文末总结称："'平声韵效姜白石体''上声韵效杜祁公体''去声韵效柳耆卿体''入声韵效苏长公体'。此皆足供词人考据之资。"

谢章铤所引之章句，皆与闺阁有关，此亦《享帚词》之特点：集中脂香弥漫，遍地裙钗。由词序可知，此集涉及人物并不多，然其中涉及女性人物的词作却不少，计有：《望梅花令·吴余山以胭脂画梅索题》《薄倖·和江子屏过红如别院作用贺方回调填》《一斛珠·题织云女史为陈月塈画墨兰扇面》《苍梧谣·月香女史墨兰团扇》《眉妩·柳如是小像》《醉春风·题陈生所画幻娘卷子》《风流子·陶山观察十眉图》《南乡子·题慈鬘秋花图即呈施琴泉太史》，又有词序较长者，如《选冠子》："毗陵韵香女史名静莲，于双修庵自度为女道士，号清微道人。家凤梁孝廉以《空山听雨图》索题因赋。"以及《清平乐》，词序记："莱阳姜学在先生姬人陈素素画墨桃一株，嫣然飞动，莱阳题《清平乐》词。雪窗展卷，命小姬慈鬘临摹一幅，并录莱阳原唱，鄙作附和于后。"由这些词序来看，似乎彼时将自家姬人笔墨传给友人观赏，并相互唱和索题，为一时之风气。

清代为女性文学艺术活动最兴盛之时代，而江南女性之吟咏更是远超历朝及各地，此其中又以嘉庆、道光两朝为闺秀吟咏活动之高峰时期。恽珠及家人耗时数十年合撰之《国朝闺秀正始集》，总计收录清代女性作品一千七百余首，作者近千人；胡文楷《历代妇女著作考》全书虽然收录自汉魏至近代女性作者四千余人，然而其中九成以上为清代女性，汉魏唐宋等朝仅占极小比例，而此九成中，亦泰半为江南女性，凡此种种，足见彼时江南女性文化水平和艺术修养之高，以及参与各类文化活动之频密。《栖碧词》之创作时代背景及地域皆与此大背景相合，故其中多见闺秀身影。由词序所见，秦恩复与她们交游的重点，多在其绘事，吟咏则为其次，然而即便如此，此本亦为作可清中期女性参与文化活动之物证。

秦恩复集中所涉及之女性，今日大多可于史料中征得其事。慈鬘为其姬室，擅绘，殁后秦恩复曾有词悼之，《赌棋山庄词话》载："敦夫有姬慈鬘，善画花卉，逝后，填《疏影》《扫地游》等阕，语皆凄楚。"李慈铭《越缦堂读书记》中谈及《法苑珠林》时称："虞山蒋伯生大令之箮室董申林用藏本校勘，因集百人，凡费千镒，人刻一卷，以还其旧。……第九十九卷末题'翰林院编修江都秦恩复姬端木守柔刻'。"陈素素为姜实节姬室，号二分明月女子，撰有《二分明月集》，集后

沁園春　醉司命

將藜糟卯盍往觀乎視夜何其便徒新以待此鄰編
名據舩而聽厄酒安薢屨爲范范衣冠颯颯更酌金
骹請飲斯頹然醉謂能令公喜偶一中之　何妨纈
眼迷離觀世上蠅營似奕棊任黃羊特薦倡子和汝
丹砂立致舍我其誰熱尚因人煬還兆夢鄉里依然
向小兒君休矣漫衿言跨竈且學焚詩
春從天上來　王建有鏡聽詞爰廣其意用張玉
田體

清钞本《栖碧词》内页

附名媛题咏七页，计有十九人之多。织云女史廖云锦为大名鼎鼎的袁枚女弟子，《十三女弟子湖楼请业图》中，廖云锦为其一也，其字蕊珠，号锦云、织云女史，青浦人，华亭马姬木妻，撰有《织云楼稿》及《仙霞阁诗草》，《墨林今话》载："织云幼随父之合肥，即喜握管作花鸟，后归泗泾马氏。所居读画楼，朝夕点染，临瓯香以上诸名流。骎骎入古，艺遂独绝。"

而关于韵香女史，事迹则更为多见，多部清人笔记中皆有提及，其名王岳莲，亦称王莲、王静莲，字韵香，无锡人，撰有《清芬精舍小集》，秦恩复在词序中对其已有简介，邓之诚《骨董琐记》载："嘉道间，无锡韵香，号玉井道人，又号清微道人，筑福慧双修庵。善画兰石，字仿兰亭十三跋，皆秀挺有骨，无闺阁柔媚。"龚洼《耕余琐闻》则记其容貌："貌不甚美，而举止大方，吐属闲雅。"韵香所绘《空山听雨图》久负盛名，曾经名流题咏殆百余家，秦恩复亦为此百余家之一，此图一度归叶恭绰祖父叶衍兰所得，数十年后，先后得徐乃昌、王秉恩、陶心华收藏，叶恭绰有专文记之。

六

裙袂飘举中，秦恩复果真如江藩序中所称"以余事作诗余"，然众香国里，亦可睹澹生居士之胸襟。此集卷二有《百字令》，词序称："海盐彭少宰羡门起家宏博，位至侍郎，所作《百字令》四阕，沉郁悲愤，谓长歌之哀过于痛哭，仆读其词而感焉。仆年踰五十，名位不彰，有虚生之忧，无适时之用。泥蟠雾隐，与世无缘，视羡门所遭奚啻什一。夫渺渺予怀，苍苍在鬓，情动于中而形言，若有不能释然者，遂倚声而和之。虽瓦缶继响，自忘丑，不过藉抒胸臆以当长啸而已。"

此序之后，澹生居士连赋四阕，气势峭劲，一众脂粉顿时尽数飞去，原来是倚红偎翠处，英雄另有豪情。而此四阕中，吾独爱第二阕，以其词中屡现爱物："知音寥落，忍焦桐，爨尽唾壶敲碎。朝籍慵参，仍市隐，仿佛会稽梅尉。短后何嫌，接䍦倒著，共约山公醉。从容长揖，笑初衣愿终遂。　自信宫蝎多磨，歧羊无补，不问君平肆。领取书城南面乐，味过五侯鲭脍。脉望通仙，嫏嬛守犬，灵乞长恩愧。北窗安稳，借他黄奶添睡。"吾爱古书，已成顽疾，每睹脉望、嫏嬛、书城诸字，皆寝食俱废，目不能移，凡爱此道者，皆引为知己。然而现实之社会，知己毕竟是少数，恰如澹生居士所吟"知音寥落"，惟借黄奶添睡。

是卷读完，但见日移西窗，光阴暗中流去。又恍如刚与顾千里、江藩、秦恩复及秦嶅等人做一小聚，说起嫏嬛与脉望。此本归来寒斋之时，特倩长山君为制靛蓝函套，以便好生珍护顾涧蘋，而今思之，需要好生珍护者，又岂止一个顾涧蘋。顾批光环之外，是本之价值，还在于此乃研究江藩之词学观点、嘉道时期江南学界与藏书界的交游，以及清代江南闺阁文化活动之物证。

而吾宝爱是书，尚有另一重要原因，即其卷中一派太平景象与祥和之气，无兵燹，无水火，无困顿，无嗔怨，无乖戾。藏书日久，阅卷亦多，如此本一派祥瑞之气者极少，尤其与藏书家相关之著述，兵燹水火之事几无断绝，每令人痛心疾首。以阮元序言所记，秦家亦曾不戒于火，宋元精刻及传钞秘籍皆付灰烬，然这等痛心之事，于此集中却不涉一丝笔墨，以吾视之，此非回避，实乃通达也，旷达者恒旷达，狭隘者恒狭隘，而取舍之间所流露者，实为生活之态度。

顾千里藏书印"千里""顾广圻印"

木犀轩稿本《木犀轩收藏日本旧板书目》不分卷
木犀轩写本《木犀轩藏书记》不分卷

《木犀轩收藏日本旧板书目》不分卷　李盛铎撰

民国木犀轩稿本　一函一册

《木犀轩藏书记》不分卷　李盛铎撰

木犀轩写本　一函一册

　　王洪刚兄在潘家园拣漏的掌故，书圈里莫不称羡。盛名加传奇，两层诱惑之下，吾亦曾步王兄后尘逛过潘家园"鬼市"，然收获甚微，仅买得一套三本之《北京大学图书馆藏李氏书目》。彼时天已渐亮，拣漏之心已随夜色消散，不再企盼能够找到线装书，转而想能够找到一些资料书也不错，果然就于某书摊前见到一大摞蓝灰色封面之李氏书目，乍看极似油印本，拿起翻阅，内页却是铅字排印。该书出版于1956年，吾曾在数位老先生家见过，一直无缘得到，遂随口问摊主哪里得来这么多？摊主看吾一眼，说："你觉得我会告诉你吗？这是商业秘密知道不？"吾哭笑不得，问价几何？其云十元，吾递上三十元，没想到摊主亦实在，搬给我整整九本，原来其云一套十元，吾理解成一

李盛铎像

212

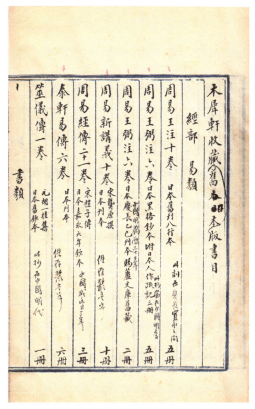

民国稿本《木犀轩收藏日本旧板书目》题签　　　　民国稿本《木犀轩收藏日本旧板书目》卷首

本十元，马上解释只要一套。携归之后，常有书友翻阅此书，亦说难得，始略有后悔，应该多买几套，赠给书友亦算人情。

　　李盛铎（1859—1937）字嶬樵，号木斋、溪晴小隐，晚号麐嘉居士，别署师子庵旧主人、师庵居士、虎溪居士等，江西九江人。光绪十五年（1889）榜眼，授翰林院编修，曾任京师大学堂总办、驻日大使、布政使等职，鼎革后曾任大总统政治顾问等职，民国九年（1920）隐退归田，不问政事。李氏藏书至木斋，已是第四代，木犀轩之堂号则为李氏藏书处之总称，始于曾祖李恕，其他室名尚有凡将阁、建初堂、甘露簃、李氏山房、麐嘉馆、古欣阁、俪青阁、两晋六朝三唐五代妙墨之轩、蜚英馆、延昌书库、师子庵、安愚守约之室，每一室名皆有所特指，如凡将阁为著书之处，李氏山房专藏乡贤著述，古欣阁专藏金石，蜚英馆专藏铅石影印图籍，延昌书库专藏海外金石图籍等等。

　　李氏藏书虽历经数代，至第四代李盛铎始名声大振，其藏书主要得自三个时期。首先为光绪初年，李盛铎随父李明墀宦游湖南，适逢袁芳瑛卧雪庐藏书散出，尽得其中精本，如宋本《周礼注疏》、《尚书孔传》大字本、黄善夫本《后汉书》

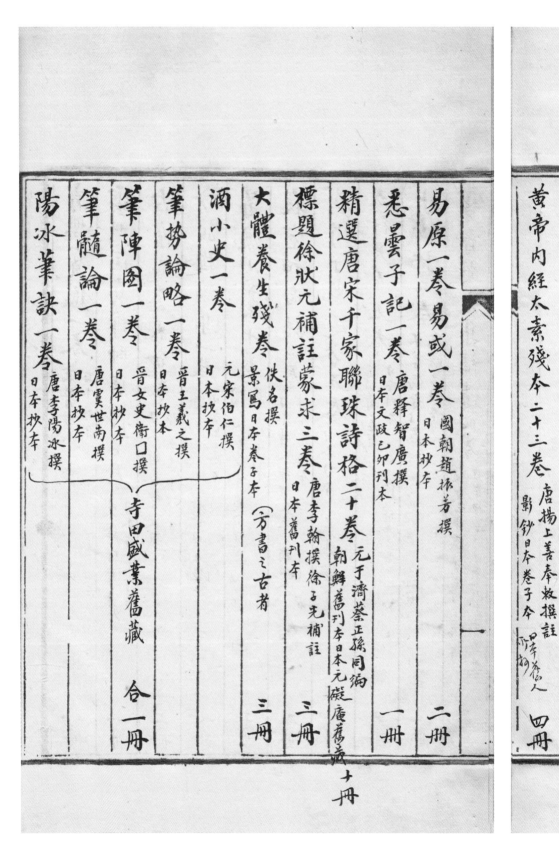

易原一卷易或一卷 國朝趙振芳撰 日本抄本 二冊

悉曇子記一卷 唐釋智廣撰 日本文跋己卯刊本 一冊

精選唐宋千家聯珠詩格二十卷 元于濟蔡正孫同編 朝鮮舊刊本日本元祿廣舊藏 十冊

標題徐狀元補註蒙求三卷 唐李翰撰 徐子先補註 日本舊刊本 三冊

大體養生殘卷 佚名撰 景寫日本卷子本 (方書之古者) 三冊

酒小史一卷 晉王羲之撰 日本抄本

筆勢論略一卷 晉王羲之撰 日本抄本

筆陣圖一卷 晉女史衛□撰 日本抄本 寺田盛業舊藏

筆髓論一卷 唐虞世南撰 日本抄本

陽冰筆訣一卷 唐李陽冰撰 日本抄本 合一冊

黃帝內經太素殘本二十三卷 唐楊上善奉敕撰註 影鈔日本卷子本 四冊

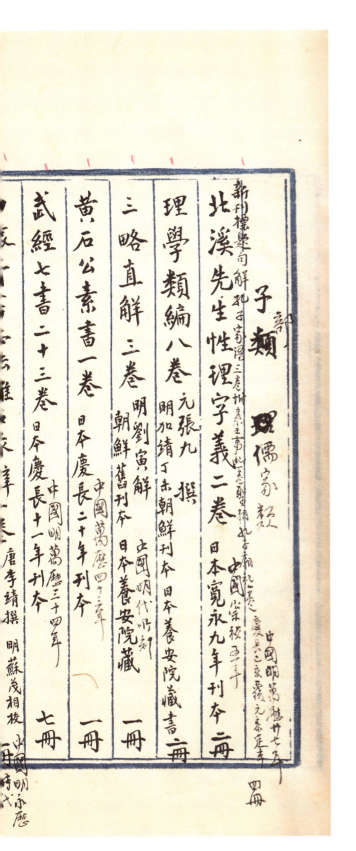

等。其二为两次出使日本期间，得日本汉学家岛田翰指点，购得诸多国内稀见或久佚之宋元旧本。第三为鼎革前后，因时局动荡，不少传统藏书之家纷纷售书籴米，身居高位之李盛铎得时局之助，肆意收购，又逢盛氏意园、杨氏海源阁等藏书散出，其中秘册珍籍皆为其罗致楼中，使得木犀轩名声日盛，以至于伦明在《辛亥以来藏书纪事诗》中咏李盛铎云："锦轴移来卧雪庐，晚年收得海源储。陆丁以后兹奇货，大力谁能挟以趋。"

李盛铎既嗜书，亦如大多数传统藏书家一样，喜爱版本目录之学，曾亲自撰写多部书目，这些书目与其旧藏一起归入北京大学图书馆后，在赵万里先生主持整理之下，于1956年重新编定成《北京大学图书馆藏李氏书目》，即吾于潘家园所购得者。据该书目所载，木犀轩藏书总计九千零八十七种，五万八千三百八十五册，其中珍籍旧刊及罕见本约占三分之一，无怪乎伦明称其为"今日吾国唯一大藏家"。机缘巧合，寒斋亦收得木犀轩书目稿本两种三册，其一题《木犀轩收藏日本旧板书目》一册，另两册同题《木犀轩藏书记》，然而两册中一为底稿本，一为未录完之誊清本。此三册稿本皆为早年所得，时隔久远，今已记不起何年得自何所矣。

晚清之际，中日两国无论官方、民间，交流渐多，纷争亦起，清政府自光绪三年（1877）开始向日本派遣驻日使团，处理各方事宜，至李盛铎时已是第九任。而将古籍自日本购回中国者，则以黄遵宪、杨守敬为先声，之后缪荃孙、罗振玉、董康、李盛铎等皆曾在日本访书、购书，且各有著述，其中又以杨守敬《日本访书志》最为著名。然而《日本访书志》中著录者，既有中国所刻之本，亦有日本及朝鲜刻本，其大旨为杨守敬在日本所见、所得之本，李盛铎之《木犀轩收藏日本旧板书目》则全部为日本所刻、所抄之书，为异域刻本、钞本单独撰写书目，似乎仅有李盛铎为之。

李盛铎与日本古籍之源渊，早在其二十岁时即已开始。彼时日本人岸田吟香在上海开设药店"乐善堂"，其虽为日本人，却精通汉学，侨居沪上三十年，据云其名字即取陆放翁诗句"吟到梅花字字香"头尾二字而成。"乐善堂"卖药同时，下设印刷厂，刷印诸子百家典籍，因此结识诸多中国文人，李盛铎亦为其中之一。《麐嘉居士年谱》曾载："往返经上海，与日本岸田吟香相识于药肆乐善堂。是时，日本明治维新之始，旧籍废弃，岸田遂捆载舶沪售卖。居士选择彼国旧刻古钞旧书，自此之后邮购或亲自选择凡十余年，此为居士与日人往还之始。"光绪二十四年（1898），李盛铎以驻日公使身份第一次东渡日本，得岛田翰之助，尽购国内稀见之古书，其中以日本古活字本、古刻本、古钞本以及朝鲜古刻本尤多。民国二年（1913），木斋奉袁世凯之命，第二次出使日本进行经济外交，又购回不少珍籍，这些购自日本之古籍遂成为木犀轩藏书之一大特色。民国二十六年（1937），傅增湘在看过木犀轩全部藏书之后，于《审阅德化李氏藏书说帖》中专门谈及这一部分："日本、高丽旧本。此类多元、明以来中土失传之书，流入彼国者；亦有其书虽存，而我国久无善本可据者；又有彼土著述，今其国中已为断种者。故目占所列元和、庆长等活字本，五山、足利、天文等古刻本，影摹唐卷、宋刻旧写本，凡千余种。奇书秘册，往往而见，宜与宋元同珍，未可轻视也。"

寒斋所藏《木犀轩收藏日本旧板书目》为蓝格钞本，副页有墨笔题"木犀轩收藏日本旧板书目"及"目录计六十七页，都一千二百六十三种"。此本明显为未写定之稿本，卷中修订删改之处颇多，前四页为经部、史部，部下分属，分类详明，

民国木犀轩写本《木犀轩藏书记》题签

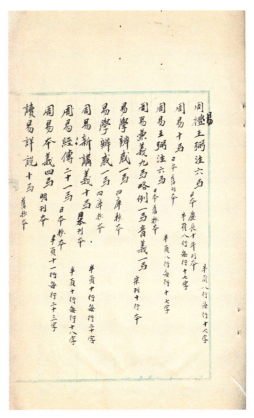

民国木犀轩写本《木犀轩藏书记》卷首

第五页虽首行题以"子部儒家类"，然自此以后实际著录却并未再分四部，而是经、史、子、集混杂，似乎有随取随记，先行著录，日后再行详细分类之意。该目著录颇为简单．每行上记书名、卷数，下以小字注明版本或刊刻年代，最下方标明册数，如经部第一行记"《周易王注》十卷。日本旧刊八行本。此刻在庆长宽永之间。五册。"然亦有著录略为详细者，如"《春秋经传集解》三十卷。市野光彦、涩江道纯旧藏，杨守敬手跋。日本古覆宋兴国军刊本。此为日本古刻，在中国南宋初时。十五册"。关于每书刊刻年代，若有具体可考者，前数页尚于日本刊刻年代之侧，注以相对应之中国年号，如"《黄石公素书》一卷。日本庆长二十年刊本。中国万历四十三年。一册。"然如此中、日年号对应之处，仅见于前五页，之后皆仅著录日本刊刻年号，未知是否精力不逮之故。吾曾将此目与《北京大学图书馆藏李氏书目》略为比对，此目所载大部分已纳入北京大学所编书目，然亦有小部分不复见于北京大学所编者，如日本刊本《泰轩易传》六卷、小谷良辅旧藏日本旧刊八行本《毛诗郑笺》二十卷、日本刊本《乐书要录》三卷等，也许这部分藏书在归入公藏之前，已经流出坊间。而版本著录一项，北大所编书目明显较寒斋藏本更为

详细，如《太平御览》一千卷，寒斋藏本仅著录为"日本活字本"，北大编定本则
著录为"日本安政二年（1855）江都喜多邨氏学训堂活字本"，然寒斋藏本将该书
著录为一百五十二册，北大编定本却著录为一百五十一册，未知孰是。当年北京大
学编定此目者，除赵万里先生之外，尚有宿白、常芝英、冀淑英、赵西华等前辈，
集众之力所成，自然较当年李盛铎独自编撰更为完备。与《木犀轩收藏日本旧板书
目》同归寒斋者，尚有《木犀轩藏书记》，以绿格稿纸抄录者当为完本，副页有墨
笔题写书名，并注"已编之书目录"六字；以蓝格稿纸抄录者，卷前有误装一页，
第二页始为卷首，且无书名及标注，卷末有十四页未曾录完，最后一页亦为误抄误
订，《三十代天师虚靖真君语录》之"代"字抄成"化"字之后，索性搁笔，全书
遂止于此，是故此二本当为一书。二本字迹相同，书法拙劣，当出自同一位抄胥。
《木犀轩收藏日本旧板书目》字迹与此二本不同，书法明显较此二本为上，颇为精
整，当为另一人所书，惜寒斋未收得木斋墨迹，无以比对，且卷中皆未署款及钤

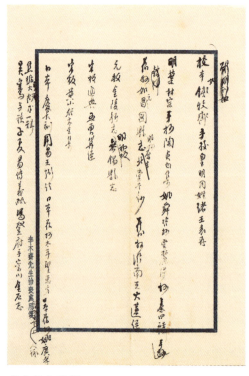

书中所夹便笺

章，无以知是否出自李盛铎亲笔，故不敢断为李盛铎稿本，又因《木犀轩收藏日本旧板书目》卷中颇多修改增删之处，故称其为"木犀轩稿本"，《木犀轩藏书记》则只敢称为"木犀轩写本"。

细读两部书目，《木犀轩藏书记》著录较《木犀轩收藏日本旧板书目》更为简单，仅记书名、卷数，未记册数，版本一项仅以"宋刊本""明刊本""元刊本""抄本"或"日本抄本""朝鲜刊本"等标注，部分著录有"半页□□每行□□字"。《木犀轩收藏日本旧板书目》中著录者，部分见于《木犀轩藏书记》中，但未看出其取舍标准。再三翻阅之后，始发现《木犀轩藏书记》中无一为清刻本，除"旧抄本""日本刊本"及"朝鲜刊本"之外，余者至晚为明刻，则此"已编之书"或许为李盛铎心目中较为"精善"者。然而著录于《木犀轩藏书记》中之日本、朝鲜刻本，亦有时间相当于清刻本者，如日本影元刊本《四书辑释大成》三十卷，其刊刻年代对应为"中国乾嘉间刊"，又有日本模刻卷子本《御注孝经》，对应中国年号为清嘉庆五年（1800），此或可说明对于李盛铎而言，日本、朝鲜之清刻本，又较中国清刻本为上。

《木犀轩藏书记》中尚夹有两页书单，所列书名望之炫目：北宋刊《尚书孔传》、宋八行本《周礼注疏》五十卷、宋庆元刊《前汉书》《后汉书》、宋建刻《礼记郑注》、宋耿秉刻《史记》、宋刊大字本《晋书》、宋板《通典》《五曹算经》、宋板《黄山谷大全集》、元板《金陵新志》等，又有钱牧斋手校《皇明同姓诸王表》、吴骞手稿《子夏易传义疏》、冯登府手《崇川金石志》。最让人注目者为书单所用笺纸，左下角印有"李木斋先生治丧处用笺"十字，说明此单录于李盛铎去世之后。睹此书单，吾第一念即猜测或为木斋身后，其后人之欲售书单，此亦可解释为何《木犀轩藏书记》之书法拙劣，或许为估人抄录之后，欲做售书之用。然而吾之揣测并无证据，木斋去世至今虽然不足百年，却有太多故实无法钩沉。生死之间，交易场上，藏家卖家，只是你归故里，吾赶科场而已，几番热闹之后，惟有古书不言不语，为永恒见证。

李盛铎生前曾撰有多部书目，仅归入北京大学之手稿就有二十册之多，其中有根据年代分目者，如《木犀轩宋本书目》《木犀轩元本书目》《木犀轩收藏旧本书目》，亦有以藏书处命名者，如《木犀轩藏书目录》《麘嘉馆行箧书目》《麘嘉馆续藏书目录》，以及其他《李先生经眼书目》等，可见其对撰写目录一事颇为上心，各种组合，不同分类，彼此穿插，形成不同书目，却又共同展现出木犀轩之宏富壮观。《木犀轩收藏日本旧板书目》此前似乎未为书界所知，各处皆未见记载，然而此两部书目对于研究李盛铎而言，无异于提供出新的视角，若有方家研究中日文化交流、日本刻书史或者日本古代书坊等，此目或可成新的论据，吾将乐助其成。

李盛铎藏书印"李印盛铎"

李盛铎藏书印"李盛铎家藏文苑"

王仁俊稿本
《汉艺文志考证校补》十卷

《汉艺文志考证校补》十卷 （南宋）王应麟撰
（清）王仁俊校补

清王仁俊稿本 一函十册

钤印：风雅含情苦不才（朱方）、感莼翰墨（朱方）、王氏籀鄦誃藏书记（朱方）、仁俊校记（朱方）、古鄟州杨康年收藏记（朱方）、王仁俊校勘经籍记（朱方）、上海图书馆藏书（朱方）、上海图书馆退还图书章（朱方）

王仁俊旧藏早年在天津买得数本，大多有其批校或题记。此本得于文林阁，曩时文林阁尚由高梦龙先生主其事，店门入口处有线装书两架，多为油光纸之线装石印本，平均价在三十元至百元间，于今而言，可谓极廉，略佳之本，则收于书店内室，需得熟客方可入内。买书日久，终于识得高先生，得允入室观书，并取数本以供挑选，此本为其一。彼时嗜书而未入门径，仍徘徊于色相之艳，但见是书，品相略差，故脸上并未现惊喜，高先生阅人无数，知吾心思，但称无妨，可将此书重做装池。越数月，再睹是书，已与初见迥然，不仅改做成金镶玉，并且配以锦套，函套签亦已写好，尤为难得者，虽是新做金镶玉，却按旧式方法写上了标准的书根。吾赞叹其书根之妙，高先生却轻描淡写称，写书根是以前进入书籍铺做

清王仁俊稿本《汉艺文志考证校补》书牌

学徒的第一步，能够写好书根，只是基本功而已，根本算不上技巧和本事。此后吾与修书者打交道二十余年，俗手妙手皆遇过不少，然而能如高先生般写好书根者，再未遇上，看来此种书业老传统已渐成绝响矣。

王仁俊（1866—1913）字捍郑，一字感莼，江苏吴县人，光绪十八年（1892）进士，授翰林院庶吉士，官至湖北黄州知府。曾入黄彭年、张之洞幕，张之洞在广州办广雅书局时，聘其为校书，后张之洞回任湖广，王仁俊随其后，于光绪三十一年（1905）任武昌存古学堂教务长，光绪三十三年任学部图书局副局长、兼京师大学堂教习、学部编译图书局副局长等职。其性颖悟，精小学，著述极多，藏书处有籀鄦簃，据闻有《籀鄦簃书目》，惜未寓目。

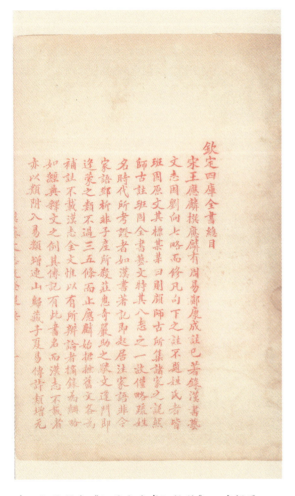

清王仁俊稿本《汉艺文志考证校补》四库提要

伦明《辛亥以来藏书纪事诗》中有"王仁俊"条，诗曰"一生踪迹傍南皮，晚隐金门鬓似丝。学综九流书百种，儒林传里独遗伊。"诗下小注云："吴县王捍郑仁俊，张之洞督粤日，曾校书广雅书局，张移湖广，又充存古堂教习。及张管学部，又调为学部右丞。殁于辛亥后。庚辛间，书始散出。余得其著书全目一纸。"其下列以王仁俊所撰书目，竟有一百种之多，又记其身后散书之事："《缘督室日记钞》载捍郑遗书出售，索值万金，系甲辰闰五月，地在上海。故都遗稿之出，又后五年。据闻，捍郑有遗妾，嫁某湖北人，挟稿以行，诸稿由湖北人手价售云。霍初曾受业于捍郑，拟借余所有，先印行之。今霍初殁，此事不知谁属矣。"雷梦水

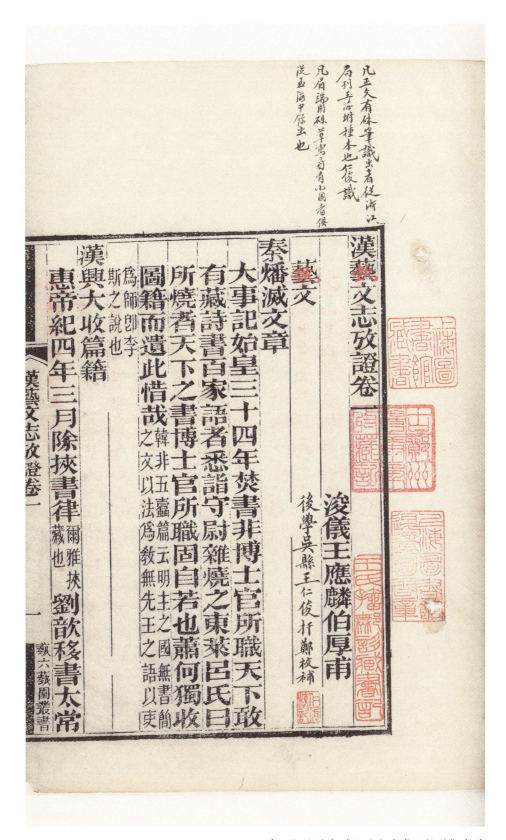

凡正文有殊筆識出者從浙江
局刊垂海堋種本也後識
凡眉端用硃草寫□□者有小圈者很
漢玉海甲保出也

漢藝文志攷證卷

後學吳縣王仁俊扞鄭校補

浚儀王應麟伯厚甫

藝文

秦燔滅文章

大事記始皇三十四年焚書非博士官所職天下敢
有藏詩書百家語者悉詣守尉雜燒之東萊呂氏曰
所燒者天下之書博士官所職固自若也蕭何獨收
圖籍而遺此惜哉韓非五蠹篇云明主之國無書簡
之文以法為敎無先王之語以吏
為師卽李斯之說也

漢興大收篇籍

惠帝紀四年三月除挾書律 爾雅 挾
藏也 劉歆移書太常

漢藝文志攷證卷一

藝六藝圖叢書

清王仁俊稿本《汉艺文志考证校补》卷首

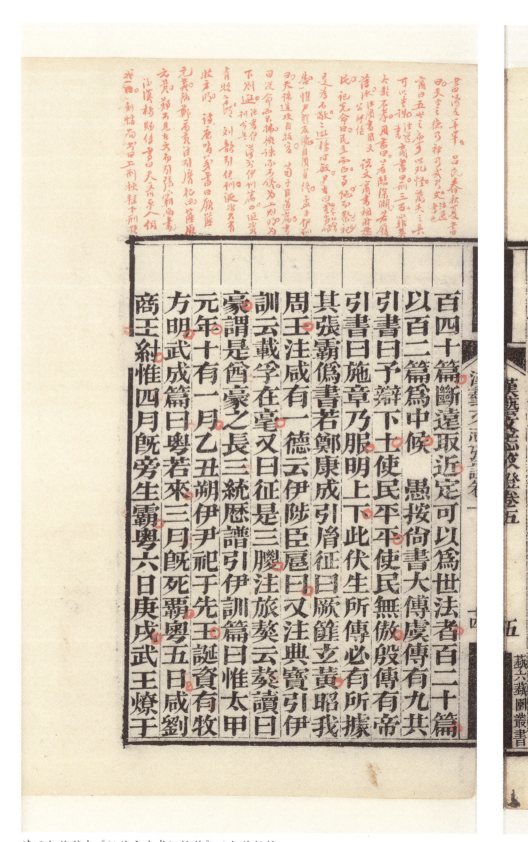

清王仁俊稿本《汉艺文志考证校补》王仁俊批校

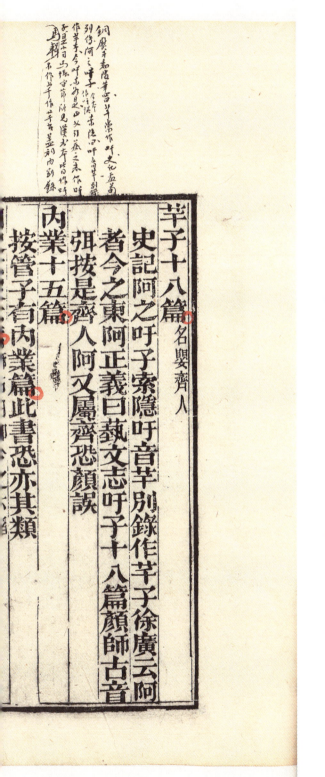

《书林琐记》亦记此事，称其妻将藏书数十箱售归叶氏，由叶氏运来北京，在骡马市大街长发旅馆善价待沽，其中自著手稿尤多，尽归通学斋书店，文末也附有书目，其中与目录学相关者有《汉书艺文志校补》《补宋书艺文志》《补梁书艺文志》《隋书经籍志校补》等。

此清光绪十一年（1885）《艺六艺园丛书》本《汉艺文志考证》十卷，一函十册，版心下刻"艺六艺园丛书"六字，然该套丛书似乎仅刻有《汉艺文志考证》一部，余外再无他书，具体刻书者为谁，资料亦阙如。此本卷中有王仁俊朱墨通批，亦可视作王仁俊《汉艺文志考证校补》之底稿本，原因有二：一者，卷前有王仁俊自制书牌，中间大字篆书"汉艺文志考"，右上题"东吴王氏校补本"，左下题"景鄋堂主自贉帜"，并钤以"风雅含情苦不才"及"感莼翰墨"两枚朱方；二者，卷首第二行作者署名处为"浚仪王应麟伯厚甫"，捍郑先生于第三行相同位置处以墨笔补题"后学吴县王仁俊捍郑校补"，显然有单独成书之意。国家图书馆藏有大量王仁俊稿本，其中亦有《汉书艺文志考证校补》稿本，吾未见国图所藏之本，未知两稿有何异同之处，想来一为底稿本，一为誉清稿本，暇当向国图友人请教。王仁俊堂号各处所载，仅见"籀鄋簃"，此本卷前自署"景鄋堂主"，因知其堂号尚有"景鄌堂"，可为文献家研究之一小补。

班固于《汉书》中单独设立"艺文志"部分，无意间创立出史志目录学，《汉书·艺文志》亦成为当今世界上现存之最早图书目录，后世效仿者及研究者屡代不绝，清代学者金榜评价称："不通《汉书·艺文志》，不可以读天下书。《艺文志》者，学问之眉目，著述之门户也。"而首部专门研究《汉书·艺文志》的专著，则为南宋学者王应麟所撰《汉书艺文志考证》十卷，该书将艺文志部分从《汉书》中剥离出来，单独考证成书，自此以后，专门研究《汉书艺文志》者纷纷踵其后，仅清一代，即有姚振宗《汉书艺文志拾补》《汉书艺文志条理》、刘光蕡《前汉书艺文志注》等，至民国有孙德谦《汉书艺文志举例》，以及近人张舜徽《汉书艺文志通释》等等。

数年前寻访藏书家之墓与故址，吾曾至浙江省宁波五乡镇同岙村访得王应麟墓，又至宁波市内海曙区访得其出生地念书巷，尚有王应麟故里碑可堪凭吊。王应麟著述极富，最为人知者是童蒙读物《三字经》，又编有大型类书《玉海》二百卷，按主题分为二十一部，其中又专门设"艺文"部以记录书目，成为类书中收录书目之第一人。《汉书艺文志考证》最初附于《玉海》编末，全书不引汉志全文，惟以有所辩论者，摘录书名为纲，而以考证列其下，凡传记所见书名，而不见于汉志者，则分类附入，并加以考注。然该书亦有误记、漏记等不完善之处，王仁俊此本即针对王应麟漏误之处予以校补。

此本前有王仁俊以朱笔抄录《四库全书总目提要》的《汉书艺文志考证》提要，又于卷首天头处以墨笔注明："凡正文有硃笔识出者，从浙江局刊《玉海》附种本也。仁俊识。凡眉端用硃草写，旁有小圆者，俱从《玉海》中录出也。"卷中朱、墨二色批语中，朱笔多为由他书中录出者，墨笔则多为王仁俊按语，除内容之校补外，尚有各本版式之描述，又每见有"马辑""孙辑""张辑""陈辑""汪辑"等，未知何人，令吾想起《四库简明目录标注》，一书之成，众人之力也。细翻一过，终于略得蛛丝马迹，卷五有"张澍辑《司马法》见《二西堂丛书》"，卷五有"孙辑见《平津丛书》"，卷七有"汪继培辑浙局本，孙冯翼辑问经本"，卷四有"马孙任陶诸均辑"，由此可知捍郑先生校补该书，所引之博。又于卷七《弟子职》处见墨笔书"俊别有考。黄寿师又有改证"。此处"黄寿师"即指黄彭年，其字子寿，号陶楼，湖南醴陵人，道光二十五年（1845）进士，曾主讲莲池书院及西安关中学院，并创建学古堂，设立官书局，光绪十六年（1890）卒于湖北布政使任内，有《陶楼诗文集》。

此本于卷九首页天头处又有墨笔书："天文类书，《史记天官书索隐》《集解》及《开元占经》引之最多，要细校。"此为王仁俊提醒自己之语，由此可知此本并非最终成书本，则国图所藏稿本或为誊清本，念及此，极欲赴国图借书一观，一来可知两稿异同，二则来可知张、马、陶等究竟何人。

王仁俊藏书印"感蒒翰墨""仁俊校记"

佚名钞本《存素堂入藏图书河渠之部目录》不分卷

《存素堂入藏图书河渠之部目录》　朱启钤撰

民国钞本　一函一册

以"存素堂"为堂号的藏书家，清中期有法式善，晚清至近代则有朱启钤，此簿为抄录朱启钤之《存素堂入藏图书河渠之部目录》，未知出自谁手，小楷精写，想必亦嗜书知书者。朱启钤（1872—1964）字桂莘，晚号蠖公，祖籍贵州，生于河南，卒于北京。一生经历晚清、北洋政府、民国、日伪及新中国五个时代，曾先后担任京师大学堂译书馆监督、内阁交通部总长、代理国务总理等职，并创办中国营造学社，专门研究与保护中国传统建筑。

朱启钤收藏范围极广，部分藏品于当时而言，属于极为冷门之收藏，如丝绣、陈酒等，其存素堂藏书虽无全目流传，无法窥其气象，然从目前已知的两部目录来看，蠖园藏书亦喜剑走偏锋，从他人未措意处下手。此两部书目一为《存素堂入藏图书黔籍之部

朱启钤像

228

民国钞本《存素堂入藏图书
河渠之部目录》题签

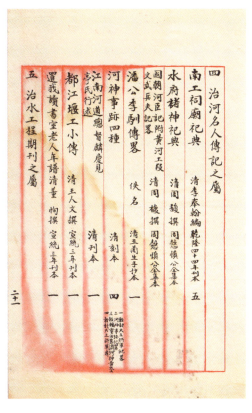

民国钞本《存素堂入藏图书
河渠之部目录》内页

目录》，另一为《存素堂入藏图书河渠之部目录》，其中后者曾于民国二十三年（1934）刊发于《中国营造学社汇刊》，寒斋所得此目，即录自此刊，以其卷首次行题有"录中国营造学社汇刊第五卷第一期"字样，惜抄录此目者未曾署款，亦未钤有任何印记，故今亦难求索其出处。

朱启钤曾为此目撰写《缘起》，解释聚此河渠之书的原因，其称："考工之学，所涵至广。启钤昔以营造名吾社，意以宫室之构筑为主；旁及范金合土之艺事，触类引申，本隐之显者，已不胜其繁复。而考工记中匠人一职，所谓沟防之工者，犹未遑及焉。……启钤尝于梓人之书穷搜幽秘，然多旁见侧出，鳞爪不完；惟治水专书，于名物制作，工料计算，言之最核。由此以推及其它工事，常可互相濬发，且历代守修之方，军工民工，以及征材力役，靡不赅备。凡国家之大工大役，厘然成统系之纪载者，莫此若也。"又有："乾嘉以来，河漕为经国大猷，工官之掌录，幕客之秘笈，方州文献，臣僚奏议，故家架藏，往往而出，间坊冷肆，经眼渐多。允宜别成一录，以集考工之大成。"

229

存素堂入藏圖書河渠之部目錄　　朱啓鈐藏

錄中國營造學社彙刊第五卷第一期

一水道之屬

書名	著者	版本	冊數	附註
禹貢山川地理圖說	宋程大昌撰	通志堂本	一	
禹貢集解	宋傅寅撰	金華叢萃本	二	
禹貢說斷	宋傅寅撰	活字本	四	
禹貢要注	明鄭曉注	光緒十年古虞朱氏刊本	一	
禹貢要注便蒙	明鄭曉注	光緒十五年刻本	一	
禹貢圖注	明艾南英撰	學海本		

一

朱启钤故居

此目一册，以洋红稿纸抄就，全目二十二页，著录图籍两百余部，每行自上而下分别著录书名、著者、版本、册数及附注，其版本项中除钞本外，刻本最早为康熙本，且有大量排印本，可见朱启钤聚藏此类图籍乃为实用。蠖公另一部目录《存素堂入藏图书黔籍之部目录》寒斋未备，检《中国古今工具书大辞典》，称此目于1949年由上海合众图书馆出版油印本，全书分四类：黔人著述、黔南名宦诗文杂记、贵州方志并地方史料及黔省杂志参考，又称："本书是朱启钤以所收藏的贵州与旅黔人士的著述编成的书目。所收录的均为一般常见的书。"最末一句点评，亦证明蠖公聚此二类图籍，的确是以内容实用为目的。

此《存素堂入藏图书河渠之部目录》亦有分类：一为水道之属；二为水政之属；三为漕运之属；四为治河名人传记之属；五为治水工程期刊之属。蠖公两部书目最后皆将期刊杂志单独列入分类，可见是有意为之。两部目录皆编于民国年间，彼时藏书界群星争辉，虽然新旧观点交汇，但大多数藏书家仍然是固守传统，以四部为纲，宋元为上，有的藏书家甚至连新学之书都掷于箧外，更遑论将期刊杂志纳入目录。今时海内外各大小图书馆，无不收有期刊者，由此可见，朱启钤之藏书观不仅独具一格，且远超其同时代者。

张乃熊批校《荛圃藏书题识》十卷《补遗》一卷附《荛圃刻书题识》一卷

《荛圃藏书题识》十卷《补遗》一卷附《荛圃刻书题识》
一卷　（清）黄丕烈撰

　　民国八年（1919）缪荃孙刻本　张乃熊批校　一函十册

　　钤印：芹圃（朱方）、芹伯校读一过（朱方）

　　藏书史上收藏黄跋最多者，当以张乃熊为第一。张乃熊（1890—1945）为吴兴大藏书家张钧衡长子，字芹伯，一字芹圃，光绪三十一年（1905）贡生，极具经商才能，曾用六年时间在上海创办三家银行：东南信托银行、江海银行和大康银行，然而在其后人张南琛所写回忆录中，张乃熊并不像一位银行家，反而更像一位老学究，每日仅在银行上半天班，回家吃过午饭后，即埋首书斋，终日与典籍秘本是伍。

　　张钧衡之适园藏书，可由民国五年（1916）《适园藏书志》窥其奥秘，其中有宋本四十五部、元本五十七部，以及明人钞校本逾百部，民国十七年（1928）张钧衡去世后析产，适园藏书由几名儿子分而得之，其中以长子张乃熊得书最多，此后张乃熊日有增益，先后收得韩应陛读有用书斋、张氏涉园、曹氏倦

民国八年缪荃孙刻本《荛圃藏书题识》书牌

圃、杨守敬藏日本钞本等，至民国三十年（1941）编撰《芹圃善本书目》时，著录宋本为八十八部、元本七十四部，远超父亲在世时所藏。

　　《芹圃善本书目》的编撰，背后实为一段不得已之故实，彼时虽时局混乱，张乃熊却并不想出让所藏，然风闻日本人及美国人都已盯上适园藏书，张家显得极为被动，适逢郑振铎等人成立"文献保存同志会"，秘密抢救典籍，张乃熊觉得与其被日本人抢去，还不如卖给"文献保存同志会"，得以长留故土，几经商谈，张乃熊留下部分清刻本以及吴兴乡贤著述，余外全部藏书售于郑振铎等人。郑振铎在《文献保存同志会第二号工作报告》中述及此事，称江南藏

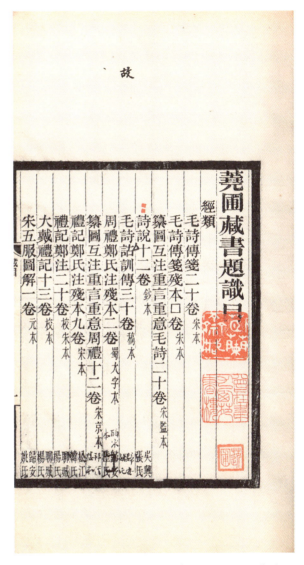

民国八年缪荃孙刻本《菦圃藏书题识》卷首

书家中"以张芹伯书为最精。仅黄跋书已有九十余种。现正在编目。目成后，恐即将待价而沽。（闻索价五十万）"。数月后，郑振铎又在《文献保存同志会第四号工作报告》中称："张氏《芹圃善本书目》，顷已编就，凡分六卷，约在一千二百种左右（全部一千六百九十余部，其中约六百种为普通书），计宋刊本凡八十八部，一千零八十册，元刊本凡七十四部，一千一百八十五册，明刊本凡四百零七部，四千六百九十七册，余皆为钞校本及稿本，仅黄菦圃校跋之书已近百部，可谓大观。"郑振铎最终以七十万元购得适园藏书后，于民国三十年（1941）运往香港，未久又运回大陆，继而运至台湾。《芹圃善本书目》六卷即彼时售书时所编书目。

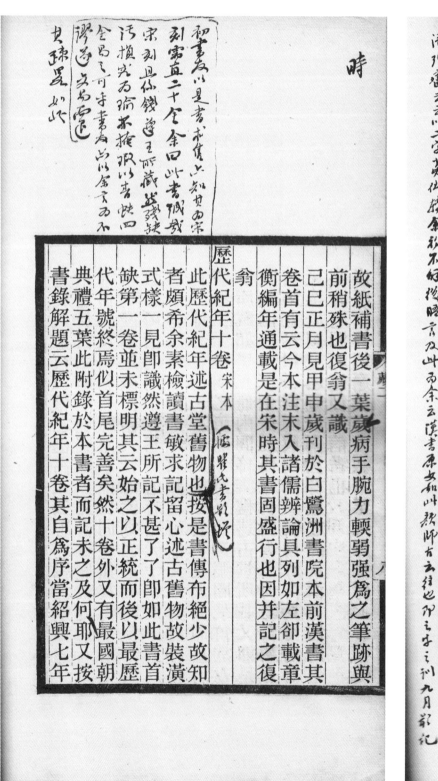

民国八年缪荃孙刻本《荛圃藏书题识》张乃熊批校

癸亥□□菦圃登書板為第一
塵时已二載以書桜余與息者
徃觀昌今歲所得書以此為第
一枚列於史村之首金既為題識
异記數語於卷末顧范
去冬借菦圃舟泛即訪鵬是
書自謂过随柴事今未來去
礼适徐君嬾字二本在庭相與
批玩菦讀波展歎賞不置
展玩菦讀波展歎賞不置
甲子三月陳鱣元

是未全之書及閱其目錄牒文自一卷至十分為
秩十一卷至二十卷分為下秩并載中書門下牒一
通乃知此書非不全者因檢毛汲古錢述古兩家書
目皆載有吳志二十卷本益信其為專刻本矣特毛
錢未言專刻而外間又少流傳故世人不知耳余獲
讀此未見書何其幸耶明日適訪友城西出金閶門
至海甯陳君仲魚寓中出此書以欲往訪山塘
書肆買書故遂借仲魚舟並告以欲往訪仲魚亦欣
然相與登舟抵其艙見有一小榜榜曰津逮舫余謂
仲魚曰君好書故書若豫知今遇借此訪書
則所取之名若是事而名之也我兩人
不覺掀髯而笑是日余又欲往訪周丈香嚴仲魚亦
素慕香嚴名而未識面爰迆而西至水月亭晤香嚴
香嚴識古書為吾儕巨擘亦舉以示之香嚴曰史記

校余先校汲古而著其崖略如此中秋後三日燒燭
書菱夫
二十有六日理齋借校為余考證撝字一條精確之
至因錄其校語於上方余加續案以拜一字之師云
復翁又識
續經張訒菴借校此本復為余校鴛鴦館本得數十

潘理齋云挑字說文主曰鄆阝
而云戎字从手从宂以挑切挑字說
五車韻川挑為挑此入于工二音俱以
也集韻川挑為挑收入二于工二音俱以

　　郑振铎于报告中重点提及黄荛圃校跋之书，实为张乃熊藏书之最大特色。关于黄跋的收集，据苏精《近代藏书三十家》载，民国初年时，插架二十余部黄跋，便足以傲视群济，彼时蒋汝藻藏黄跋四十四部、韩应陛藏有六十五部，已是凤毛麟角，张钧衡在世时收藏黄跋近三十部，张乃熊继承大部分藏书后，又自行搜求八十二部，成为收藏黄跋最多者。张乃熊缘何对于黄跋情有独钟，吾未见记载，然其对于黄跋喜好之体现，则不仅仅在于收藏数量之可观，寒斋早年收得《荛圃藏书题识》一部，为张乃熊旧藏，其中批校满纸，多有增补，足见其对黄跋之用心。

　　《荛圃藏书题识》之成书经过，先后得多人付诸心血。最早将黄跋汇辑付梓者为潘祖荫，其于光绪二年（1876）将八十篇黄跋交付缪荃孙，属其刻入《滂喜斋丛书》，然缪荃孙并未将其刻入该丛书，又自各处抄得黄跋两百余篇，于光绪十年（1884）在京付梓，是为《士礼居藏书题跋记》，汇刻黄跋三百五十二篇。黄跋之第二次刊刻为光绪二十二年（1896），乃缪氏继续搜得黄跋若干，录成两册，其中一册为江标借去，刻成《士礼居藏书题跋续记二卷》，另一册由缪氏以铅字排印方式刊于《古学汇刊》，是为《士礼居藏书题跋再续记二卷》。至民国八年（1919），缪荃孙复从各处补辑黄跋若干，再加上此前三次刊刻，共录得黄跋六百二十二篇，编成《荛圃藏书题识》十卷《补遗》一卷，又附《荛圃刻书题识》一卷，是为荟

民国八年缪荃孙刻本《荛圃刻书题识》书牌

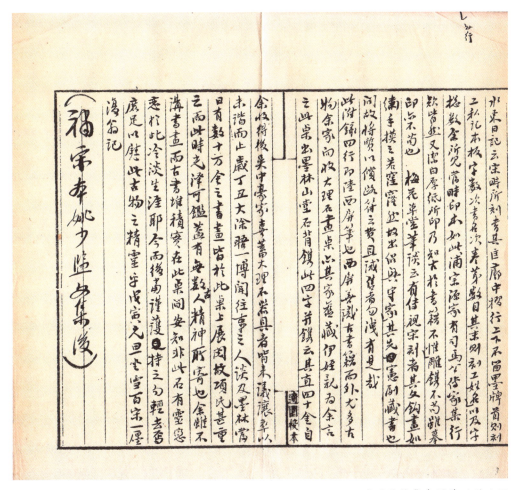

张乃熊搜集未刻黄丕烈跋语

萃本。民国二十二年（1933），王大隆辑《荛圃藏书题识续录》四卷梓行，收得黄跋一百一十七种。民国二十九年（1940），王大隆复辑《荛圃藏书题识再续录》三卷，收书七十四种，至此黄丕烈所书跋语基本搜集全。

　　寒斋所得张乃熊批校该书为民国八年刻本，早年得于天津古籍书店，未知该书自适园散出后，由何人携至津沽，沉寂数十载，归来寒斋。此本目录首页钤"芹圃"朱方，正文首页钤"芹伯校读一过"朱方，一函十册，每册皆手泽密布，细读批校内容，兼与1999年上海远东出版社《荛圃藏书题识》比对，足见张乃熊当年校书用力之勤。尤为难得者，张乃熊不仅于字句之脱漏有所增补，荛翁之佚文有所辑入，又于他书中捡得与之相关者，移录于此，如卷二第五页之宋本《吴志》二十卷，天头处抄录有顾莼与陈鱣跋语："癸亥除夕，荛翁祭书于百宋一廛。时已二鼓，以书招余与凫香往观，且曰今岁所得书以此为第一，故列史部之首。余既为题

237

说文
考一
十字
下四
汲古閣刊本於此
誠的汲古閣所刊
彥承祚說
據旁據下行
不氐者核勘即
正今本偽

此影鈔明刻誠齋牡丹梅花玉堂春百詠余內姪
丁竹語所鈔而藏焉者也其原委已詳于竹語目
跋竹語囑余一言余以為書不必跋而此影鈔者不
可不跋蓋書之憂否視乎其人之好尚耳人之憂
畫與否視乎其人之習氣耳行如竹語雖左芸陰
下而劬時讀書未廢于文墨一道殊遠也令竹語
大兕伯署驥故余家中應對主人遂令竹語常
佳余家一舉一動曾書也檢畫一事時佳之竹語以
頗好此握一疑以學畫書法頗娟秀其一屏近餘
師書室用繪古文唐話朝晚誦習日并求為之

當湖葛氏傳樸堂鈔本

张乃熊搜集未刻黄丕烈跋语

签，并记数语于卷末。顾莼。"以及："去冬偕菦翁泛舟虎邱，访购是书，自谓追随乐事。今春过士礼居，菦翁出示，则装潢已就，适徐君懒云亦在座，相与展玩，并读跋语，叹赏不置。甲子三月陈鳣记。"

宋本《吴志》现藏在日本静嘉堂文库，已被日本文化财审定委员会确认为日本"重要文化财"，国人欲睹真貌难矣。检《日藏汉籍善本书录》，此本尚有甲子年徐云路跋语："癸亥九日，瞿木夫招同人泛櫂石湖。时菦翁甫得是书，携示诸友，咸共咨赏。已而泊舟登陆，寻幽选胜，菦翁独兀坐舱中，披览不释手。为叹当世好古，乃有斯人！甲子三月廿又三日，过士礼居，陈君仲鱼在坐，菦翁复出见示，相与展玩久之，并缀数语。鹿城徐云路。"徐云路即陈鳣跋语中"徐君懒云"是也。张乃熊仅录得顾莼与陈鳣两跋，遗漏徐云路跋语，可见其并未得见原书，而是自他处移录而来。此卷又有《历代纪年》十卷，张乃熊于首句"此《历代纪年》，述古堂旧物也"之后，补录有："初，书友以是书求售，亦知其为宋刻，需直二十金。余曰：此书诚哉宋刻，且系钱遵王所藏，然残缺污损，究为瑜不掩瑕。以青蚨四金易之，可乎？书友亦以余言为不谬，遂交易而退。"其侧又有小注"据瞿氏书影增"，可知芹伯为菦翁题识之增补，曾经遍检群籍。

卷二又有《新雕重校战国策》三十三卷，天头处抄录菦翁跋语一则："此书为毛榕坪故物，余与榕平虽居在同城，踪迹不甚密，故未及细问其原委。前月杪，榕坪偕阳湖孙渊如观察访余，因畅途两日，晤言及此。榕坪谓余曰：'余得此书于口口冯秋崖家，其先世有名黔者，为显宦，从他省得来。'榕坪从秋崖手易归，卷中所钤'冯氏秋崖'，即其印也，爰志其书之来历如此。至卷中'泽存堂藏书印'，不知何人。康熙时有张姓名士俊者，曾翻雕宋本《玉篇》《广韵》于泽存堂，岂其人欤？夏五月端午后三日，丕烈识。"此段跋语张乃熊并未注明录自何处，检远东出版社之《菦圃藏书题识》，却未见载有此段。该书卷首目录处，每行书名下端多刻有藏书之处，未知藏庋之处者则空之，嗣后又有墨笔补填藏书之所，当是张乃熊访得而注之。《新雕重校战国策》下刻有"松江韩氏"四字，可知曾藏于韩应陛家。此跋复见于张元济所撰《宝礼堂宋本书录》，且称"右见第一册末"，可知此本自韩氏读有用书斋流出后，曾为潘宗周所得。

张乃熊所补录跋语中，未为远东版《菦圃藏书题识》所载者，此外尚有数篇。今时该书通用本，即远东出版社1999年所出之本，该书编辑极为用心，前有屠友祥先生长序，后有人名索引，乃吾案头常备之物，然如此制做精良之书，尚有佚文未收，非为编辑者疏漏也，古人云校书如扫落叶，辑书亦何尝不如是。

　　此本《莬圃藏书题识》十卷之后，又有《莬圃刻书题识》一卷，卷末附以红格稿纸两页，乃墨笔移录黄丕烈《卧游录》跋语。莬翁曾先后两度跋《卧游录》，一为旧刻本，一为明刻本，缪荃孙所刻之本正文处仅录两跋之一，张乃熊所录之跋恰是缪本所阙者。两纸版心下方刻有"适园校本"，笔迹亦与卷中批校一致，当为张乃熊亲自移录者。而此本尚另夹有两纸，亦为墨笔移录缪本所阙之莬翁跋语，一为《姚少监文集》，录于黑格稿纸，版心下刻有"适园校本"。另一为《诚斋牡丹梅花玉堂春百咏》，录于绿格稿纸，版心下刻有"当湖葛氏传朴堂钞本"，可知此跋得自当湖葛氏，虽仅一纸，亦足见芹伯为访寻黄跋，群征友人之苦辛。

张乃熊藏书印"芹圃"

夏孙桐题记《钦定四库全书简明目录》二十卷

《钦定四库全书简明目录》二十卷

清末广州经韵楼藏板本　夏孙桐题记　一函十册

钤印：悔生（朱方）、江阴夏氏（朱方）

　　《钦定四库全书简明目录》的编撰，缘于清乾隆三十九年七月二十五日上谕，该上谕全称为《谕内阁著四库全书处总裁等将藏书人姓名附载于各书提要末并另编〈简明目录〉》，此谕最后一段载："至现办《四库全书总目提要》，多至万余种，卷帙甚繁，将其抄刻成书，翻阅已颇不易，自应于提要之外，另列《简明目录》一编，只载某书若干卷，注某朝某人撰，则篇目不烦而检查较易。俾学者由书目而寻提要，由提要而得全书，嘉与海内之士，考镜源流，用彰我朝文治之盛。"至乾隆四十七年七月十九日，《简目》编成，质郡王永瑢等上奏称："兹据总纂官臣纪昀、臣陆锡熊等将抄录各书，依四库门类次第标列卷目，并撰人姓名，撮举大要，纂成《简明目录》二十卷。谨缮写稿

清末广州经韵楼藏版本《钦定四库全书简明目录》木夹板

清末广州经韵楼藏板本《钦定四库全书简明目录》牌记

清末广州经韵楼藏板本《钦定四库全书简明目录》夏孙桐题记

本，装作二函，恭呈御览，伏候钦定。"以及："统俟发下后，拟将《简明目录》缮写正本，陈设于经部第一架第一层之首，仍遵将历奉修书谕旨恭冠目录之首。"

《四库全书简明目录》编成之后两年，四库馆臣赵怀玉将其录出副本，于乾隆四十九年（1784）在杭州付梓，世称"杭本"，然彼时《四库全书总目》尚未最后定稿，此后数年中内容又有多次变更，是故"杭本"《四库全书简明目录》与《四库全书总目》在内容上有所出入。嗣后《简目》又有广东官刻本，世称"粤本"，此本亦与《总目》有所出入，在著录数量、排序、书名及解题上皆有所不同。

此夏孙桐题记《钦定四库全书简明目录》二十卷，亦广东刻本，然非官刻之本，为广州书坊经韵楼藏板巾箱本也，卷前书牌页左侧小字题有"省城经韵楼藏板"七字。经韵楼为晚清位于广州双门底之书坊，双门底即今日广州著名商业街北

五經白文趙明鑒字 天某氏刊
查、經白文、在香嚴市相本、大
經日文無錫秦氏刊 中韓本
十三經古注永懷堂本蔣氏刊本
天江西陸刻橋古相本、春秋傳
閱傳例州江四書查宋注本
天藏書目首齊宋刊巾箱本九
經白文似所秦校宋相本二部
明喜靖朱蔚氏刊巾三經六卷
云在神宗時兩川此兩流刊竹
十三經注疏〇〇前校謝挺娙書

御
御
定易經通註
纂周易折中

子夏易傳十一卷

經部一

易類

舊本題卜子夏撰寶後人輾轉依託非其原書然
唐宋以來流傳已久今仍錄冠易類之首託名
之書仍從其所託之時代漢書藝文志例也

謹案唐徐堅初學記以太宗御製升列歷代
之前葢尊尊之大義宛然焦竑國史經籍志
朱彝尊經義考竝踵前規臣等編摩四庫初
亦恭錄

钦定四库全书简明目录卷一

欽定四庫全書簡明目錄卷一　經部易類

一

清末广州经韵楼藏板本《钦定四库全书简明目录》卷首

京路北段，丽影云裳，终日不绝，已不复见彼时书坊林立之景，闲时翻检架上旧籍，时见"羊城双门底某某书坊发兑"之印记，想来彼时盛况，当与上海福州路不相上下。此本一函十册，上下以木夹板护之，每册前后皆衬有万年红，此乃明清时期岭南线装书所特有，实为铅丹染就，含有剧毒，蠹鱼食之，则不复见"神仙"二字。

该书每卷末行，皆刻有校字人姓名，计有番禺王国瑞、陈庆修、郑权、刘昌龄、黎永椿以及南海廖廷相六人，此六人皆肄业于学海堂或菊坡精舍，曾师从陈澧，其中陈庆修为陈澧丛孙，后任菊坡精舍学长。以此六人视之，该书虽为坊刻巾箱本，却特意请来饱学之士予以校字，足见书坊所刻，亦有用心者，惜此本未见牌记，不知刻于何年。陈澧与廖廷相旧藏及批校本，寒斋亦略有所藏，故曾检相关资料，知廖廷相曾多次参与刻书校书，今再检索，意外得知黎永椿、王国瑞等曾同校《东汉会要》，刘昌龄、黎永椿、陈庆修、郑权曾同校《明史纪事本末》，又知同治、光绪之际，学海堂曾重刊数部经典名著，多由陈澧门人担任校勘，以示严谨不苟。此番想来，当年几位同志好友，终日与群籍为伍，同作快乐之事，真是令人羡煞。

是书归来，卷中夹有夏孙桐书签一张，大小与烟盒相约，上题"闿庵藏书"，竖栏分为八栏，分别刻有部类、书名、作者、版本、卷数、本数、函数及附记八项，复以墨笔填以内容。夏孙桐题记位于该书卷前万年红与书牌页之间，以蝇头小楷书就：

邵位西先生于《四库简明目录》手注诸书刊本，近传抄者多，颇有异同。余在都曾假缪荃珊录本手渡，仅毕史部即中止。今又假

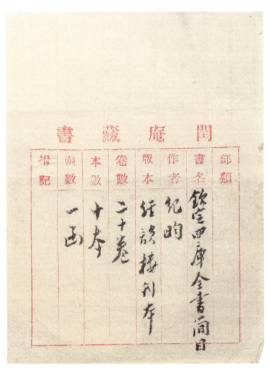

夏孙桐藏书签

得一本，系出于赵惠甫录本，与缪本不同，板本校略，而增多四库未收之书。闲居无事，手录一通，史部于缪本未录者，一律补入，亦间有数种版本为缪本未及者，缪本盖出赵本之后，採取各家书目以补之，拟于经、子、集三部续为补订。三十年来旧本日出，藏书家目录搜求益多，邵本仅为大辂椎轮耳。光绪乙未五月二日，悔生录毕，记于书首，时雨后初晴，几研生凉，寄寓吴门亦阅月矣。

此后低两格又记：

> 缪本乃别纸录之，只详板本。赵本录于书眉，当是邵氏原面目也。赵本讹误殊多，过录时随手改之，有待详校。余初录大意，明代及国朝刊本著于书名之下，宋元本、旧钞本列于上方，因限于行间余地无多，亦不能竟体一律。四库未收之书统列上方。

此语文末钤有"悔生"朱方。晚清民国时期，为《四库全书简明目录》作标注，一时成为藏书家之风气，其中成就最大者有邵懿辰、莫友芝、朱修伯三人，最早成书者则为莫友芝《邵亭知见传本书目》，由日本人田中庆太郎于宣统元年（1909）据坊间传钞本刻于北京；其次为邵懿辰批注本《四库简明目录标注》，于宣统三年（1911）刻于邵氏家塾；《朱修伯批本四库简明目录》最为晚出，于2001年始由北京图书馆出版社据黄永年先生旧藏管礼耕钞本影印出版。而莫友芝、邵懿辰批本尚未付梓之前，藏书之家多有相互过录各家标注者，以吾所知，先后标注或者过录标注者有周星诒、孙诒让、黄绍箕、王颂蔚、莫绳孙、莫棠、劳格、侯念椿、张乃熊、杨康年、缪荃孙等等，夏孙桐亦为其中之一。

夏孙桐（1857—1941）字闰枝，一字悔生，晚号闰庵，江苏江阴人，光绪十八年（1892）进士，近代词人兼藏书家，曾佐徐世昌辑《晚晴簃诗汇》及《清儒学案》，著有《悔龛词》《观所尚斋文存》等。《江阴夏闰庵先生墓志铭》开篇称其"史官外简，又丁蝉蜕之变，而终能殚心纂述，以成名山不朽之业"，又记其幼时，祖父召而问其所欲，夏孙桐称"独愿购书"，祖父由此而更钟爱之，特为绘《槐荫课孙图》。寒斋先后收得其旧藏十余部，其旧藏大略可分为两类，一者诗词类，二者目录类，由此可窥其兴趣之大旨。

夏孙桐于此本上过录版本标注，时为光绪乙未年，即光绪二十一年（1895），其时三十八岁，莫友芝批注本与邵懿辰标注本皆尚未付梓行世。据其题记所称，闰枝先生先是假得缪荃孙录本，继而得赵惠甫录本，而两本并不相同，可见是各自标注与抄录。缪荃孙与夏孙桐不仅是同乡，尚是姻亲，夏之三妹嫁与缪氏，两人又曾

闡明漢學

禮記註作十二月爻辰及爻辰直二十八宿圖以出因重爲補正凡增入九十二條又據鄭氏周禮

陸氏易解一卷
吳陸績撰　原本散佚明姚上粦採陸氏經典釋文李氏周易集解及續京氏易傳註輯爲此本凡一百五十條

周易註十卷
魏王弼註其繫辭以下則韓康伯註也漢氏易學皆明象數至弼始黜象數而言義理足以袪讖緯之失而語涉老莊亦開後來元虛之漸

周易正義十卷

欽定四庫全書簡明目錄卷一　　經部易類

清末广州经韵楼藏板本《钦定四库全书简明目录》夏孙桐过录标注

同入清史馆修撰《清史稿》，关系自非一般。赵惠甫即赵烈文（1832—1893），号能静，江苏阳湖人，著有《天放楼集》《能静居日记》等，曾经三入曾国藩幕，以参军事，并因预言清朝将在五十年之内灭亡，而被誉为"清朝灭亡之预言家"。

赵烈文有天放楼藏书，其婿邓邦述曾记："余年二十二始就外傅于虞山，外舅赵能静先筑天放楼，藏书数万卷，得读未见之籍。"赵烈文亦曾于郑文焯所辑《国朝著述未刊书目》序言中称："余道咸间得以通家子从东南诸耆宿游；迨壮，四方知交若日照许君印林，南丰吴君子序，独山莫君子偲，仁和邵君位西、龚君孝拱辈，咸富庋藏，而善钩索。当是时，士大夫好重风义，不以财贿视典籍，家有善本喜示人，或披论终日不倦，无倾身障篦意。故余于佚存储书，类君（指郑文焯）所录者，往往得以知见，而居贫转徙，继困简牍，不遑甄写。"赵烈文天放楼藏书大部分由其次子赵宽所得，因慕明代藏书家赵美琦之脉望馆藏书，兼因赵姓，故赵宽将堂号命名为小脉望馆，并治以"虞山侨民赵宽字君闳号止非又号传侯奕世嗜书窃比清常道人自颜藏书之所曰小脉望馆"朱文大方章。叶景葵尝记赵烈文身后之事，

赵烈文天放楼

夏孙桐藏书印"悔生"

读来颇有不忍："赵惠甫先生之子君闳大令，相识于端匋斋幕府中，晚年偏盲，群籍丧失。张氏父子《谐声集》稿，承其让与，并订传布之约。幸不辱命，印行后，为音韵学专家所宝重。天放楼余籍，去年经京贾囊括而去。"天放楼旧藏散于京贾之手，也属平常，此之散则彼之聚，善本总在惜书人邺架，然嗜书者晚年目不能视，则为苦中之最，有如满席珍馐，无箸下咽。

赵烈文在序言中称曾从邵懿辰游，故夏孙桐于题记称"赵本录于书眉，当是邵氏原面目"，有所本也。灯下翻阅一过，可知悔庵于此本极为用心，书眉及行间小字细如蚁足，密密排布，又有数处以朱笔书就，未知原委。悔庵通批该书二十卷，除卷前题记一页外，皆为记录某人有某本，余外别无交待。然吾极为好奇者，为悔庵多处记有"路有抄本"，约略点检，竟有数十处之多，一时好奇，此路氏为何人哉？

检《文献家通考》，藏书家中姓路者，仅有路大荒、路德及路慎庄三人。路大荒为近人，光绪二十一年（1895）甫降人世，故非批注中所称"路氏"。路德与路慎庄为父子，陕西盩厔人，皆喜藏书，路德为嘉庆十四年（1809）进士，有藏书处柽华馆、仁在堂，尝载图书百余种归里，过龙门峡时大风卷水，舟为之覆，所载图籍皆送龙王。路慎庄字子端，号子洲，道光十六年（1836）进士，曾自云："友朋或笑余之愚，妻子或责余之费，余则甘作书蠹而不悔。历代嗜书者，殆皆与余同病，第不知前人可遇良医否？"又称："数年内所购得书目约二十余种，每见前人收藏之富，不禁口为垂涎。近陆续搜罗约有七万余卷，亦可谓中人之产矣。"其藏书处为蒲编堂，有《蒲编堂路氏藏书目》，凡八十卷，二十六册，著录图籍六万八千六百卷。想来路氏，当即路慎庄是也，暇当购《蒲编堂路氏藏书目》一部，以作比对。

嘉业堂钞本
《嘉业堂丛书目录》不分卷

《嘉业堂丛书目录》不分卷　刘承幹辑

民国嘉业堂钞本　一函一册

前晤浙江图书馆长徐晓军先生，闲话间说起刘承幹。徐馆称曩时刘承幹曾搜集大量明清书版，从中选出内容稀见之版片，另外辑为一书，重新刷印。徐馆认为此类嘉业堂重刷之书，应当亦算特殊类型之丛书，只是以往未曾留意，近来馆里整理嘉业堂旧藏及其书版，发现某类嘉业堂刷印之书乍看上去颇为杂乱，然又归于同一架号之下，初不解其意，后经馆里仔细比勘，方才明白，此为刘承幹有意辑出重刷者，亦当以《嘉业堂丛书》视之，故《嘉业堂丛书》之具体目录，应当不止是目前人们所知者。吾闻此很是惊讶，因是以往未曾听人道及者。然刘承幹此举并非首创，亦有其渊源。明末之时，常有书商购回

晚年刘承幹

民国嘉业堂钞本《嘉业堂丛书目录》封面

他人所刻版片，或将顺序打乱重新刷印，或从中挑出若干特殊版片重新汇为一书，再将此混印之书单独命以某某丛书之名，再行发售。吾与徐馆长言，刘氏此类丛书亦有其价值所在，因为刘承幹所选版本，必为流传较少者，以此来重新刷印，亦为不没前人著述之劳。

刘承幹（1882—1963）字贞一，号翰怡、求恕老人，浙江湖州南浔人，民国著名藏书家，其嘉业堂藏书始于宣统二年（1910），曾自记："溯自宣统庚戌，开南洋劝业会于金陵，瑰货骈集，人争趋之。余独徒步状元境各书肆，遍览群书，兼两载归。越日，书贾携书来售者踵至，自是即有志聚书。"嘉业堂之斋名，源自其遗民忠心。刘家为"南浔四象"之一，"象"谓家资逾百万两以上者，南浔当时有"四象八牛七十二金狗"之谓，皆资产雄厚，业丝织者。彼时清廷全年财政收入亦仅七千万两，如是"四象"之富可知。光绪三十一年（1905），刘承幹考取秀才，以优行，附贡生，踏上功名之路，然而就在当年九月，清廷废除延续一千三百年之久的科举取士制度，未久连清廷亦覆亡，进入民国。刘承幹虽年仅三十岁，却自动进入清朝遗老行列，拒认民国，并继续效忠清室，每逢溥仪小朝廷有事发生，必贡以巨金，以博天子赏赐，溥仪则每于刘承幹输金后，赐以顶戴或匾额。民国三年（1914），因出资为崇陵种树，刘承幹蒙溥仪赐以"钦若嘉业"匾额，嗣后遂以此为斋名，不忘圣恩。

嘉业堂藏书楼始建于民国九年（1920），为"回"字型两层砖木结构，建好后，刘承幹亲撰《嘉业藏书楼记》："略置丘壑，杂莳花木，中为楼上下各二十楹，栏楯周设，玻璃通明，储书满中，胪列四部，颜其匾曰'嘉业'，其上即希古

吳興劉氏嘉業堂鈔本

嘉業堂叢書目錄

經部

周易正義十卷 唐孔穎達撰

尚書正義二十卷 唐孔穎達撰

毛詩正義三十三卷 原缺首七卷 唐孔穎達撰

禮記正義殘本二卷 唐孔穎達撰

春秋正義殘本十二卷 唐孔穎達撰

公羊疏殘本五卷 漢何休注唐徐彦疏

穀梁疏殘本七卷 唐楊士勛撰

儀禮注疏五十卷 唐賈公彦等撰

史部

民国嘉业堂钞本《嘉业堂丛书目录》之《嘉业堂丛书》目录

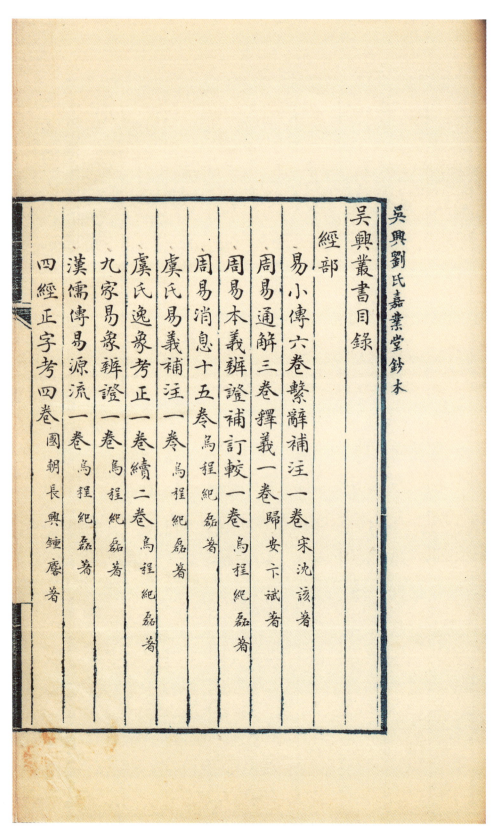

民国嘉业堂钞本《嘉业堂丛书目录》之《吴兴丛书》目录

楼也。更于楼之东偏，筑藏版之室三进，前有厅事，为抗昔居，供款客及编校者栖息之所。"此文又详列各类图籍所储位置，东三楹储宋椠"四史"，西三楹储《国朝正续诗萃》，楼下分列甲乙二部，楼上庋殿本及官印等，而嘉业堂历年所刻之书版，则储于后三进中。近二十年来，吾曾多次前往南浔探访嘉业堂，每见其楼宇依旧，书版林立，而斯人已逝，总不胜慨叹。

刘承幹刻书乃受明末清初藏书家毛晋影响，毛晋屡试不第后，隐居故里，建汲古阁广收善本，专事藏书与刻书，先后刊刻图籍六百余种，为历代私家刻书最多者。刘承幹尝于《嘉业堂丛书》自序中称："迄今二百余年，好古之士，其心目中均有一毛氏本在。……何不踵毛氏之辙而为儒林别开生面乎？"民国二年（1913），刘承幹刊刻出其第一部书《叶天寥年谱》，据国家图书馆出版社出版的《嘉业堂志》统计，此后二十年里，刘承幹先后刊刻图籍百数十种，据国图出版社《嘉业堂志》统计，总共刊刻图籍出187种3001卷，耗资20多万元，其中《嘉业堂丛书》57种、《吴兴丛书》65种、《求恕斋丛书》33种、《留余草堂丛书》10种，又有《八琼室金石补正》《章氏遗书》《旧五代史》《景宋四史》及《晋书斠注》等单行本。王欣夫《蛾术轩箧存善本书录》论及嘉业堂群书时，力赞刘承幹，并将之与毛晋并论："当明之季，常熟毛子晋藏书最富，今只传《汲古阁秘本书目》一册，系当日售与季沧苇之底帐，于所藏未及什一。而所刻四部书数千卷，则沾溉士林，厥功最伟。刘丈翰怡亦收书于易代之际，《藏书志》虽积稿盈尺，仅什存二三，而刻书数千卷，实足与毛氏媲美。"

是日与徐馆长闲话归来，余兴未尽，忆及寒架曾收得刘承幹刻书目录一册，遂检出重阅一过。此本为早年所得，然得自何处已难以忆及，数年前整理编目时，偶于架上翻出与嘉业堂相关之钞本多件，遂归于一处。此本以蓝格稿纸书就，小楷极为精整，每页右上侧栏外刻有"吴兴刘氏嘉业堂钞本"字样，可知此本当出自刘氏嘉业堂，并非坊间过录之本。约十年前，吾于海王村拍卖行以高价拍得刘承幹手稿一部，据称为刘承幹唯一著作，刘承幹一生刻书极富，却从未将自己著述付梓，似乎只能以时代巨变来解释。其手稿所用稿纸与此《嘉业堂丛书目录》抄书用纸完全相同，亦为蓝格十一行间，书耳处刻"吴兴刘氏嘉业堂钞本"字样，想来，此本或与刘承幹稿本书写时代相近。

然此《嘉业堂丛书目录》是否为刘承幹亲笔，则有待商榷。刘承幹墨迹而今亦有出现于市面上者，然其笔迹差异较大，以吾之观察，字迹峭凌者当属刘承幹亲

嘉业堂藏版库房

笔，每逢"撇"处，尤为用力，工整圆润者或出自幕宾之手。此目总计抄录有《嘉业堂丛书》《吴兴丛书》《求恕斋丛书》《留余草堂丛书》《嘉业堂金石丛书》《影宋四史》及《嘉业堂单行本》七个部分，略为点检，发现《吴兴丛书》著录细目为62种，与《嘉业堂志》所载65种相异，当即大为好奇，遂将钞本细目与《嘉业堂志》书后所载《吴兴丛书》细目相比对，始知《嘉业堂志》所载《论语注》二十卷、《颜氏学记》十卷及《管子校正》三书未见载于钞本细目。

《吴兴丛书》之付梓，起因于民国元年（1912），刘承幹经朱孝臧推荐收得《吴兴备志》稿本，遂兴刊刻《吴兴丛书》之念，民国四年（1915）正式开雕，至民国十八年（1929）结束，经史子集齐备，体例完整，内容丰富，其中尤多集部，除几部宋元明人著述之外，泰半为清人著述，前期所刻之书多由缪荃孙担任校勘及撰写跋语。漏载三书之作者，均为浙江德清戴望（1837－1873），其字子高，经学名宿周中孚外甥，家学渊源，好先秦古书，通声音训诂，然性情孤僻，门户之见亦深，尝与曾国藩讨论经学，因意见不合而拍案大骂。德清亦属湖州辖内，故将戴望著述收入《吴兴丛书》亦属合理，然缘何此钞本将其三部著述一并漏载，颇以为惑。

该钞本以嘉业堂专用抄书纸抄就，按理抄此目者即便不是刘承幹，亦是书楼内部人员，不该连自己刻过何书亦不清楚。复检他书，知此三书皆开雕于民国十七年（1928），遂疑此目抄于民国十七年之前，故三书未见著录。然《董礼部集》亦开雕于民国十七年，《月河所闻集》开雕于民国十八年，此钞本目录皆有著录，则不可能为抄于民国十七年之前。一番苦思，仍然不解，惟有以书脊漏抄思之。

嘉业堂所刻之书，因多请名家校勘，故世多称誉，将

嘉业堂"钦若嘉业"匾额

刘承幹与毛晋同视者，除王欣夫外，尚有胡道静先生，其亦曾极赞刘承幹："又爱刻书，则所致孤秘，枣梨以行，于是老儒之古毕，介土之孤愤，系一线于不坠，主人之功尤不可没也。嘉业版行之书，几媲汲古，其出自稿钞本者，传先哲之精蕴，启后学之困蒙。"嘉业堂主人如此用心良苦，精选底本，名家校雠，良工剞劂，故其所刻之书极受坊间欢迎，鲁迅日记中就曾多次记载购买嘉业堂所刻书之事，而刘承幹后来被人称之为"傻公子"，亦源自于鲁迅。

民国二十三年（1934）十一月，鲁迅购以0.32元的价格购得《嘉业堂丛书》之《安龙逸史》一部，该书刻于民国五年（1916），主要记载南明史事，曾被清廷列为禁毁书。读鲁迅藏书目录，可知其对于方志、杂史一类颇为喜好，曾在多篇文章中提及地方性史书，有一度还专门阅读清代禁毁之书。鲁迅在《病中杂谈》中写道："《安龙逸史》大约也是一种禁书，我所得的是吴兴刘氏嘉业堂的新刻本。他刻的前清禁书还不止这一种，屈大均的又有《翁山文外》。"在此文中，鲁迅还专门谈及刘承幹，对于今人理解刘承幹提供着另一个角度："每种书的末尾，都有嘉业堂主人刘承幹先生的跋文，他对于明季的遗老很有同情，对于清初的文祸也颇不满。但奇怪的是他自己的文章却满是前清遗老的口风，书是民国刻的，'仪'字还缺着末笔。我想，试看明朝遗老的著作，反抗清朝的主旨，是在异族的入主中夏的，改换朝代，倒还在其次。所以要顶礼明末的遗民，必须接受他的民族思想，这才可以心心相印。现在以明遗老之仇的满清的遗老自居，却又引明遗老为同调，只着重在'遗老'两个字，而毫不问遗于何族，遗在何时，还真可以说是'为遗老而遗老'，和现在文坛上的'为艺术而艺术'，成为一副绝好的对子了。"

　　尽管鲁迅对于刘承幹的遗老情节颇为不喜，但仍然对嘉业堂的刻书表示感谢，在文中称"对于这种刻书家，我是很感激的，因为他传授给我许多知识——虽然从雅人看来，只是些庸俗不堪的知识。"后来在致友人杨霁云的信中，鲁迅再次谈到刘承幹："刘翰怡听说是到北京去了。前见其所刻书目上，真是'杂乱无章'，有用书亦不多，但有些书，则非傻公子如此公者，是不会刻的，所以他还不是毫无益处的人物"，此语虽然有些不恭敬，但刘承幹的"傻公子"之称却从此广为人知。时代几易，刘承幹生于彼时，尚有成为"傻公子"之时机，今时即便有人欲作傻公子亦不能矣。

嘉业堂外景